闻一多西南联大授课录

闻一多 讲述 郑临川 记录 徐希平 整理

北京出版集团公司
北京出版社

图书在版编目（CIP）数据

闻一多西南联大授课录／闻一多讲述；郑临川记录；
徐希平整理. — 北京：北京出版社，2014.9
（西南联大讲堂）
ISBN 978 - 7 - 200 - 10788 - 3

Ⅰ. ①闻… Ⅱ. ①闻… ②郑… ③徐… Ⅲ. ①中国
文学—古典文学研究 Ⅳ. ①I206.2

中国版本图书馆 CIP 数据核字（2014）第 130735 号

· 西南联大讲堂 ·

闻一多西南联大授课录
WEN YIDUO XINAN LIANDA SHOUKE LU

闻一多　讲述　郑临川　记录　徐希平　整理

*
北京出版集团公司
北京出版社　出版
（北京北三环中路6号）
邮政编码：100120
网　址：www.bph.com.cn
北京出版集团公司总发行
新 华 书 店 经 销
三河市同力彩印有限公司印刷
*
880 毫米×1230 毫米　　32 开本　　9.875 印张　　160 千字
2014 年 9 月第 1 版　　2024 年 3 月第 2 次印刷
ISBN 978 - 7 - 200 - 10788 - 3
定价：59.00 元
质量监督电话：010 - 58572393

闻一多古代文学研究略论

徐希平

闻一多是在近现代中西文化大交流、大碰撞的历史环境中，造就成长的一位学贯中西、博古通今的大家。他思想敏锐、知识渊博、多才多艺、诲人不倦；他对我国传统文化的继承与发展作出了令人难以超越的贡献，对中国古代文学研究和中国古代文化研究方面所取得的创造性成就，特别是在《诗经》《楚辞》《庄子》、唐诗及古代神话等领域，有诸多开拓性、突破性的建树，使他在中国现代学术思想史上占有重要地位，成为我国文化思想宝库中的组成部分。

1947 年开明版《闻一多全集》共四册，为人们了解和研究闻一多提供了宝贵的资料，但是这远远不是闻先生著述的全部，还有大量的著作散佚，大量手稿未及整理修订，让人十分惋惜，难怪郭沫若先生在《〈闻一多全集〉序言》中嗟叹"千古文章未尽才"，产生这样一个印象："一棵茁壮的向日葵才开出灿烂的黄花，便被人连根拔掉，毁了。"

1985 年，郑临川先生将保存多年的当年在西南联大聆听闻一多先生讲授中国文学史分期研究的第一段（先秦两汉）和唐诗研究的笔记加以整理，命名为《闻一多论古典文学》，由重庆出版社出版，为闻一多研究提供了新的珍贵资料，受到学术界的广泛关注和赞誉。

1994 年，湖北人民出版社出版的新版《闻一多全集》共 12 册，新收集整理遗著共 4561 千字，其具体分类如下：

第一册：诗

第二册：文艺评论·散文杂文

第三册：神话编·诗经编上

第四册：诗经编下

第五册：楚辞编·乐府诗编

第六册：唐诗编上

第七册：唐诗编中

第八册：唐诗编下

第九册：庄子编

第十册：文学史编·周易编·管子编·璞堂杂业编·语言文字编

第十一册：美术

第十二册：书信·日记·附录

由此我们可以看到，闻先生著述是何等的丰富，从其分量来看，有关文化遗产的探索占了绝大部分，虽然其有些观点还有待于进一步完善，但如果我们考虑到其所处的特定时代环境，艰苦的治学条件，就不至于十分地求全责备了。这也正如傅璇琮先生在闻一多《唐诗杂论导读》中曾经讲过两段很精辟的话：

"我觉得，在唐代文学研究取得相当大进展的今天，我们来谈论闻一多先生的唐诗研究，如果只是扣住一些具体论点，与现在的说法作简单的对照，以此评论得失，恐怕是没有什么积极意义的。对我们有意义的是，前辈是在什么样的情况下开拓他们的路程的，是风和日丽，还是风雨交加，他们是怎样设计这段路面的，这段路体现了创设者自身什么样的思想风貌；我们对于先行者，仅仅作简单的比较，还是努力从那里得到一种开拓者的启示。

时过几十年，再来具体讨论某一人物、某一作品，评价的得失，并不能对我们的思考有多大的意义。对我们有意义的，是闻先生研究初唐诗的角度以及他对这一阶段文学变迁审视的眼光，在这里，我们就会发现闻一多先生所特有的气度和魄力。"

闻一多先生对中国文化贡献巨大，创获甚多，取得了许多丰富而重要、具有开创性质的研究成果，体现出学术上勇于探索、积极开拓的创新意识和一丝不苟、严谨治学的科学态度，体现出一种奉献与牺牲精神，这种精神比具体学术成果本身更重要。这也正是给后世以重要的启迪所在。

20世纪80年代开始，闻一多研究逐步深化，全国召开了多次专题学术研讨会，从对其民主战士的确定，到重新认识其对于新诗的贡献，再到其对传统文化学术研究成果的关注，都进行了一系列的研究，却极不平衡，尤其是后者的认识和研究，任务最为繁重和艰巨，这不但由于闻一多对此用功最深、成果最丰，也还因为需要研究者有深厚的学术积淀和功底，需要对各相关专题学术研究史的熟悉和了解，才能看到闻一多先生的继承与发展，评价其学术贡献，因此，这至今仍为闻一多研究相对薄弱的环节，依然是任重而道远。

闻一多在西南联大曾与罗庸、浦江清先生一道为高年级学生开设"中国文学史分期研究"课，示范性地指导学生学习如何进行研究，深受欢迎。闻先生讲授的先秦两汉文学段，已由郑临川先生记录整理，收入《闻一多论古典文学》，出版后受到学术界广泛关注。罗庸先生讲授的中古文学、唐宋文学研究记录稿，则由郑先生精心珍藏半个多世纪，由于各种原因未能面世。笔者受郑先生重托，将闻、罗二师讲授稿重新校订，合编成《笳吹弦诵传薪录》一书，2002年12月由上海古籍出版社出版。当年罗庸先生为西南联大所作校歌曾广为传唱，歌词《满江红》中有"正箝吹弦诵在山城，情弥切"一句，高度概括了抗日战争烽火中联大师生在西南边城昆明的生活与情怀：为祖国育英才，为中华崛起而读书，故书名特取其义，以激励后学，纪念先哲，传承学术精神。

整理该书是郑临川先生晚年的一大夙愿，该书即将问世前，八十六岁高龄的郑先生不顾体弱多病，亲笔写下前言，对二位大师的教学风格作了简洁的分析：

"闻、罗两师讲课的语言风格和论述方式各不相同，但都具有独到的显著特色，而授课的旨趣却是一致的。即不限于一般文学史知识的传授，而重在开拓学生的读书视野和深远思路，教他们在饱饫熏习前贤丰厚文学遗产的基础上，能逐步深入古代历史环境，理清作家创作的上下关联和时代网络，透视他们成就高下得失的关键所在，辨明个性与共性的紧密关系，从而产生实感与谅解，缩短古今历史距离，得与百代精英的心灵长河通流，在自己研究中作出客观评价，由此走向继承发展，探索前进的道路。根据个人学习终身受益的体会，感到全部讲稿内容，对启迪文学史研究方法、提高品鉴古代作家作品的识见，都有入门的指导作用，相信它的受惠者当不止于及门弟子，亦可普及沾溉更多后学，为了弘扬师法，故推荐问世。罗庸先生著述不多，身后寂寞，故此书问世甚为难得，弥足珍贵，亦可沾溉后学，为促进学术提供有益的启迪。"

也正出于弘扬前辈学术文化优良传统的目的和愿望，自2003年开始，笔者为高年级本科生开设了《中国教育家研究系列——闻一多研究》选修课，扼要地介绍了闻一多先生的诗人、学者、斗士生涯，重点介绍其学术成就和贡献。在讲授过程中，通过大量的文献阅读和思索，对临川师所论有了更切身的感受，对闻一多先生治学精神也较过去有了更深一层的体会，当然，限于学识和水平，或许并不十分准确，但还是不揣冒昧地谈出自己的理解，以求学术精进。

综合探讨闻一多先生的治学道路，不难发现有这样几个鲜明的特色，而且在今天仍有重要启迪意义：

1. 目的明确，彰往察来

古代文化学术研究的目的是什么？对古代文化是什么态度，这常常是摆在学者面前不可回避的首要问题：往往有两极分化的态度，一种是民族虚无主义：全盘抛弃，全盘否定；一种是泥古不化，倡导复古，或者单纯为学术而学术。均不可取。闻一多与鲁迅一样是古文献学、古代文学大师，但他潜得深，也钻得出。鲁迅"反戈一击"，闻一多"里应外合"，目的是思想革命，探索未来文学发展的道路。

因此，郭沫若指出：

"闻一多搞中文（国文）为了'里应外合'来完成思想革命，为着得虎子而身入虎穴，决不是身入虎穴去为虎作伥。"①

闻一多对此有过精辟的论述："我酷爱我们祖国的文化，我们的祖先确实创造了不少优秀的东西，正是为了这，我在那故纸堆里钻了很久很久，古董销蚀了我多少生命！我总算摸清了一点底细，其中有些精华，但也有糟粕，我总算认识了那些反动糟粕的毒害。而这些货色，正是那些人要提倡的东西。"

在《给臧克家的信》中写道："我比任何人还恨那故纸堆，正因恨它，更不能不弄个明白。你诬枉了我，当我是书中的蠹鱼，不晓得我是杀蠹的芸香，虽然二者都藏在书里，他们的作用并不一样。"②

"因为经过十余年故纸堆的生活，我有了把握，看清了我们这民族，这文化的病症，我敢于开方了。"

由此可见，面对"五四"之后文化界否定一切传统文化之风潮，闻一多保持清醒的认识，批判之前必须先认识，否则不能击中要害。总结历史经验与教训，分清精华与糟粕，是为了现实和未来的发展。这也正是文化学术研究的基本目的。

学术研究的目的不解决，将直接影响研究的性质、观点和质量。彰往察来，传承民族文化，并为后世文化发展提供借鉴，认识到这神圣而重大的职责，也就可尽力减少或防止急功近利、粗制滥造、浅尝辄止、主观武断等弊端，为各种不良学风打上一剂预防针。其现实意义显而易见。

2. 求真务实，勇于开拓创新

季镇淮先生曾指出闻一多"研究气派是富于自信心和创造性的。他不甘心跟在前人后面走熟路，吃现成饭，而总要独辟蹊径，自我作古，脚踏实地一步一步走出自己的道路来，并由此逐步深入，直探本源，以求全面彻底地解决问题。但他在学术问题上，又始终是实事求是的，坚持真理，修正错误"[③]。这里强调指出闻先生和西南联大老一辈学者所具有的一种严谨的治学态度和科学精神。

无论是唐诗研究还是诗经、楚辞、神话、庄子等先秦文学研究，闻一多先生都提出许多新的创获，虽然其中有的观点仅为一家之言，也已能够令人耳目一新。而且其中相当多的论断也已为当代各个研究领域的学者所普遍接受，反复征引，津津乐道。还有不少则为当代学术研究提供了启迪和努力的方向。这其中许多皆为开创性的工作。在20世纪中国文学研究，尤其是《先秦两汉文学研究》《隋唐五代文学研究》（北京出版社出版）中提到闻先生在各个领域的开拓性贡献者比比皆是。以全唐诗研究为例，如当代学者所评：

"真正认识到《全唐诗》的缺陷并着手对它进行全面整理的，闻一多是第一人。"④ "他已经洞察到《全唐诗》遗佚甚多，底本未善，重收、误收等诸多重大遗憾，对它的整理工作也有了通盘周密的考虑。"⑤ 其研究成果和目录"说明闻氏的《全唐诗》研究广泛涉足了每一个重要领域，已将唐诗文献中辑佚、辩伪、辩重、校勘、注释等结合起来，将作品考订与作家生平事迹与交游考证结合起来建立了一种全方位的综合性的研究格局"⑥。

"闻先生用近代科学方法研究唐诗，有点像'四杰'处于唐诗发展初期，是创业拓荒阶段，粗率在所难免，因此被一般正统学者讥讽为'非常异议，可怪之论'，自无足怪，但仍然不失其为披荆斩棘、开辟新路的首创之作。"

闻一多与信奉儒家求仁力行之说，强调"为己"之学的罗庸先生一样，为学不求虚名，不为世俗浮华所诱动，重在切实致用，解决具体疑难和实际学术问题，此亦为当年西南联大时期大批老一辈学者共同的鲜明特点和优良传统，陈寅恪先生也正是由此出发，大力倡导独立的学术品格和精神，至今仍有其现实意义。

3. 文体进化，新陈代谢

文体盛衰，新陈代谢，不断更新，向前发展，这是文学发展的历史规律。中国文学绵延数千年，多以传统诗文即所谓"文""笔"为文体之正宗，其内部又有若干体制，如诗之古近体、五七言、律绝，文之书序启状、碑志诔铭，种类繁多，各有法则，按《文选》即可分为39大类，而诗文之外，体裁更是丰富多彩，小说、戏剧、各类民间通俗文学，不胜枚举，后者的出现和实际成就还使得诗文独尊、独霸文坛的局面得以产生巨大的改变，取而代之，推动和影响后世文学的持续发展。传统诗文和各类新兴文体有一个交替共荣的转换阶段。

闻先生对此提出了自己的看法。首先就中国文学发展的整体来看，他认为唐诗成就超越前代的原因就是这样。他说：

"屈原以后，下迄东汉，有人说这是中国文学的暗淡时期。其实，从另一方面看，这时期的人真能实干，都在努力从事解决国计民生的实际问题，精神绝不麻木。自王莽酿成大的政治失败，以至魏晋时代，诗文大盛，而人的良心便不可问了。直到唐初才渐有起色，诗歌由写自然进为写天道，再进为写人事，这就形成了杜甫这一派。我们总括这大段时期文学发展的情况，是否可以这样说：两汉时期文人是有良心而没有文学，魏晋六朝则有文学而没有良心，盛唐时期可说是文学与良心兼备，杜甫便是代表，他的伟大也在这里。"

"诗的发展趋势，往往是由质朴走向绮靡，这也是人性自然的流露，我们既须承认事实；又须求其平衡，唯有大作家才能达到这一境界。从唐朝起，我们的诗发展到成年了，以后似乎不大肯长了。"

从这里，我们可以明确中国文学向前发展的方向，为新时期各种新的文学体裁创作发展指出了辉煌前景，也提供了可信的理论根据。

4. 竟委穷源，论从史出

关于新陈代谢的具体过程，闻一多和罗庸先生也有相近的精辟之论。罗庸先生认为新体裁的源头主要来自民间与少数民族。"生命体之来源何在？一体文学既旧，新体何由产生？余以为凡二来源：1. 来自民间，2. 来自外族。持此可打破历史上毫无依傍之天才创作之迷信。如《诗经》灭而楚辞兴，楚在当时为南夷，由此而有汉赋；再四言既散，五言代起，此难缘于乐府，乐府实民间之产物也；五七言既散，则词发生，词缘于大曲，曲为西域之乐，又为来自西域之明证也。"⑦

闻一多先生从新诗创作实践中初步认识到地方色彩的重要意义，主张发扬中国古典诗歌的优良特质；再从唐诗研究中探索出中华民族文学的两种主要特质，即关心社稷民生的写作内容和陶冶性情的写作效验。由此追根上溯到先秦典籍、上古民谣神话，其质朴健康的民情风俗，原始强大的生命活力，是中华民族不朽的精神素质和中华民族文学特质的真正源头。而西南地区少数民族歌舞艺术更使闻一多先生看到了民族文学发展的广泛前景和创新途径。闻一多先生在长期实践和探索中形成的立足本土、面向世界的中华民族文学观，至今仍有其积极意义。

闻先生在先秦古籍《三百篇》《楚辞》等作品中，发现我们民族古代的民情民俗是质朴健康的，如《说鱼》一文里考证出鱼在古代是象征配偶，原来在原始人的观念里，婚姻是人的第一大事，而传种是唯一目的。种族繁殖既如此地被重视，而鱼是繁殖力最强的一种生物，所以在古代，把一个人比作鱼，在某一意义上，差不多恭维他是最好的人，而在年轻男女间，若称其对方为鱼，就等于说"你是我最理想的配偶"。

朱自清先生在《闻一多先生怎样走着中国文学的道路》一文中指出："他研究神话，如高唐神女传说和伏羲故事等，也为了探索这民族、这文化的源头。而这原始的文化是集体的力，也是集体的诗；他也许要借这原始的集体的力给后代的散漫和萎靡来个对症下药罢。"

闻一多在1938年参加湘黔滇旅行团指导采风活动中

受到启发，从那些"原始""野蛮"的民族歌谣中看出了中华民族的强旺生命活力，还潜伏有那种"困兽犹斗"的狰狞动物本能，"保证了我们不是天阉"，这种大有可为的潜力还保存在当今少数民族之中，正好用来医好我们这些饱受封建文化毒害的"白脸斯文人"，1946 年 5 月 19 日在昆明看了圭山彝族音乐、舞蹈的演出，更加强了这一信念。

5. 实事求是，一丝不苟

与论从史出相关联，闻一多先生特别注重原始文献材料的收集整理和辨析，为研究提供尽可能真实的依据。闻一多曾反复强调文献整理对于研究的重要意义。他指出诗经研究的第一个难点就是辨伪，明确提出"从未有人怀疑过诗经的真实性。孔子删诗也是一个作伪。动了笔，就不仅删，还有改"。"我相信，我们今天所见到的《三百篇》，尤其是二《南》十三《风》，决不是原来的面目。"

针对《楚辞》研究阅读的难点，闻先生《楚辞校补·引言》给自己提出三大课题："（一）说明背景，（二）诠释词义，（三）校正文字。"

他花了相当多的精力在最基础性的工作——校正文字上，其中如《楚辞校补》主要是"最基本的第三项——校正文字的工作"，同时也"尽量将第二项——诠释词义的部分容纳"。《天问释天》《天问疏证》《九章解诂》《离骚解诂》等主要是第二项课题——诠释词义的工作。有关《诗经》的研究也多为基础性工作，《诗经词类》（计划为全部诗经划分词类，未完稿）可以说是工具书，关于《庄子》的几部重要著作如《庄子章句》《庄子校补》《庄子义疏》也同属于文献整理，其对基础文献的重视可见一斑。

他还特别告诉学生做学问应该如三湘"女儿红"（湘绣），而非江湖戏法。必须严谨认真，一丝不苟。⑧为了研究和思索，他甘于清贫、冷寂，因此在西南联大被称作"何妨一下楼先生"。

《闻一多全集》中真正生前发表的论著仅为少部分，其余大多为未完或未定稿，一部《唐诗大系》修订多年至遇难时仍未定稿，有的曾发表并得到学界肯定的文章观点，闻先生后来又自我修正甚至否定，由此都可见其实事求是、谨严认真的治学态度和精神。

闻一多、罗庸先生丰富的学术研究成果值得我们很好地学习，而他们以及西南联大其他许多老一辈学者在研究中所表现出的认真务实、不尚虚空的科学态度和力避因袭、勇探新知的鲜明精神特性，更是一笔宝贵的遗产和财富，需要我们加以认真地总结、继承并发扬光大，以此激励我们在新的世纪振兴与弘扬中华优秀文化，倡导学术道德准则，推动学术繁荣进步。

2004 年 8 月 14 日凌晨修订旧稿

---

①郭沫若：《〈闻一多全集〉序》，见孙党伯、袁千正主编：《闻一多全集》第 12 卷，湖北人民出版社 1994 年版，第 431 页。

②闻一多：《致臧克家》，见孙党伯、袁千正主编：《闻一多全集》第 12 卷，湖北人民出版社 1994 年版，第 380 页。

③季镇淮：《闻一多先生的学术途径及其基本精神》，见武汉大学闻一多研究室编：《闻一多研究丛刊》（第一集），武汉大学出版社 1989 年版，第 180 页。

④⑤⑥陶敏、李一飞：《隋唐五代文学史料学》，中华书局 2001 年版，第 152 页。

⑦郑临川记录、徐希平整理：《笳吹弦诵传薪录》，上海古籍出版社 2002 年版，第 267 页。

⑧据郑临川《永恒的怀念》，见郑临川：《苔花集》（下），电子科技大学出版社 1992 年版，第 620 页。

目　录

永恒的怀念（代序）………………………………（ 1 ）

第一编　先秦两汉文学

一、从美术观点看古代文学 ………………（ 11 ）

二、论史诗 …………………………………（ 17 ）

三、记言与记事 ……………………………（ 37 ）

四、古代的音乐与诗 ………………………（ 46 ）

五、论《易林》………………………………（ 48 ）

第二编　屈原及其《楚辞》

一、《楚辞》与神仙思想 ……………………（ 67 ）

二、《离骚》与"仙真人诗" …………………（ 78 ）

三、《楚辞》中的"兮"字说 …………………（ 82 ）

四、论《九章》………………………………（ 84 ）

五、论《天问》………………………………（ 88 ）

六、论《九辩》………………………………（ 93 ）

七、谈《楚辞》的分类 ………………………（101）

八、屈原论 ………………………………………（103）

第三编　诗的唐朝与唐朝的诗

一、诗的唐朝 …………………………………（113）

二、王绩 …………………………………………（119）

三、初唐诗 ………………………………………（123）

四、陈子昂 ………………………………………（135）

五、盛唐诗 ………………………………………（149）

六、孟浩然 ………………………………………（162）

七、王昌龄 ………………………………………（173）

八、王维　李白　杜甫 ……………………（178）

九、大历十才子 ………………………………（182）

十、孟郊 …………………………………………（200）

附录　郑临川论闻一多五篇

春江明月在，懿范讵能忘
　　——回忆闻一多先生的唐诗教学 …………（207）

闻一多先生与唐诗研究 ………………………（222）

闻一多先生的唐代诗论 ………………………（243）

论闻一多先生选唐诗 …………………………（261）

闻一多先生的中华民族文学观 ………………（280）

永恒的怀念

（代序）

　　如果像朱佩弦师所叙述的那样，把一多师的一生分作诗人、学者、斗士三个历史发展阶段，我留在先生身边的那些日子（1938—1942），恰好是先生学者生活的后期了。不过，也正如朱先生所说，"这三重人格集合在他身上，因不同时期而或隐或现"。在回忆我和先生接触的印象中，也的确是如此。

　　我在大学三年级中文系的专业课程中，选修了先生讲授的专书选读——《楚辞》。按照当时系里的规定，专业课的第一学期要作五千到一万字的读书报告，作为学期的考查成绩。事前听老同学们说，闻先生的成绩考核，爱的是奇谈怪论，你要是堆砌书本材料，保险拿不到高分。于是我决心大唱反调，把否定屈原存在作为这篇读书报告的中心内容，有意向先生挑战，因为谁都知道先生是热爱屈原的。待材料收齐，写好提纲，就约定时间，预先向先生汇报，并请求指导。那是个星期三的晚上，先生当天上午从乡下赶来，上完下午的课，正在他借住的临时宿舍——师范学院二楼的房间里休息，同住的还有一位孙毓棠先生。当时我自以为是地用雄辩的语言阐述着自己的论点和论据，足足花了两个多钟点。先生坐在木椅上，手端烟斗，凝神细听，毫无厌倦的表情，那关注的神态，简直比我们在课堂上听他讲课还要专心。等我讲完，他才放下烟斗，轻轻地摇一摇头，微笑着说："比我想的还妙哩，真够大胆！"我感到有些难为情，心里直跳。先生接着以和蔼的态度提出他的看法："书倒念的不少，可惜态度和方法还有问题。是的，我一直鼓励同学要独立思考，敢发异论，要经得住不怕荒谬绝伦的考验，去争取妙绝千古的成就。但是，首先必须端正态度，态度端正才会找到正确的方法。屈原存在的历史事实，你能否定得了么？"先生的语气渐渐转成严肃："你想，屈原的诗篇为我们树立了多么崇高的爱国文学传统，鼓舞了几千年来民族的自豪感情和献身精神，使我们今天还能生活在祖国的大地上，作自己文化的主人，成为世界文明古国的奇迹，我们今天的浴血抗战，也正是屈原精神继续存在的活见证。否认屈原的存在，对于抗战会有什么好处呢？要记住！做学问绝不是为了自我表现，是要为国家民族的生存和进步作出有益的贡献呵！"听了先生的话，我感到万分惭愧，深悔不该轻信人们对先生误解的流言，当即表示要遵循先生的教诲，坚决改正错误。这是先生第一次在治学方面对我进行的深刻教育，在思想中初步留下了一个严肃认真的爱国学者的印象。

到1940年夏天，老舍先生来昆明西南联大讲学，第一天由一多师主持开会。开讲前，先生以热情的语调赞扬主讲人的文学成就说："老舍先生是以活的语言创造了活的文学，也就是我们的新文学。"随即拿旧诗来作反衬，针对当时重庆写旧诗成风的现象，提出了严厉而又尖锐的批评："旧诗，就是死文学，对今天求生存的抗日战争不但无用，而且有害。'醉卧沙场君莫笑，古来征战几人回'、'可怜无定河边骨，犹是春闺梦里人'，你能说这不是好诗？但它能鼓舞士气，赶走日本人吗？在今天抗日战争时期，谁还热心提倡写旧诗，他就是准备做汉奸！汪精卫、郑孝胥、黄秋岳，哪一个不是写旧诗的赫赫名家？"先生这几句话说得声色俱厉，全场震动，连主讲人老舍先生也感到有些愕然。同学们在会后曾引起很大的争论，抱反感的不少，有的甚至说出很难听的讽刺话："闻胡子只会写那些豆腐干式的新诗，旧诗是外行，他根本不懂！""难道先生真的不懂旧诗吗？"我一时也感到茫然。但我从他那天发言的语气和态度观察，开始发现先生是有火气，在他的学者面目中依稀看到一位斗士的形象。等到听了他的唐诗讲课，我才懂得先生夏天说的那段话，完全是借题发挥，痛砭时弊，并不是对旧诗作科学的评论，也不是对旧诗存心亵渎或不懂旧诗。从此以后，我对先生更加尊敬，课外求教的机会更多，因而有幸被先生应允担任我毕业论文的导师。

1941年快放寒假，我毕业论文搜集的资料还很不足，特向先生告急。先生说："寒假上我家里住一段时间，怎样？"先生的家当时住在昆明郊区几十里外的龙头村，我知道清华、北大的书库都在那里，查资料当然方便，同时还想到先生叫上他家去住，定有鸿宝秘籍相授，既可节省到处翻检之劳，又能提高工作效率和论文质量，因此欣然应命前往。来到乡下以后，才知道先生的家原来就是书库兼研究所楼房中的一部分，先生的床和书桌，全安放在二楼的书库中。我们几个外来写论文的同学，就在楼下饭厅靠右边的屋角头搭上临时铺位住定。白天，大家都在书库看书，翻检或抄写资料，有时困倦就下楼去外面四周田坝散散步，等精神恢复了再干。可是先生却在他的书桌旁端坐，很难见他上下走动。每天夜晚，我们几个把楼下白天的饭桌当成书桌，在暗淡的油灯下抄抄写写。深夜我们已灭灯就寝，只见先生的窗户还亮着灯光，大清早我们还未起身，先生窗里的灯光早已亮了。这样，先生晚睡早起的勤奋用功生活，又纠正了我们平时对他的误解，以为先生讲课精彩动人，只是由于头脑特别聪明，现在才知道他在教学和学术上的成功，完全是从踏实用功、孜孜不倦得来的。在乡下住了好几天，先生像平常一样不作具体指导，还是让我自己在书库中乱翻，看看快半个月，收获仍然有限，心头不免焦虑，打算回校另想办法。在一天午饭桌上，我终于向先生提出返校的请示，先生似乎已察觉出我的失望情绪，但还是很平静地对我说："开学还早，为什么不多住些时再走?"我临时编了个理由,表示非回去不可,先生再没说什么,只在吃完饭时告诉我,叫午休后到他楼上去一趟。我到楼上的时候,先生已坐在书桌旁边等我,桌上满堆着大小厚薄的手抄本,先生叫我坐下,一面指着这些抄本对我说:"这是我多年抄集下来关于唐代诗人的资料,好些是经过整理的,里面有不少是你需要的东西,你就拿去选抄些吧!将来你如果研究唐诗,我可以全部拿给你。"对这意外的厚赐,我非常激动,先生却继续说下去:"为什么不早拿给你,要等到半年后的今天呢?我是有意让你经过一番困苦探索的过程,使你懂得做学问的艰难。你嫌自己半年来搜集的太少,就该知道老师这些丰富资料是付出了多少年的心血吧。要知道,做学问当像你们三湘的'女儿红'(指湘绣),是成年累月用一针一线辛苦织成的,不是像跑江湖的耍戏法突然变出来的。你能懂得做学问的艰难,才会自己踏实用功,也不至信口批评,随意否定别人的成绩。"我以无言可表的感激心情,噙着热泪双手接过先生交给我的几大叠抄本,更在心灵深处铭刻下了这些有关治学的箴言,终身奉为典范。

　　要是说先生在课外对我的教诲体现的是严肃认真的爱国学者风度,那么先生在课堂教学特别是讲唐诗方面,又是以诗人的面貌出现了。

　　上课前,先生长衫布履,提着一只褪了色的旧布袋,目光炯炯地走进教室,端了一张空着的木椅坐下来,然后把提袋挂在椅背上，从容掏出那支短烟斗，装上烟丝，安详地抽着休息。不久，室内渐渐人满，后来的只能站在教室两边的窗户外面候着，这些大半是外系来的旁听同学。上课铃一响，他就立刻放下烟斗，从袋里取出讲稿，开始妙语连珠的课堂教学。那美髯飘拂的丰姿，恰似一座神采奕奕的绝妙的诗人艺术塑像，尤其是在讲到得意处而捋髯大笑的时候，光景更动人了。

讲课时，先生不是照念讲稿，而是像进入了角色的演员，通过熟练生动的台词，把剧中人物活生生地展现在观众面前，语言是那么精练、形象而又富于诗意。我们曾称先生这种课堂教学艺术为现身说法的教学法，因为他讲时代背景像讲自己丰富的生活经历，讲诗人活动像讲熟识朋友的趣闻轶事，分析作品又像变成了诗人的化身在叙述这篇作品的创作过程，于是就使人听了产生如临其境、如见其人的感受。这时候，先生充满诗意的语言渐渐把我们带进了诗人创造的艺术境界，到达深入程度时，甚至使人发生这样的幻觉：好像是自己的一篇作品在被老师分析评讲，优劣得失，非常清楚，不觉心领神会，得到无穷的启发和妙趣。先生讲唐诗还有一个特点，就是最重视一批走在时代前面的开新作家，像对初唐四杰、张若虚、陈子昂、孟浩然等人的诗，都大讲特讲，津津乐道，赞扬他们为盛唐诗歌扫清道路、开新局面的不朽功绩。当讲述这些诗人的创作活动时，通过文学史材料的巧妙安排，使人很自然地联想到先生和"五四"以来的新诗作家们在为新诗奠基过程中所作出的努力与贡献，并对新诗的发展前途展示了光明寥廓的远景，犹如从初唐诗的蓓蕾中预见到盛唐百花齐放的盛况一样。先生当时虽没有古为今用的明确概念，实际上却收到了古为今用的效果。讲到唐诗的成就，先生指出它不仅是中国诗歌的黄金时代，也是世界文学的最高造诣；还指出中国有一个"人品重于诗品"的优良文学批评传统也是西方人比不上的。这里，不止是用文学史知识和文艺批评原则教育学生，更重要的是通过文学史和诗的评析对学生进行爱国思想和道德品质教育。所有这些深刻印象，绝不因岁月的迁流而变色，它比彩色电视机的画面更鲜明生动，使我从来没有感到先生已经离开了我们。他将在留给我们的革命斗争精神和学术著作中永垂不朽。

根据个人30多年的教学实践经验，我对先生现身说法的说诗方法体会最深、受益最多、收获最大。最难忘怀的是先生在课堂上讲张若虚的《春江花月夜》煞尾两句留下的深刻印象。当先生无限深情地念完"不知乘月几人归，落月摇情满江树"两句诗时，接着就分析说："这一片摇情的落月之光，该是诗中游子（扁舟子）情绪的升华，也是诗人同情怀抱的象征。它体现了这个流浪者在思想中经过一番迂回跌宕，终于把个人迫切的怀乡情绪转化为对天涯旅客们命运的深切关注，他多么愿意像落月一样用这最后的光辉照送他们及早赶路回家。在这里，诗人就把他前面夐绝的宇宙意识跟后面这种强烈的社会意识紧密结合起来了。"是呀，像落月一样用最后的光辉照送天涯游子及早还家，这难道不就是 5 年以后、祖国黎明之前先生为民主运动舍生殉难所作的预言吗？这种"字字讲来皆是血"的说诗态度，该可说是把诗人、学者、斗士三重人格集合在一起了吧！因此，当 1946 年 7 月我在四川乡下得知先生牺牲的噩耗时，在失声痛哭的泪光中，首先出现的就是先生这个说诗的形象。"不知乘月几人归，落月摇情满江树"，这庄严亲切的声音是那么经久不息地在耳边回荡，多少天、多少年还余音不绝。当时我曾写成《哭一多师》五律二首志哀，现附在后面，作为对先生永恒的怀念。

党锢摧贤达，匹夫百世师。

虚陈召穆谏，终化邓林枝。

探赜穷周易，哀时课楚辞。

赓歌黄鸟曲，岂独哭其私。

一仆千夫起，捐躯为国殇。

觉民奋狮吼，骂贼显鹰扬。

毅魄人钦仰，遗孤孰抚将？

春江明月在，懿范讵能忘！

郑临川

第一编

先秦两汉文学

一、从美术观点看古代文学

治文学史须有两种比较方法，才能显出其中的特点：一与他种学问如音乐、美术等比较；二与外国文学比较，如史诗是中国文学所未有，而中国的骈文也是外国文学中所没有的。

中国文学史到现在还没有一部比较完整而有分量的著作，其中的一个重要原因是中国文学在上古文学部分还有许多尚未解决的问题，这里又牵涉到有关史料的整理。目前文学与历史材料在国内正在整理考订中，等到这些工作有了相当成就，然后便可以正式下笔写一本较好的中国文学史了。

下面试从美术观点谈谈我对中国古代文学的看法。

文在甲骨文中作夋，或作凤，近于人字，我怀疑它是断发文身的"文"字。《论语》皇侃疏："文，华也。"华，即古"花"字。《说文》中有"彣"，即是"文"字，又通"纹"。成玄英注道家经文均是以"纹"作"彣"，而"彣"又通"文"，所以说，文就是花纹，是图案。即是图案必然对称，具有美的意义。先秦人对于美的观念即在对称，如

"俪"作"双"义，又作"美"义，故在古人的概念中，成双便美。又"称"，训为对举，而《尔雅·释言》训作"好"，也有对称美的含义。把"称"作"好"义使用，见于《论衡·逢遇篇》："形佳骨娴，皮媚色称。"又《论衡·定贤篇》："骨体娴丽，面色称媚。"都是以"称"作"好"义解释。又"扬"字，扬雄《方言》训为"双"，"扬"古写作𦐇，像人双手拜日，故训成"双"。《诗经》中每以"扬"作为美的描写，皆具有含"双"义才能算美的意思。可是古人以对称为美的观念，固然来自图案，其实也是来源于生理上的对称，甚至心理上亦有对称之需要。后来人事日繁，人的审美能力进步，对称观念就不很明显，然而事实上其中仍含有对称的成分。

古人对文学的"文"字，在先秦时代解释尚不甚明显，到六朝真正的文学观念乃告成立。文学理论书籍如《诗品》《文心雕龙》等书相继出现，因此，现在要找我国真正的文学定义，只能从六朝人书中去寻取。在六朝人眼中，"文"的概念大都作为文饰之义，最明显的是萧统的《文选序》，其中两句云："事出于沉思，义归乎翰藻。"清人阮元以此作为文笔区分的依据，以不出于沉思翰藻之文为笔。藻，古训为护玉的袋子，后来才用花纹装饰它；翰，就是野鸡，二者皆华丽之物，所以用来和文相匹配。刘熙《释名》自六朝直到韩昌黎之前，都是以画为文的，苏东坡评王维诗，说他是"诗中有画，画中有诗"。其实在王维之前，是以画为诗的时代，在他之后，才是以诗为画的时代。所以说，中国文学史与绘画实有不可分的因缘。

各国最古文字都是象形字，西洋后来发展成以文字为声符，文字遂和语言贴近；而中国文字则始终不离象形的系统，以后虽有形声字的产生，然为时已晚，文字和语言隔离，沿用直到现在。

按文字的起源，或为古代图画的副产品。古人先作器物，再于其上加图案，然后以文字点缀图案，故中国文字始终成为一种艺术品。文字本身既可以为画，又可凑聚成文，如骈文、对联之用来作为雅致的装饰，这一点是西洋人所想不到的。因为像对联这种形式，它的字既是美术，它的词也带有装饰作用。由此说来，中国的文字与绘画，确实是平行发展的。

画之造成为美术，可分三个时期：一、装饰；二、写实；三、写意。三代文化造诣的最高表现是铜器，是以画为装饰的时期；自汉至唐是画的写实时期；唐以后则属于写意时期了。

当代铜器研究专家，莫不承认殷周的铜器是中国古代美术的最高成就，至于夏代则尚未见遗物发现。研究中国古代史，中国人只注重在文字研究方面，而西洋人、日本人则注重在古代器物花纹的研究。但仅凭器物的花纹还无法肯定它的时代先后，这尚有待于我们对古文字研究透彻以后才有可能肯定花纹的时代。国内近代研究古器物的学者当推郭沫若与徐中舒二人成就较大。他们分古器物学为四个时期，现据郭氏的说法简单介绍这四个时期是：（一）殷商后期至周初；（二）西周至春秋以前；（三）春秋至战国前期；（四）战国后期。

研究古器物当从三方面入手：（一）形制，（二）花纹，（三）著像。著像即指器物上附加的饕餮，是一兽像的头部，是立体而非平面的，它之与花纹不同，乃是在器物铸成以后再加上去的。

大体上说，第一期器物的形制极厚重简陋，满身雕花，纹路极深。这里先解释两个名词：（一）浮雕，为平面画所刻成，有浅深之别；（二）圆雕，中国谓之透雕，即深浮雕，如腾空而立的样子。第一期的器物即用第二种雕纹，在著像方面为怪兽，面目完全是想象而非实有的。第二期形制与第一期相同，花纹较浅而减省，不再满身雕刻，只是刻在器物的边口上，饕餮也仅注重安放在足部。第三期形制已变，且较纤巧，花纹更趋于抽象，成为几何式图案，线条来得细密，著像则已成写实的物像。第四期的器物形制更为纤巧而脆薄，花纹较前更细密，著像也更加写实了。

关于四个时期的美术特点，以第一期花纹最旺盛，第二期因花纹的减少而列居其次，第三期为复兴期，花纹形象颇为生动，第四期花纹不再用圆雕，而是平面刻上去的。我的评语是：第一期雄厚，第二期雅健，第三期纤丽，第四期衰落。

上述四个时期都属于装饰艺术时代，但一般评论家却不以装饰艺术为标准进行评论，如有人评第三期特色为生动，就是从美术的写实手法来立论的，我以为不太恰当。装饰美术的要点，其中之一是 Structural Beauty（彰饰之美），如鼎的一足有残损，人们食用时将担心它会倾跌，要是它本来就是完好稳固的，但在形式还表现不出来，于是加上花纹来显示它。可见古代美的观念在求实用，能实用就算美。因此，古代器物部分每加上花纹，目的在促进人的美感，让人使用时放心。彰，明也（掩饰），也就是在器物的破缺处加花纹作为掩饰，如对一只补接的桌腿加上掩饰的花纹之后，则使人感到更加牢固，或者竟忘记它是补接成的。从这一观点来看，第一期著像虽多，然非写实，故心理作用甚少，第二期著像较省，第三期已写实，第四期写实最真，故称之为衰落时代。这时已有镜子出现，据现在所发掘出来的古镜已与汉镜差别不大。一般人认为古器物花纹以第三、四期为最好，但就点缀艺术观点来说，最好还应该是第一、二期。

就文学与美术关系而言，它们是雁行式的发展。文学的第一期相当于美术的第二期，第二期相当于第三期，第三期相当于第四期，而到美术的第四期，古铜器的时代便结束了。

我国上古文学，《诗经》时代相当于铜器的纤丽时代，《楚辞》时代则相当于铜器的衰落时代。在文学发展上，

《楚辞》文学比《诗经》进了一步，辞藻和意境都有很大程度的提高。《诗经》中够诗味的句子，如"萧萧马鸣，悠悠旆旌"，"昔我往矣，杨柳依依；今我来思，雨雪霏霏"，同《楚辞·湘夫人》的"袅袅兮秋风，洞庭波兮木叶下"相比，便觉两者的韵味有着显著差别。可是艺术必须有节制和中庸之美，凡一种文体发达到了顶点，也就是衰落的开始。晚清人写诗盛推汉魏而薄唐诗，原因就在于此。有如花之开到十分，反不如含苞待放时令人观赏更饶佳趣。

二、论史诗

　　曾有一个时期，人们认为我国文明是东方文明，它的发展与新来的西方文明根本不属同一系统，所以不能作比较观。可是追本溯源，人类文化的源流原本相近，后来才分途发展，譬如一棵大树，枝条虽分，树干还是同体。根据这一观点，试论我国古代的史诗。

　　史诗，原文为 Epic，字源来自希腊，其后西方各国出现类似体裁的作家和作品，遂形成一种定型的诗体。这个"史诗"名称，同我国向来所谓"诗史"含义并不相同，不容混为一谈，这是首先要说明的。

　　下面分两部分试作分析探讨：

（一）理论上应有史诗

甲、内容

　　只要是有文化的民族，在文化初期必然具有史的意识，而在现代人眼中却不承认那是历史。如小孩爱听童话故事，就是要把自己知识的空缺处用想象来弥补它，才能感到满足；再有一种动机，是他们在知识感觉中有不满意的地方，就设法加以夸张，小孩之爱听神话或鬼话，他们的动机就在这里。这种无所谓的撒谎，却能使人们感兴趣，如太白诗句"白发三千丈"被众口传诵，就是出于这种心理。又如唐人郭元振有两句诗"久戍人将老，长征马不肥"很受人们喜爱，便为它编造神话，说元振少时在山中夜读，灯下忽然出现一张大白脸，他不仅不害怕，反觉有趣，就提笔在上面写了这两句诗，次日在附近松树下发现昨夜写的诗句，才悟是树妖作怪。这神话就同诗一道传播开来，成为诗坛趣闻。从上述情况推测，人类初期社会也有这种心理现象。所以中华民族上古不会没有历史意识，就拿现存的最古史书《尚书》来看，其中就包含着不少神话成分。进一步说，我国民族没有史诗则已，如有就必然具有神怪传奇的内容，即有所谓史诗的性质，而考察现在古史所传关于尧舜禹的记载，又无不带有史诗的意味。

因此，从内容方面分析考察，中国古代不会没有史诗。

乙、形式

古代希腊的诗分为三类：（一）Lyric（歌），是用来歌唱的；（二）Epic（史诗），是用来背诵的；（三）Dramatic（剧诗），相当于中国的戏曲，这里且不谈它。下面着重讲歌与诗在发展演变中的关系。

我们可以想象原始人因感情激动而发出啊、唉、呜、呀的声音，这是音乐的萌芽，也是语言的胚胎。因为它可以延长而有抑扬，所以说是音乐的萌芽；可是骤发一声虽有意义而不为人所了解，所以说它是孕而未成的语言。像这种介乎二者之间的一声，就是歌的起源。最初的歌和啊都是作为一声的符号，"啊"字在古代歌词中不见，而是写作"猗"字，读如"阿""哥"。《书经·秦誓》："断断猗无他技。"《诗经·伐檀》："河水清且涟猗。"《庄子·大宗师》："而已反其真，而我犹为人猗。""猗"字在《吕览·音初》篇"候人兮猗"句中，读音与"我"相近。又《诗经·伐木》："有酒湑我，无酒酤我，坎坎鼓我，蹲蹲舞我。"《汉乐府·相和歌辞·乌生》："乌生八九子，端坐秦氏桂树间，唶我！秦氏家有游遨荡子，工用睢阳强苏合弹，左手持强弹两丸，出入乌东西。唶我！一丸即发中乌身。"这两处歇尾的"我"字都读"猗"声。不过后来用得多的则是"兮"字。"兮"古音读"啊"，甲文作"丷""Y""丂"，而"可"亦作"Ꮏ"，可见是一个字，"ＩＩ"象出气状，"丅"是声符，重可为"哥"，即"謌"或"歌"字，故古代凡有"兮"字之诗必可歌，"兮"便成了音乐的符号，歌诗合流以后它才变为虚词。然而古书中往往以"猗""我"代"兮"字用，可知这三字的发音原本相同，前两字只是"兮"字的不同写法而已，以至于由"阿"转为其他不同的声音，而又各有不同的写法。总之，凡带"兮"字的单句或整篇，严格说才合乎原始歌的真面目。按句法发展的程序说，凡带感叹性的句子，应该是由感叹词发挥而来。由各种古诗的诗句来看，必先有"兮"字，然后才有实字，这是纯理论的说法。因为"兮"是人心有所感，不自觉地发泄情绪时所发之音，它的实字是用来解释情绪的，故前者为冲动的，后者为理智的，由冲动到理智之间，歌者便由主观趋于客观，我们如果能辨明感叹词与实词出现的先后，就可以明白诗的发展。在感叹词上加上实字，是歌者替自己做翻译，所以说感叹词在先，而感叹词但有声而无字，故说它失音乐的；实字的加入已为言词，故说它是语言的一部分。前者如伯牙弦上的琴声，后者却如钟子期对琴声所作"巍巍乎志在高山，洋洋乎志在流水"的解说。沿用成了习惯，人们往往把先有的感叹词当成语尾或语助词，这是本末倒置了。但这一误会也不是没有理由，为的是后世诗中的感叹词变成了无用的虚字，毫无实义，因为人总是社会动物，它在诗中多加实字，是要抒发他的情感，以博取他人的同情，于是解说的实字重于感叹的虚字遂成为必然的趋势，而实字加得愈多，传情的效果也更妙，那原来的一声"啊"终于退居次要地位，自然要被当作语尾或语助词看待，改变了它原来的重要地位。但在歌唱时，"兮"字却成为不可少的因素，如《楚辞·山鬼》两句："若有人兮山之阿，被薜荔兮带女萝。"试把其中"兮"字去掉，意义并无改变，而韵味大不相同。去掉那代表音乐性的"兮"字，它感人的艺术魅力也就被大大削减了。"兮"字到汉代大概感叹作用已不太强烈，所以梁鸿的《五噫歌》便写成这样："陟彼北芒兮，噫！顾瞻帝京兮，噫！宫阙崔巍兮，噫！民之劬劳兮，噫！辽辽未央兮，噫！"梁鸿为了保存原来的感叹韵味，除"兮"字之外再加上一个"噫"字，以助情韵，由此读来，倍觉诗趣盎然。中晚唐人的感慨怀古诗篇，多从此取得借鉴。

以上所说，无疑是附带说明了歌的性质。具体说来，歌与诗的区别是一重意味，一重意义。它们在原始社会里是各有职责，并不像后世这样一致的。

汉人解释"诗"字，多训为"志"，乃是根据《尚书·皋陶谟》"诗言志"这句话来的。什么是志？汉时训作"人之志向"，而在战国时代却不止此义。我们试作推求，可得出以下几种意义：志，就是指记忆、记录、怀抱。而志的最初意义当是记忆。由志的三种意义，可以看出诗的发展三个阶段。按志，从屮从心。屮，甲文作屮，像脚有趾，也有"往"的意思。后来为了有所区别，在脚下添上一横作为"止"义，而"之"字也有停止义，后世却把两字颠倒使用，以"屮"（止）为"之"，训作往；把屮（之）训为止，后世沿用不变。如果以"屮"为"之"的话，那么"志之"便可解释成停止在心上了。记忆太多，不能胜记，才产生记录，发展为第二种含义。至于怀抱，当是由记忆引申出来的，不过时代较晚一些。怀，可训为藏，也有止义，抱义亦同。明了这个字义的发展，诗的演进过程就不难想象了。"怀抱"训为藏，见于《荀子·解蔽》篇："志也者，藏也。"注："在心为志。"《诗序疏》："蕴藏在心，谓之为志。"又《礼记·哀公问》："子志之心也。"志，就是记。《国语·楚语》："闻一二之言，必诵志而纳之，以训导我。"志，也作记忆解释。上举数例，都和诗的体裁产生有着密切关系。

大概诗的产生在有文字之前。人类历史发展，说话时期当早于创造文字若干万年。既能说话，必会唱歌，话既成为整个意志的代表，人们必须记它或诵它，这就是诗；并且为了便于记忆，故诗必有韵（但与后世用韵带有音乐性者不同），同时必须有整齐句法，还要有连环句法（韵语与诗有别，如歌诀体之类），先秦文章多连环句，是后世所没有的，就是当时为了便于记忆的缘故。此外，又须有系属之特点，即在文章中分别子目而加详释，也是为了便于记忆。再又有排比句法，不但字句整齐，连句的结构也是一致，作用都是一样。总之，这些现象都是古代文体的特点，便于记忆是它的主要目的。上述的叶韵、整齐句法、连环句法等，不但乐府诗中多有，在后代诗中，也都全部或部分保存着，寻找源头，不难在先秦文章里得到。可见古代的诗的功用，相当于后世的韵语歌诀，它是由一段生活经验中所总结出来的精粹语言，可称它为格言或谚语。为了便于记忆，才创造了上述的各种句法，这就是诗的起源。那些格言的作者，就被人称作圣人。可以说，诗的根本性质是实用的，功利的，或者说，诗的作用在鉴戒，而歌的作用在表现。由此看来，今天所说的诗，实际相当于古代的歌；古代的诗，实际上只是一些记录生活经验和各种知识的韵语。散文诗的价值，亦见于此。所以最古的诗多半是散行体，有的也不一定有韵，《诗经·七月》，实际上就是一部用散行体写的"时宪书"（历书），内容很平淡并无多少诗意。

其次，志训为记录，同诗的关系也很密切。有了文字之后，人类就用文字代替记忆之不足，所以记忆、记载都称为志。志在后代成了专门文体，可是在古代使用甚为普遍，意义很广泛，凡用文字写下来的都叫志。先秦书中不乏其例。从《左传》《国语》《孟子》《荀子》《吕览》诸书中均可找到。杜注《左传》，每注"志"为书或古书，由此看来，古代一切记载既然都称为志，而韵文的产生又在散文之前，有这两个条件，便可自然地得出结论：古代的一切记载必然是韵语无疑。所以说志就是诗，古代的所有记载无一不是诗的。

《说文》中"诗"的古字作"𧮫"，从言从㞢，篆文作"𧮫"；"志"字则作"㞢"，"誌"字作"𧮫"，故就文字学观点来看，诗、志、誌其实是一个字。

中国的古诗既以韵语为主，故古代称为志的也必然是韵语，如《诗》《书》两书名虽不同，它们同为有韵的记载则是一样，如《墨子》所引古《泰誓》就是韵语，又《孟子》引的《泰誓》也有韵，《周书》及《左传》中所引古代的诰、志无一不是韵语，这可以代表古代最初的文体诗文不分的现象。

近人怀疑认为《国语》一书当写于《左传》之前，因为它的内容偏于记言，不像《左传》的以记事为主，按照人类历史发展的实际情况，记言应该早于记事，看法不无道理。即便是《左传》中，记言的成分也不少，其他先秦诸子，无不是记言著作，直到汉代才有纯粹记事的《史记》出现。大体上说来，时代愈古，记言的成分愈多，如《论语》记言就多于《孟子》。再如《尚书》，相传最古的几篇，已被近代学者断为伪作，理由也是少了记言成分的缘故。据考证结果，当以《周书》最古，其中诰、命、誓诸篇，都是宣告王命的文件，全是记言的文字。既然是告示，得向公众宣布，故多用韵语，便于让老百姓记住。

承认初期记载必须是韵语的，就得承认诗言志的第二义之训为记载。《管子·山权数篇》："诗者，志德之理，而明其指令，人缘之以自戒也。"这里的"志"也训为记。可见古人对诗的观念，原本如此，跟后人把"诗言志"解释成咏怀的说法不同，那该是出现较晚而又抽象的理论。

上面既说明歌的本质是抒情的，今又知诗的本质是记事的，这两者的区分就很明白了。由此可见，古代"诗"字的含义只是作为韵语的名称，那真正的诗趣却包含在古代的"歌"里，这是就形式而言；至于内容，则诗必为史事，而歌才相当于近人所谓的诗。

根据以上的说明，群经中的《书》《礼》《春秋》都可通称为志，其中《春秋》是史自不待言，《礼》也算是礼俗史，《汉书》中径称为《礼乐志》，至于《尚书》中的诰、令，相当于后代史书中的"本纪"，故古代的志实包括后世史的观念——本纪、政治史、礼俗史等。诗既等于志，志又等于史，故诗也就是史了。凡古史的成篇作品，它的形式与内容必然是诗无疑。《左传》记韩宣子闻郑六卿赋诗的赞语是："所赋不出郑志。"由此可证诗与志是通称的。唐人《渚宫旧事》卷三转载《襄阳耆旧传》引古本《高唐赋》："王曰：'愿子赋之以为楚志。'"可作旁证。这里说的"楚志"，犹言楚史，而史又与赋连称，赋是古诗之流，那么诗也就包含有史的意义了。

诗在古代本是用来记言记事的，故它的职责是史，散文兴起之后，诗才同它有了有韵与无韵的差别。在早期本来诗与史是不分的，所以孟子就说过"诗亡而后春秋作"的话，理由在此。孟子又说："诵其诗，读其书，不知其人可乎？"《诗大序》中也有"国史明乎得失之迹"一段话，也是把诗作为史笔来看的。根据这些记载，我们可以说古代的史官也就是诗人了。

《诗大序》在论诗亡之后，接上"国史明乎得失之迹"这一句，很值得注意。按士在古代本是武士而非文人，仅有一部分人作记事的史官，一般都作武士，专司保卫家族的职责。后来天下平定，武士渐习文教，史官的专职就全落在士人身上了。由《诗大序》的暗示，我们可知诗与史的连带关系，就是《诗序》之论美刺也必引《左传》作为注脚，事虽未必确实，但诗与史的关系由此不难概见。

"史"字的训诂，查考古书，《论语·雍也》篇："文胜质则史。"《仪礼·聘礼》："记辞多则史。"《韩非子·难言》篇："捷敏辩给，繁于文采，则见以为史。"又《说难》篇："米盐博辩，则以为多而史之。"由此可知，古代"史"字的义训，必是指繁于文采的意思。可是现在看到的古代纯粹史书如《左传》《尚书》《国语》等为什么并不繁于文采呢？我们不妨这样设想，最古的史书必然是繁于文采的，不过已经失传罢了。

古代的歌是抒情的，且不押韵，古代的诗是非诗的内容，而外形极为严格。后来经过长期的变化，诗兼并了歌的内容，歌也采取了诗的外形，这一转变就关涉到修辞问题。歌是以音乐的性质感人，无须用文字作解释，而人的头脑进步，分析能力加强，在歌唱之外就需要加以文字的说明；在歌中本无锻炼文字的必要，而诗却注重文字的锤炼，于是后来几经演化便合而为一了。因为诗有锻炼文字的方法，却少有作为表现手段的机会；而歌则有抒情的特性，如加上字句的修饰，就会产生相得益彰的效果，歌与诗的由分到合，也许是这个原因吧。

建安以后，近代诗体已告完成，记事的史书反而文采愈繁，故"繁于文采"这句古语，用于《汉书》及唐人所修的《晋书》倒是名副其实的。史书在记事之外，还有记言作用，因古史本来就是用来记言的，章实斋说"六经皆史"，此话颇有见地。便是诸子百家，实际上也无不属于史书一类，史重记事，乃后世发展演进的结果。最初写史乃用来记言，偶或记一点发言的背景，到后世才反宾为主而着重记事。最古史书当推《尚书》，再古为卜辞，所记都是神话和天子之言，故古代每以巫史并称。以后进一步便以发言本身的价值作为记录择取的标准，不再计较发言人的身份，如《论语》所记孔门诸子的言论就是例子。到战国后期的《荀子》才有了自作自记的文章。在他以前的《庄子》，为了发表自己见解，反要借古人作为代言，尚可见到古代史官代人记言的历史痕迹。由此可见，子部书其实是从史部书里分出来的。史书既然繁于文采，子书自不例外，如《淮南子》便是显例。只有《吕览》有意打破这一陈套，自觉地用简略的文字记言，所以书刚写成，就悬挂国门，出千金重赏征求改易一字，可说是对古史传统写法的挑战。由此不难推想，中国古代史诗的内容必是神怪化的，或叫作艺术的撒谎，是为趣味而写作，是传奇的，而外形则是诗的。

事实上，我们如要寻找中国史诗的残骸，最好用比较方法去寻求，如同现代的考古学家常用地下发掘远古的零碎陶片拼成实物，再观察它的形状、颜色和花纹，从而考定它所产生的时代与文化。下面先看《尚书》的《尧典》

和《皋陶谟》两篇，再拿它去和《商书》《周书》比较，由它们的同异可隐约看到中国古代史诗的雏形概貌。《尧典》和《禹贡》，后人怀疑是战国时代的产物；我们经过比较之后，便可取得适中态度来处理这些最古的史料。古代史书固然曾加入了战国人一部分整理的功夫而已。其中有许多神话及超现实的故事，如果是后人的伪造，当时必大力删削，何必把它保留在史书中呢？

（二）《尚书》中残存神话材料例释

甲、《尧典》

日若稽古帝尧，曰放勋。钦（頫）明（勉）文（忞）思安安，允恭克让，光（广）被四表，格于上下。克明俊德，以亲九族；九族既睦，平章百姓；百姓既明，协和万邦，黎民于变时（是）雍。

按：曰作唯解。若，《说文》训择菜。稽，考察也，故若、稽皆训考察可也。钦，低头也。明，勉也，通俛、俯、頫，亦低头之义。文，读如忞，通忞。思，恭敬也，语曰："毋不敬，俨若思。"安安，读晏晏，和也。允、克俱训能。此数句为写尧之德，可见取材之古。中国古代以恭敬为美德，敬，警也，惊也，盖上古荒野未辟，人必时时警惕，以保全生命，经儒家推衍而成为道德之中心。格，训被。光，原始人以为神秘，常用来代表其所敬畏的神明。古代神字从申，作𪩘，電字亦从申，故神便是有光的。钦、监古同音，视也。若，训那。

唐尧之典属《尚书》的《虞夏书》，而《尚书》中并无"唐书"名称，可见尧舜本是一家，甚至亦无帝尧其人，不过是推测在舜之前一位古帝之名号耳。

> 分命羲仲宅嵎夷，曰旸谷，寅宾（傧）出日，平秩东作；日中星鸟，以殷仲春；厥民析鸟兽孳尾。申命羲叔宅南交，曰明都，平秩南讹；敬致，日永星火，以正仲夏，厥民因（衣）鸟兽希革。分命和仲宅西，曰昧谷，寅饯纳（入）日，平秩西成；宵中星虚，以殷仲秋；厥民夷（绨）鸟兽毛毨（新）（毛毨二字应倒）。申命和叔宅朔方，曰幽都，平在朔易，日短星昴，以正仲冬，厥民隩（燠）鸟兽氄（毳）毛。

按：古代羲和原只一人，后分为二人，此处则分为四人矣。旸谷，神话以为日所从出，日浴其中，水热。谷，今解作道，犹言轨道也。旸谷，即太阳初出所经之道路。寅，训恭敬。宾，导也，迎也。平，训为办理。秩，治也。殷，止也。古人喜用氂牛尾为装饰；旌、马鞭头与衣装皆尝用之，故旌，训为析羽也，希，郑训少毛之革，今作烯，干也。因，双声转为衣，又可转为茵，褥也，古人披之以蔽体。昧，无光也。毨（新），《白虎通》训洗为新，故毨为新义。夷，绨也，较厚之衣也。在，训察。氄（毳），细密之毛也。隩，可训燠，或直训为棉襖之襖。

法国汉学家以此段为中国古代神话之遗留。帝尧为神，羲叔、和叔为管理日之出入者，羲仲、和仲则是管理日之不至过分偏北或偏南（夏至偏向北，冬至偏向南）。《山海经》则以为日由鹓、韦两凤所管。凤，鸟也，可见羲和原本是鸟，故帝尧亦当是鸟属。或以为舜管天。世传日中有三足鸟，盖出于此。

　　帝曰："咨汝羲暨和，期三百有六旬有六日，以闰月定四时，成岁。允釐百工，庶绩咸熙。"帝曰："咨畴若时登庸？"放齐曰："胤子朱启明。"帝曰："吁！嚚讼可乎？"帝曰："咨畴若予采？"驩兜曰："都，共工方鸠僝功。"

按：釐，训饬理。熙，训兴。上文之"咨"训告，下文之"咨"训问。古代告、问之义或通，当作发语词，如后世之"维"字。庸，训工或功。登，训献。若，古训为顺。畴，训谁。放齐，人名，不可考，意或与帝尧放勋同辈。启明，或曰形容朱者，朱为尧子，或曰朱启明为一人名。按后人考据，禹子曰启明，意者尧舜禹或出于一种传

说，后人混不能辨耳。采，亦训为顺。（杨筠如著《尚书覈诂》，为考证《尚书》较详之书，且大量运用了金文材料，可资参考）

　　帝曰："吁！静言庸违，象（漾）恭（洪）滔天。"帝曰："咨四岳，汤汤洪水方割，怀山襄（囊）陵，浩浩滔天。下民其咨有能俾乂?"佥曰："於，鲧哉。"帝曰："吁，咈哉！方命圮族。"岳曰："异哉，试可乃已。"帝曰："往钦哉。"九载绩用弗成。

按："咨畴"原为"畴咨"，今据段玉裁说法改正。"靖言庸违"，旧训为乃数共工之罪恶，言其貌恭而恶极。象，今读为漾（荡），意谓震荡洪水以漫天也。割，训害。"怀山"前原有"荡荡"二字，清儒臧琳考证为"汤汤"之重复，故删去。襄，旧训为骧，驾也；今读为囊，包也，二字古原相通。有，古等于或字；或，古训谁，故有亦可训谁。乂，训治。方，训违，读为"放弃"之放。异，同異，举也。用，训庸，功也。

　　帝曰："咨四岳，朕在位七十载，女能庸命，巽朕位。"岳曰："否德忝帝位。"帝曰："明明扬侧陋。"师锡帝曰："有鳏在下曰虞舜。"帝曰："俞，予闻，如何?"岳曰："瞽子，父顽，母嚚，象傲，克谐以孝，烝烝乂不格奸。"帝曰："我其试哉。"

按：其中"帝"字为后人所加。四岳说法不一，或谓为一人，或谓四人，为古代世族之名，其裔为姜姓。或以"四"为"太"字之误（古文四作𦉫，大为𠓛）。庸，训用。異，今训让，古书或作践，义并同。按古文異为𢆞，象两人坐，按前后两义皆可讲通。否，训不。忝，训儒。侧，仄也。陋，隐也。明明，训勉勉，努力也。亦可训黾勉。师，训众。锡，相当于后世之锡字。一从金，一从贝，皆古币也，故两字通用。锡、赐为移动之义，故又可训告。傲，训邀。奸，训扞格。烝烝乂，言其治家有条理也。

于时（是）观厥型于二女，釐降二女于妫汭，嫔于虞。帝曰："钦哉！"慎徽五典，五典克从；纳于百揆，百揆时叙；宾于四门，四门穆穆；纳于大麓，烈风雷雨弗迷。

按：釐降，下嫁也。妫汭，地名，为水湾处。或云舜妫姓，妫从为，而龟甲文为字有手牵象之义，故传说舜弟为象，良非偶然。《论语》："子在齐闻韶……曰：'不图为乐之至于斯也。'"按韶乐为舜乐，舜姓妫，故又谓之"为乐"。嫔，训嫁。古代宾、家二字原通用者。何以能通？盖就男子言女嫁来为宾，故宾家可通。虞，后为官职，掌鸟兽之官也。舜国号虞，而按后文记载，舜始为猎夫，亦可知其时代尚在狩猎时期。

乙、《皋陶谟》

本篇是记载禹的谈话。舜因禹治水有功，把帝位禅让给他。篇末记夔（乐官）奏乐，文中极力描写当时的盛况。古代贵族人家才有乐队，天子乐队的规模更大，最大的当推上帝。按本篇所写，似乎人神不分，诸帝是人是神，混然难以分辨。古代朝廷会宴，必奏四夷之乐，含有炫耀战利品的意味，故中国音乐自来就接受异族影响，此文可以为证。舜禅位以国宝付禹，就是韶乐。其中有九具，也许便是最古的"九歌"。由此联系其他古书的有关零碎材料，加以凑合，不难隐约窥见中国古代史诗的原型。《山海经》说启自天帝处偷来"九歌"演奏，说不定就是从本文取材的。

古代中国文化分为东西两系，傅斯年氏曾写《夷夏东西说》进行讨论，他是就种族本位来作为文化之分野，我却认为以学术思想划分较为恰当。我们可以儒家代表东方文化系统；道家代表西方文化系统，这是中国文化的两大枝干，在后世互为倚伏，又常相抵触。

舜不仅为儒家经典中的圣君，又是《山海经》里出现的神话性的人物。他是殷民族的祖先，代表东方文化系统；而禹是夏民族的祖先，代表西方文化系统。舜以帝位禅禹，是否出于主动，以今天眼光来看，被动成分居多。因禹晚年曾举益自代，孟子曾说，众不归益而归启，世袭制由此开始。而据《竹书纪年》及《韩非子》所记，启乃杀益而自立，可知禅让多半是由强迫造成，是形势所逼不得不如此的。据《史记》记载，益乃管鸟兽之官，舜是虞人，也是职掌鸟兽，故舜益实系一家。舜本要传位给益，被禹夺去，益又从禹手中夺了回来。又益，古称化益，舜姓妫，一姓姚，古文"化"即姚姓，妫亦与化通，可证益舜本是同姓，大概益是舜的赘婿，故同姓。因此，所谓舜禹禅让的真相应该是这样：禹夺了舜位，益又夺禹位，启又从益手中把帝位再夺回来，它表现了东西两系文化在上古时期的起伏斗争。后来两系各自分途向东西发展，但在地区分布上也并非完全绝对的，如西秦人的祖先是益，而东齐人的祖先又是禹的后人。

启既得天下，荒淫无度，《山海经》和《墨子》都有记载。说启之为君，专事乐歌舞蹈，以醇酒妇人自娱。《墨子·非乐上》引《武观》（《尚书》逸篇）或谓即《五子之歌》（武是舞字之误，观歌二字是双声对转）。扬子云《正宗卿箴》云："有任二女，五子家降。"传云"太康取有任氏二女，荒淫不法，故五子作歌"。据今人顾颉刚考据，太康即启。我的考证否定了崔东壁"夏之太、仲、少三康无名"的怀疑，认为相为仲康，杼为少康。按：康即庚，庚是启明星，启明一名长庚，长者，长也，所以说启即是太康，给顾氏说法找到了根据。有仍氏女，《左传》称为玄妻，是启的妻子，既称之为玄，或相当于今天所谓黑美人吧。《天问》称此黑美人为頟嫔，传云"頟嫔曾嫁河伯"，故河伯也就是启。那么《洛神赋》中的宓妃，也是这位玄妻了。启的儿子似乎有母子恋爱的关系，史传启与子内讧，子把玄妻带往有仍氏家族，在外家起兵造反，启往征伐，正酣战时，闯出有穷氏（后羿）杀死武观，夺走玄妻。启后不知下落而夏亡，至少康乃得中兴。《左传》记载，有仍氏嫁于葵，葵也就是启。因葵、启古音相通。葵即夔，是乐正，而启家也多音乐，故葵、启实为一人。夔子伯封，启子武观，都被后羿所灭。（凡夏代君主，名号前都加有一个"后"字）伯封有封豕之名，而河伯亦作豕形，羿又有射杀封豕的传说，可见夔、启是一个人的推测就不是毫无根据的了。羿属于虞族，也是虞官，史称夷羿，东曰夷，故知益、羿、舜都是东方民族集团中的人物。羿被他的臣下寒浞所杀，夺走玄妻。当时羿出猎在外，寒浞买通他的家臣，兴兵造反杀了他，并命令其子吃他的肉，子拒绝，同时被杀，此子即玄妻所生。后玄妻另生二子。至少康时，勾结羿子媚妻（女歧）为她丈夫和公公复仇，先用美人计接近寒浞的儿子浇，然后闯进屋子擒捉，不料误杀女歧，浇夺门逃出，恰遇少康猎犬，被咬杀而死。这些故事情节，与后代所写政治史料大不相同，我怀疑它是一段最好的史诗材料。

　　这个故事何以能留传下来，用前面所说的观点来分析，它无疑是用韵文叙述的。由此可知我国上古必然有过史诗。可是后来为什么失传了呢？是因为夏亡之后，由殷人继起，东方文化占了优势的缘故。自殷代以来，中国文化已相当成熟，而儒家的祖师孔丘也是殷的后代，并且鲁国原是东夷地区，所以从孔丘整理古代文化以后，中国文化系统全盘受到东方文化支配，对其敌对方面的文献材料，有意加以泯灭或改削，史诗也就因此失传了。据残存史料了解，我国古代的西方文化同近代的西洋文化很相近，失传诚为可惜，幸有后起的南方老庄思想代为调剂，才使后代的文学受其沾溉而获得较大的发展。

三、记言与记事

在古代，记言比记事更为重要。先秦较早的几部史书，如《尚书》《左传》《国语》等，都是偏重记言的。为了说明发言的背景，有时也附带记事，可见记事只是因记言临时需要而增添的附加成分。如《论语》"侍坐"章记孔门师徒一次言志的对话，记言之外，就作了一些刻画人物形象和渲染环境气氛的描写，于是它就成为一篇比较富于文学意味的作品。记言和记事的发展，似乎和绘画有些一致。记言好比人物画，记事则如山水花鸟画，后者只是作为人物的烘托而出现，是作为偶然的点缀。所以中国古代小说不很发达，多少是受了文章偏重记言的影响。

文艺的功用，主要有鉴戒与表现两种，纯文艺则重在表现。人类文化的初期是质朴的。所谓质朴，就是当时为了适应生活的技巧与法则，一切以实用为主。工具与法则的产生，也就是艺术与哲学的起源。如太古制造弓箭，本是用来狩猎，作为解决现实生活的手段，以后到了工匠手里就成职业化的目的，给弓箭加以种种美化，这就是最古的艺术。至于法则，它是人类对待客观事物的态度，集合许多生产经验所归纳得出的结论，后人在此法则中为推求事理而发现纯理性的趣味，即发展成为所谓"哲学"。而文学就处于艺术与哲学之间。

后来，人类生活比较优裕，不再忙于狩猎活动，才有余暇从事文学创造。但中国古代文学每偏于鉴戒而忽于表现，这和西方文学的发展有所不同。鉴戒，就是将有益于实际的生活经验传给后代，在经验中有事迹也有言论，但事迹往往只是个别经验的叙述，而言论则是从许多经验中概括而成的规律，因此记言比记事更为人们所重视。最早的记言文体就是这样被发明创造出来的。这些都是文字记录初期的情况。以后由于应用技巧和书写工具的进步，才有了在记言时附带记事的文章出现。

《左传》说："太上有立德，其次有立功，其次有立言。"《国语》则谓"其言留于后世，所谓不朽也"。可见《左传》"三不朽"的说法比较晚出，而要留言于后世，文字当然是最好的工具了。

古人曾有"文以载道"的说法，本来文字最大的功用在立言，平时生活有语言已经够用，而要传之久远则非文字不可。把宝贵的生活经验保存下来，加以传播推广，这就是文字功能所以被重视和利用的主要原因。经验是生活的法则，也就是应付生活的道理，所以"载道"之"道"，即指道理，如果从这一观点来理解，"载道"的说法应该是正确的。

　　明白了文字兴起的原因，然后可以分析说明先秦诸书的内容性质及其发展演变的过程。

　　《尚书》向来号称是记言的书，可是其中的《虞夏书》记事每多于记言，《商周书》反以记言为多，由此可证前者比后者晚出。其次，记言的书还有《国语》《战国策》《论语》《墨子》《孟子》《荀子》《老子》《韩非子》；不纯粹记言的书有《逸周书》《左传》《管子》《晏子春秋》《吕览》《礼记》；其他如《易经·十翼》《公羊传》《穀梁传》，也可列入记言书一类。

　　记事的书计有《春秋》《竹书纪年》《穆天子传》《山海经》《仪礼》《周礼》《考工记》《虞夏书》《世本》；不纯粹记事的有上列不纯粹记言的诸书。

　　在以上各书之外，没有列入的尚有《诗经》和《楚辞》两部著作。《诗经》的"大小雅"固然也可称之为记言文字，然而"国风"则言与事无法分开。《楚辞》虽然也是记言，可是同上列各书又有所不同。由此不难看出《诗经》和《楚辞》是我国上古文学的两颗宝石，如何把它们嵌进先秦的典籍之中，尚有待我们仔细考虑。

　　关于记言，我们可以把它分为代记和自记两种。代记中又有公言（以《商周书》为代表）与私言（以《论语》为代表）两类。古代早期的君主，在继承关系中互相禅让，他们的能力和德行必为庶民所敬仰；世袭制兴起以后，他们掌权的子孙仍依仗祖德而受到尊重，一概被看作是圣王，认为他们的见识经验在理论上应高人一等，因此他们的话有记载的价值，这便是上面所说的"公言"。直到孔子出现，虽然没有王位职称，但他的德业被公认可匹圣王，人们也就乐于记下他说的话，私家言论从此开始。这两类记言都属于代记体。因为早期的发言人不能断定自己的言谈有无价值，所以必须找人有选择地代记，以便流传后世。有人说古代设置左史记事、右史记言是对帝王有监视作用，我看倒不一定。由代记发展为自记，中间有一个很大的变化过程，不是突然发生的。最初是托言，如《庄子》书中就有不少假托黄老之言和记物的寓言，所以托言又有人言和物言两种。而人言中又有虚实两类，实的如《庄子》之托言黄帝、老子，虚的如汉赋中的记言子虚、乌有先生等是。托言历史上实有的人物，犹有尊重代言传统的意思，借虚有的人物为托言的主人，则代言体已成为无用的盲肠了。物言则更进一步，如《庄子》书中的罔两、骷髅、蛇、风等的发言，贾谊《鵩鸟赋》中作者与鵩鸟的对话，都是物言的例证。托言由托虚至于托物，乃渐有趣味，进而成为文艺上的一种体裁，在文学发展史上诚然大有意义。贾谊此赋似乎是他的创格，其实只是对旧体加以发展革新而已。世间没有绝对的创格创调，无不是在前人开创的基础上推陈出新来的。如后代律诗律赋，从形式上看乃起于六朝，完成于唐代，但追溯它的渊源，仍然是很古的。古人创造诗体，目的是便于记忆，为了帮助人们记忆必须押韵，并要协调音律，后人无非将原有实用的目的或需要变成一种装饰手段，汉人变托虚为托物，也就是善于把实用与需要的目的作为装饰手段来运用，从而创造出一种新的文学表现形式。《荀子》算是自记体的创始之作，是最新、最进步的文体。把书名题作《荀子》，自然是旁人所加，当时并未题作者的姓名，不过人既称它叫《荀子》，作者并未反对，也就成为通行的书名了。至于在文章下面标写作者名字始于何时，则尚待考证。《老子》一书，自记体裁和《荀子》相同，但据今人考证结果，老子其人在前，而成书在后，可能是战国时人所著而托名于老子的，这一点又和《荀子》两样。到吕不韦时代，竟然将他门客集体写作的《吕览》挂出悬赏，有能改一字的赏以千金，他的傲视态度比前人更进了一步。可见时代愈后，作者自我表现的程度就愈见明显，比前期代记人是为集团而记言的态度迥乎不同。因为代记人是置个人名利于度外，这种精神确实为后人所不及，所以说文化发展到后期乃自我膨胀的大时代，像《诗经》《楚辞》一类作品，它们的表现又比《吕览》更要显著。原因是文艺重在自我表现，作者感觉集团生活不舒服，乃发出呼声，所表现是文艺的，与前此以鉴戒为主偏于实用的作品自有区别。不过在有的鉴戒文章里偶尔稍带一点表现手法，对后世文艺仍有着不小的影响，这就是小说发展同记事史书所存在的历史渊源关系。

先秦的记言作品，以兼写故事的《战国策》一书最妙。

试以《触詟说赵太后》文中一段为例：

> 赵太后新用事，秦急攻之，赵氏求救于齐。齐曰：
> "必以长安君为质，兵乃出。"太后不许。大臣强谏，
> 乃明告臣下："有复言以长安君为质者，老妇必唾其
> 面！"左师触詟求见，太后盛气而揖之。入而徐趋，至
> 而自谢曰："老臣病足，曾不能疾走，不得见久矣。窃
> 自恕，而恐太后玉体之有所郄也，故愿望见太后。"太
> 后曰："老妇恃辇而行。"曰："日食饮得无衰乎？"曰：
> "恃粥耳。"曰："老臣今者殊不欲食，乃自强步，日三
> 四里，少益耆食，和于身也。"太后曰："老妇不能。"
> 太后之色少解。

这段对话妙在是为后面要讲的正面大道理作铺垫，如
果没有前面对话中的这些托词，后面的进言太后定不爱听。
现在先用家常絮语作引子，平其气而宽其心，所谓旁敲而
侧击，终于达到说服的目的。所以作者对前面这一段叙述
必然费了很大的描写功夫。就记事文写作的发展来看，可
说是了不起的进步。

再就文字本身使用的进展情况来说，文学总不能离开
文字而独立存在，但文字使用过久，也会产生弊端。西人
曾拿琴弦作比，文字好像琴弦，弹久了便会松弛，必须重
新调转，才能发出铿锵的乐音。中国文字在先秦时期刚好

成熟，如新张琴弦，清音脆发，运用恰到好处。到汉代此
弦渐呈松弛现象，所以汉人好些作品虽不乏佳制，可是大
部分使人有读之欲睡的感觉，即使像太史公这样的天才，
他写的《史记》如果抽去其中所描写的传奇性故事和抑郁
的牢骚二者之外，可取的文字实在不多。刘向等人的文章
就更不足道了。

汉人对调整文字痛下功夫的当推扬子云（雄）。"文起
八代之衰"的古文大师韩昌黎把他抬得很高，甚至推崇他
是继孟子而起的道统发扬人物，这是因为昌黎自己提倡古
文，主张文从字顺，正同扬子的着意调整文字颇有相似
之处。

扬子《法言·学行》篇有所谓"铸金"的说法，人以
为是哲学家的术语，其实不过是故意搬弄"铸"这个字眼
而已，并无什么奥妙哲理。又说："吾未见好斧藻其德若斧
藻其榱者也。"同样是在搬弄"斧藻"这个字眼，而文字却
为之增美不少。其他例子尚多，都是使用搬弄字眼的手法。
如《修身》篇："气也者，所以适善恶之马也欤？"思想固
然很简单，而说法则颇富文艺性。在这之前有庄子，作文
善于炼字，却是出于自然，跟扬子故意雕饬大不相同。所
以说，扬雄的确是中国文学史上调整文字的第一个人。然
而作文语法修辞之生动，并非来自文人学士，而是出于下
层阶级日常谈话间自然流露的口语，从《吕览·辩士》篇
可以得到极好证明。文中有这样几句："夫四序参发，大甽

小亩，为青鱼肤（鮍），苗若直（植）獵（蠻），地窃之也。"这一"窃"字，用法妙极。又"苗其弱也欲孤，其长也欲相与居，其熟也欲相扶""是故其耨也，长其兄而去其弟；树肥无使扶疏，树坭不欲专（抟）生而族居"，这些拟人化的语言，本来自劳动生产者的行话，一旦出现在学者的专门著作中，文句生动极了。那些堂皇典雅的高文典册和它相比，反不能如此妙趣横生。

其他如《墨子·号令》篇："立勿鸡足置。"又《备蛾傅》篇："相覆勿令鱼鳞三（参）。"又《杂守》篇："入柴勿积鱼鳞簪。"扬子云《太玄·礼次六》："鱼鳞差之。"昔人论文常以"奇险"二字作评语，指的就是这类文字。唐代韩昌黎的诗便爱用这种写法，晚唐杜牧有所继承，至宋代苏东坡、黄山谷更加发扬光大。其中用字最奇特的莫过于《墨子·杂守》篇中的一句："亭三隅织女之。"因为织女星的位置正好呈三角形的缘故。这可说是文字的活用法。这种活用法的文句还可举出《尚书大传·大战》篇的片段："武王与纣战于牧之野，纣之卒辐分，纣之车瓦裂，纣之甲鱼鳞下，贺乎武王。"又《礼记·檀弓》篇："弁人有其母卒而孺子泣者。"从上面这些例句可以看到，记事文在发展过程中逐渐文艺化的倾向。

总之，记言与记事是我国古代文学的两种重要文体，它们在发展上有先后之分，先记言而后记事，是从以记言作鉴戒为主而开始的。记事后来虽然发展成为独立的史传体，而鉴戒成分始终居于主导地位，司马光把他写的一部大的通史竟直接题名叫《资治通鉴》，便是最好的证明。前人说"六经皆史"，可说是看到了问题的实质。它甚至影响到后世从史传分支出来的稗官小说，这个历史特点和它所形成的有别于西方文学的民族传统，是应该为我们清楚认识和郑重思考的。

四、古代的音乐与诗

中国古代的音乐和诗的关系非常密切。据史传所记，它还有地域性的特点，如秦国的缶当时就很有名。秦用雅声，周也是雅声，所以周乐也该是用缶作为主乐。缶，就是一种土鼓，原用来做饭，翻倒过来便成为乐器。相传它是由夏代遗留下来的。《诗经》的演唱当是以缶为主，其他伴奏的还有筝、竽、笙等类。

郑卫之乐常用弦索与竹管。凡是以鼓为节的配乐诗多是齐言，而配管弦的诗则以长短句为多。从舞容方面也可推定当时乐与诗的关系，再就当时有关评语，同样可以了解乐与诗的概貌。

《诗经》的颂、雅、南、风，可代表诗的四个发展时期，其中以颂为最古。颂，就是容；雅，豫也，豫就是象；象也就是容，所以说雅、颂是相通的。如《诗经》的《鲁颂》《商颂》虽名为颂，其实是雅，因为它们写作时代较晚的缘故。雅颂一类作品，多用于集团生活之间，而南便是由集体到个人的过渡，它与雅相近；再进一步就成为风，变成纯粹个人的诗了。往后更进一步，屈原出现，便有了写作署名的作家。

按地理环境说，河南在古代为商业中心，《左传》记郑国商人弦高犒师一事可证。南阳尤其是当时南北交通的枢纽，《诗经》曾提到江汉，实即现在的汉水，又提过汝水的名字，所以南阳就是《诗经》中所指的"南"。此地到汉代还存在"小长安"的称号，它在春秋时代的繁荣可以想见。原因是周人在北方虽灭殷纣，但只攻克朝歌而已，对南方的楚多次进军无效，宣王甚至在南征途中死在汉水，从此放弃南征政策，但为了防止楚人北伐，南阳便成了军事战略基地，地位益见重要。因此在文化上自然形成有代表性的地区，从而产生了所谓"周南"的乐调。

乐府诗中有《襄阳大堤曲》，这是因为襄阳后来发展成为商业中心，居民殷富，便产生对音乐文艺的兴趣爱好，也就出现了咏赞本地风光的诗歌。而从汉末《古诗十九首》所写"燕赵多佳人"和《史记》提到的所谓"邯郸倡"等材料中，又可看到商业中心北移的现象。由此可见，南北物质文明发展给予音乐与诗歌的影响。据近代发掘的铜器，郑国铜器花纹多与楚国相同，说明当时两国关系是密切的。所以从地理环境观察，南与楚声不无一定的关系。正因为郑、楚两国交往频繁，使南北文化得以互相沟通，"南"遂由简单的诗句进化为乐调与歌词更为复杂的《楚辞》。梁启超说"南"为后世乐府艳歌的先声，见解是不错的。从此雅颂声息而"楚辞"代兴遂成必然趋势。

五、论《易林》

　　西汉焦延寿作《易林》一书，经过考察研究，我认为这位作家在文学史上应当占重要地位，要像《史记》的作者司马迁一样受到重视。《易林》本来的作用只在占卜，用的是诗句形式，好像后世观音签一类的东西；可是它的句法往往有近于唐宋诗句的，后人书写对联，常被引用。晚明钟（伯敬）谭（友夏）编选的《古诗归》也曾选录过它。我特选抄了一份《易林琼枝》，作为中国文学史发现的新材料。

　　在未谈本题之前，请先讲一下《诗》与《易》的关系。按所谓"六经"，《乐》与《诗》的关系最密切，而《书》与《春秋》和《诗》也有关，我在"论史诗"里已有过说明。又按古代诗的用途是在祭祀与聘享，《诗》的大小雅即聘享诗，颂便是祭祀诗，这又是《礼》与《诗》的关系。可是如果深入考察，就会发现没有比《易》同《诗》的关系更密切的。西方文学之能深沉而又飞扬，莫不与宗教有关，可惜中国文学同《易》的关系愈来愈远，少有人像焦氏这样运用《易》作为创作资料，因此我国文学终不能像西方文学那样富于浪漫色彩。

《易》在古代由卜人掌管，卜人就是后世所谓预言家。这种预言家常处在超然地位以观察人生，仿佛是上帝的代言人，颇带些神秘性，故《易·系辞传》说："易者，探赜索隐，钩深致远。"用今天的话说，就是以超然态度静观宇宙人生的秘密。所不同的是，预言家是个冷酷的人，观察事物，漠然无动于心；而诗人则是以设身处地的态度对人生世相认真加以描写。所以西洋神话里，曾比喻卜人是从水晶球中观察宇宙的倒影，态度是漠然的；诗人则富于同情心；而宗教家又比诗人更积极，能进一步由悲天悯人发展而为舍身救人的具体行动。

《易》的"卦爻辞"被称为经，而"十翼"是对经文的解释。前者如"春秋"，后者如"三传"。"卦爻辞"原和儒家无关，经儒者作了"十翼"以后，才被定为儒家经典著作。这是以诗人态度参入到预言中去，因此他们说："知周乎万物，而道济天下。"意思说：《易》的"卦爻辞"的内容是"知周乎万物"，而"十翼"的目的则在"道济天下"。从言辞的语气看来，既非完全淡漠无情，也并不十分热情，可说是近于中庸之道吧。

宗教家、诗人、预言家三者比较，诗人是介乎二者之间，宗教家与预言家都以神秘性的文字为主，因为不能泄露天机。所以《系辞》说："其称名也小，其类也大，其旨远，其词文，其言曲而中，其事肆而隐。"因此，处于中间状态的诗人所写，既不能过分显露，又不能过分带宗教色彩，而常偏向预言家方面。白乐天《新乐府》所以失败，原因正在这里。须知诗人不是没有感情，而是不轻易暴露自己的同情心，并带着宿命论观点写作。它类似古希腊的悲剧精神，使人读了并不感觉人生可悲，反而因之认识人性的尊严伟大，从中受到激发，奋起战斗，因为他是从冷酷中静观纷纭万象，向人们宣示宇宙永恒的真理。所以诗人必须具有这种预言家的精神，悲哀时并不怨天尤人，一概归之于命运，这是最高的神秘，西方文学的伟大成就便是由此发展来的；中国文学所缺少的也正是这一点。由此看来，《诗》与《易》在基本精神上是相近的，后世相去日远，完全是由时代和人为因素造成的。

《周易》从文艺眼光去看，乃是一部包含"人生小镜头"的书，它的内容是一般人的日常生活，毫无传奇性质，因为其中并无英雄故事存在。《易》所表现的都是极其平凡的生活形态，所以它的艺术技巧很低，自从《易林》出现，《易》的文学色彩就显得灿然可观了。

焦延寿的生平事迹不甚可考，生卒约在公元前95—前35年间，相当于汉武帝太始二年到元帝建昭四年。《汉书·京房传》记载他是梁人，费直《易林序》又说他是天水人，说他为县吏时，曾以占卜预知奸邪，盗贼不得发，爱养吏氏，化行县中。他的老师是孟喜，而班固在《汉书·京房传》里却说他是从隐士学来的。传这派易学的是京房，专讲占卜，善言灾变。根据这一说法可知他写作《易林》的由来。在他的《自序》中，有"作此哀思，以告孔忧"的话，更足说明作者有为而作的复杂心情。

下面试就《易林琼枝》选抄若干则，阐释其文学情趣。

1. 风推云却。(见《中孚三蛊》)

按：贾阆仙"走月逆行云"诗句意境出此。

2. 临溪翻（蟠）枝，虽恐不危。

3. 蟠梅折枝，与母别离，九皋难扣，绝不相知。

4. 刖树无枝，与子分离，饥寒莫养，独立哀悲。

5. 冬生不花，老女无家，霜冷蓬室，更为枯株。

按：《周易》云："枯杨生花，老女得其士夫。"

6. 刖根枯株，不生肌肤，病在于心，日以燋枯。

7. 冬叶枯槁，风生于道，蒙蔽尘埃，左右劳苦。

8. 千岁槐根，身多斧瘢，伤痛梼理，枝叶不出（生）。

9. 梗生荆山，命制输般。抱衣制脱，夏热冬寒，饥饿枯槁，莫人震怜。

10. 蜩螗欢喜，草木嘉茂，百果蕃炽，日益多有。

11. 白鸟衔饵，鸣呼其子，施翼张翘，来从其母，伯仲叔季，大贺举手。

    12. 鸟鸣哺鷇，长欲飞去，循枝上下，适与风遇，颠陨树根，命不可救。

    13. 鸟鸣巢端，一呼三颠，摇动东西，危魂不安。

    14. 桃雀窃脂，巢于小枝，摇动不安，为风所吹，寒心慄慄，常忧殆危。

按：《乐府·蜻蝶行》："蜻蝶之遨游东园，奈何卒逢三月养子燕。接（劫）我苜蓿间。持之，我入紫深宫中，行缠之，傅榰枑间。雀来燕（疑有误），燕子见衔哺来，摇头鼓翼，何轩（通骞，飞也）奴（语助词）轩。"又杜甫诗："偷眼蜻蜓避伯劳。"

上举二诗，其意境即与《易林》写虫鸟者相同。唐人诗如此写法已不多见，至宋代又曾盛行一时。

后世诗词写物，主要目的不专在物上，只是作为人的衬托而已。我们见物增添了诗意，并不是由于物的本身，重点仍在人的方面。如小晏的两句词："落花人独立，微雨燕双飞。"这里的落花、双燕是因为衬托人物的心境而显得出色，离开了人，花和燕的形象就了无意义。在六朝以前则不然，自然景物本身就是独立题材，不必因人才富于诗趣，有时甚至写得人与物两不可分，上面所举《易林》诸例，便属此类。

远古神话时代，人们每自认自己祖宗的形象是半人半兽，原因是原始时期人与禽兽能力相差很大，在人未征服自然以前，只能崇拜歌颂它。后来人的能力逐渐提高，就对自然作平等看待，《易林》作者便是持这种观点。六朝以后，人力更加发达，自然大部分已被征服，它们引人注意的特点减少，所以在文学中就被降为人的衬托物来写了。前后比较，可以说前者是自然主义的，而后者是浪漫主义的。

《诗经·小毖》："肇允比彼桃虫，拼飞维鸟；未堪家多难，予又集于蓼。"写法与《易林》相同。又《豳风·鸱鸮》也是用这种写法，相当于后世的禽言诗。

15. 坚冰黄鸟，终日悲号，不见白粒，但睹藜蒿，数惊鸶鸟，孰为我忧？

16. 鹊鸠徙巢，西至平州，遭逢雷电，辟我苇庐。室家饥寒，思我故初。

17. 雌鸠独居，归其本巢，毛羽憔悴，志如死灰。

18. 凫得水没，喜笑自啄，毛羽悦怿，利以攻玉。

19. 凫雁哑哑，以水为家，雌雄相和，心志娱乐，得其所欲，绝其患恶。

按：苏轼诗"春江水暖鸭先知"立意构思本此。

20. 鸡方啄粟，为狐所逐，走不得食，惶惧喘息。

按：以上所举，都是描写自然界的各种悲喜剧。汉人诗中常爱用鸟比人，如《孔雀东南飞》即是一例。此诗为首两句人已知其含义是来自乐府诗"飞来双白鹄"，是写夫妇的离别，先写鸟，后写人，人鸟交错，竟不可分。《易林》这几篇的写法正好相同，可推证是同一时代的作品。又乐府诗《艳歌何尝行》及《乌生八九子》等篇，都是以鸟比人的写法，可见杜甫诗"黄鹂并坐交愁湿"一类的诗句原是从乐府诗学习来的。

21. 鹿食美草，逍遥求饱。日暮后门，过期乃还，肥泽且厌。

22. 鹿在泽陂，豺伤其麑，泣血独哀。

23. 炙鱼铜斗，张伺夜鼠。不忍香味，机发为祟，笮不得去。

24. 蜘蛛作网，以伺行旅，青蝇噆聚，以求膏腴，触我罗绊，为网所得。

25. 蜘蛛南北，巡行囷畟，季杜利兵，伤我心腹。

按：杜（艾）、季（蜀）是鸡名。利兵，指鸡嘴。

26. 蝤蝥去海，藏于枯里，街巷褊隘，不得自在，南北极远，渴馁成疾。

按：汉乐府诗："枯鱼过河泣，何时悔复及，作书与鲂鲂，相教慎出入。"出此。

以上所录各章都是写草木鸟兽的。下面是写人事。

27. 山林麓薮，非人所居（处），鸟兽无礼，使我心苦。

28. 青牛白咽，呼我俱田，历山之下，可以多耕，乐岁时节，民人安宁。

29. 铜人铁距，暴露劳苦，终日卒岁，无有休息。

30. 耕石山巅，费种家贫。无聊处作，苗发不生。

31. 白云如带，往往旗处，飞风送迎，大雹将下，出我禾稼，僵死不起。

以上是写农夫生活。

32. 逐利之年，利走为神，展转东西，如鸟避丸。

33. 举杯饮酒，无益寒温，指直失取，亡利不欢。

34. 赍贝赎狸，不听我辞，系于虎鬣，牵不得来。

按：《后汉书·五行志》：《蜀中童谣》："黄牛白腹，五铢当复。"出此。

35. 载金不够，利弃我走，藏匿渊底，惕折为咎。

36. 跛踦相随，日暮牛罢（疲），陵迟后旅，失利亡雌。

37. 山险难登，涧中多石，车驰辖出，载重伤轴，担负善踬，跌踬右足。

38. 负牛上山，力劣难行，烈风雨雪，遮盖我前。

39. 多载重负，指弃于野，予母谁子，但自劳苦。

40. 沧沧泥泥，泥涂至穀，马泞不进，虎齧我足。

41. 龙马上山，绝无水泉，喉焦唇干，舌不能言。

42. 望骥不来，驹骞为忧，雨惊我心，风撼我肌。

43. 流浮出食，载卷入屋，释安系马，西南虎下。

44. 体重飞难，未能越关，不离室恒，上下虚塞，心不遑安。

45. 千里望城，不见青山，老兔蝦蟆，远绝无家。

46. 家在海隅，桡短深流，岂敢单行，无木以趋。

47. 悬悬南海，去家万里，飞兔腰裹，一日见母，除我忧悔。

48. 乘风雨桥，与飞鸟俱，一举千里，见我慈母。

以上是写客商行旅。下面写男女爱情。

49. 西邻少女，未有所许，志如委衣，不出房户，心无所处。

50. 日入望东，不见子家，长女无夫，左手搔头。

51. 望叔山北，陵隔我目，不见所得，使我忧惑。

52. 三羊（人）争雌（妻），相逐奔驰，终日不食，精气劳疲。

53. 三女求夫，伺候三隅，不见复关，长思欢忧。
（一作"泣涕涟洳"）

54. 三人共妻，莫适为雌，子无名氏，公不可知。

55. 合体比翼，嘉偶相得，与君同好，使我有福。

56. 季女蜘蹰，结衿待时，终日至暮，百两不来。

57. 国乱不安，兵革为患，掠我妻子，家中饥寒。

58. 三妇同夫，忽不相思，心怀不平，志常愁悲。
（一作"志恒悲愁，颜色不怡"）

59. 倚立相望，适得道通，驱驾奔驰，比目同床。

60. 童女无夫，未有匹配，阴阳不和，空坐独宿。

61. 颔阳嫁女，善逐夫走，三寡失夫，妇妁无子。

62. 东邻少女，为王长妇，柔顺利贞，宜夫寿子。

63. 三十无室，长女独宿，心劳未得，忧在胸臆。

64. 两人相悦，共其柔筋，凤夜在公，不离房中，
得君子意。

65. 三人俱行，六目光明，道逢淑女，与我骥子。

66. 三十无室，寄宿桑中，上官长女，不得来同，
使我失期。

67. 十里望烟，散涣四分，形容灭亡，终不见君。

按：王建诗："千回想见不分明，井底看花梦中语。"
更能妙于申发本章之意。

68. 鹪鹩娶妇，深目窈身，推腰不媚，与伯相背。

69. 伯去我东，发扰如蓬，瘟寐长叹，展转床空。内怀怅恨，摧我肝肠。

70. 蚁封户穴，大雨将集，鹊起数鸣，牝鸡叹室。相梦雄父，未到载道。

71. 东山辞家，处妇思夫，伊威盈室，长股赢（罗）户，叹我君子，役日未已！

72. 纤绩独居，寡处无夫，阴阳失忘，为人仆使。

73. 孤翁寡妇，独宿悲苦，目张耳鸣，无与笑语。

按：以上 53 及 69—71 四章是学《诗经》的作品。爱情一类止此。

74. 昼卧里门，悚惕不安，目不得阒，鬼搔我足。

75. 履蛇蹑虺，与鬼相视，惊恐失气，如骑虎尾。

76. 坐席未温，忧来扣门，逾墙北走，兵交我后，脱离虎口。

按：杜甫《石壕吏》所写何其相似。

77. 言笑未毕，忧来暴卒（猝），身墨（纆）丹索，槛囚装束。

78. 目不可合，忧来摇足，怵惕危惧，去其邦域。

79. 别离分散，长子从军，稚叔就贼，寡老独居，莫为种瓜。

80. 持刀操肉，对酒不食，夫行从军，少子入狱，抱膝独宿。

81. 长子入狱，妇馈母哭。霜降愈甚，飨晦伏法。

82. 饮酒醉酗，跳起争斗。伯伤叔僵，东家治丧。

83. 东家凶妇，怒其公姑，毁秝破盆，弃其饭飧，使吾困贫。

84. 翁狂姬盲，相牵北行，欲归高邑，迷惑不得。

85. 南向一室，风雨并入，尘埃积湿。主母盲痹，偏枯心疾，乱我家资。

86. 车行破车，步入危家，衡门垂倒，无以为主，卖袍续食，糟糠不饱。

87. 龃龃囍囍，贫鬼相责，无有欢怡，一日九结。

88. 机关不便，不能出言，精诚不通，为山所冤。

89. 耋老鲐背，齿牙动摇，近地远天，下入黄泉。

90. 山陵丘墓，魂魄室屋，精光竭尽，长卧无觉。

91. 明灭光息，不能复食，精魄丧尽，以夜为室。

92. 华灯百枝，消暗衰微，精光讫尽，奄如灰糜。

93. 举被覆目，不见日月，衣衾簋簋，长就夜食。

94. 霜降闭户，蛰虫隐处，不见日月，与死为伍。

95. 鬼守我门，呼伯入山，去其家室，舍其兆墓。

96. 独宿憎夜，嫫母畏昼。

97. 蝙蝠生子，深目黑丑。

98. 被发兽心，难为比邻，来如飘风，去如绝弦，
为狼所残。

99. 八面九口，长舌为斧，斫破瑚琏，殷商绝后。

100. 一指食肉，口无所得，染其鼎鼐，舌噬于腹。

101. 鼋羹芬蔼，染指弗尝，口饥于手，子公恨噬。

102. 倚锋据戟，伤我胸臆，拜折不息。

按：以上各章乃写人间各种悲剧，是后世中国诗歌所
缺少的题材和意境，少陵、香山的社会描写，也只是从政
治观点着眼，不如哲人和宗教家那样持冷静深入态度观察
人生世相，故诗人所写多偏重实用而缺乏悲剧性的浪漫激
情。这许是东方文化的传统特点所使然吧。今后如果要求
改进，则《易》与《诗》的关系似乎很值得重视和研究。

［郑按］这是 20 世纪 40 年代初闻先生在西南联大主讲
"中国文学史分期研究"第一段时讲授的几个专题。这一段
内容的时间起止是先秦至两汉，属于古典文学的前期部分。
这是中文系高年级的提高课程，内容和一般文学史的偏重
知识性不同，它是结合教师的专长和科研范围进行教学，
带有治学辅导和示范作用，所以着重在对一些重要学术问
题进行探索讨论。

从这几个专题里，可看到闻先生当时研究中国上古及秦汉文学的方法与重点。专题项目虽少，却涉及这段时期内文学发展源流的几个重要问题，对该段各种复杂的文学现象作了比较广泛深入的综合探讨，借收举一反三的效果，并从中发现一向被人忽视的作家和新材料，焦延寿和他的《易林》就是其中最突出的。

闻先生在讲专题的开始，就首先介绍治文学史最好是用比较方法，即把文学同他种学问和外国文学相比较，认为这样才能显出其中的特点。他自己就用这种方法提出了一时尚未定论的中国古代有无史诗的问题，对此作了一番探索性的考察论证，经过人类文化同源异流的比较研究，初步肯定中国古代有史诗的结论。这一论断尽管目前尚有异议，有待今后继续探讨，但在抗日战争期间资料有限的条件下，为了启发同学对上古文学的重视和以身作则指导他们如何攻坚的方法，先生竟肯用功深钻文学史上难度较大的冷门，这种引路拓荒的精神是值得赞扬的。其次，他立足于文学的主题，以记言与记事两个重点为中心，论述先秦诸子散文和历史散文的发展演变情况，从中揭示古代记言重于记事所形成的历史传统，联系前人"六经皆史"的论断，以大量事实指明记事的专史原是承记言的群经之后才分枝独立出来的，并由此推论中国小说之不发达，当是受了记言重于记事、鉴戒重于表现的历史传统影响。同时在讲授文史哲不分的先秦两汉文学时，始终突出文学这条主线，从文字使用的进步和调整变化过程中，理清散文发展的脉络线索，使学生对散文由实用逐渐趋向文艺化的进程得到较为明确的认识，填补了一般文学史有关这方面的不足。

关于韵文部分，同样是以比较方法进行探索。如他想试从音乐发展方面找出由《诗经》进入《楚辞》时代的地域性原因和前后演变过程，为文学史提出一个新的课题。虽然探索伊始，限于资料，语焉不详，却打开了一片值得继续开垦的新园地，体现了先生勇于创新的试验精神。又如在论《易林》的专题中，他对哲学与文学的关系作了重要提示，提出《易》同《诗》的关系比任何经书都要密切的崭新看法，又从比较中看出中西文学发展之不同，关键在于他们对宗教关系有亲疏差别的缘故，强调宗教对文学的重要影响。这看法固属于一家之言，却反映了先生破除陈规，大胆设想，为文学史研究开创新领域的革新精神。他的论点不一定为我们所接受，重要的却是他使用的比较研究方法和敢于探索、勤于钻研的求真胆识，不仍然值得我们学习和借鉴吗？何况，上古和秦汉文学史方面，至今还存在不少的空白点需待人们去继续进行研讨，那么先生这种筚路蓝缕、导先开路的工作就更值得我们尊敬了。

旧社会某些正统学者，曾讥笑先生的学术观点是"非常异议，可怪之论"。先生不以为意，毅然走自己的路。他在评述初唐四杰的论文中，肯定卢骆的功绩时说过这样一段话，无疑是在表明自己要不循故辙、勇闯新路的治学态度。他说："看来，在文学史上，卢、骆的功绩并不亚于王、杨。后者是建设，前者是破坏，他们各有各的使命。负破坏使命的，本身就得牺牲，所以失败就是他们的成功。"今天我们如果拿他的话来衡量他自己作为先驱者的学术成就和贡献时，也许能免于惊诧而不难得出较为公允的结论吧。

第二编

屈原及其《楚辞》

一、《楚辞》与神仙思想

用宗教观点解释文学，在中国是很少见的，其实，宗教与文学在古代确有不可分的密切关系。整部《楚辞》作品，就充满着不少的神仙思想。

现据出土大多数铜器铭文的记载，除表示敬虔的意愿之外，常见的多是"祈眉（秀眉）寿"之类字样。敬与寿的关系究竟何在？"敬"字可说是典型儒家人生观的核心。我认为古人是以敬为手段，作为他们达到长寿的目的。按"敬"字古文包含惊、警的意思，而"祈眉寿"三字只是救命的呼声。人在有惊或警的情况下，必然精神紧张，不敢松懈，这便表现出"敬"的意蕴。我们现在认为这是弱者的态度，而古人却以它作为得以保全生命的重要手段。所以金文有"霝"，《诗》有"令终"等字样，这是表示"善终"的祝福语。可见上古时代，古人随时随地皆有危险，因此人们的理想便以求得缓死、善终为满足，这就是前面说的"眉寿"了。为了求得不死于中年、强敌或猛兽，诗又有"祈黄发""祈黄耇"的词语，这表明古人希望缓死，而准备接受缓死的条件，死可缓而不可却，故愿缓死而受

老之痛苦以迁就难于违抗的天命，这大概是古人的一般想
法。但齐国人却提出了"难老"的观念，表现于铭文和诗
句中的有：

> 以祈眉寿，霝冬难老。(齐畗盘)
>
> 永锡难老。(《诗·鲁颂·泮水》)
>
> 用祈眉寿，其万年霝冬难老。(殳孚良父壶)

难老较不老是进了一步，再进一步便有了不死的观念。不
死观念，古人罕有，如何产生，尚是疑问，它也是齐国的
产物。齐器齵镈有"用祈老而勿死"的铭文，《左传》也载
有齐侯（景公）宴于齐山同晏子的对话，他说："使古而无
死，其乐何如？"晏子听了很惊异，即时对他作了一番严肃
的进谏。这个故事里齐侯的话如果仅仅是酒后戏言偶然提
到，那么齵镈的铭文何以也有同样思想，并且都产生在齐
国，这难道是偶然的吗？

有些学者们一致认为战国的神仙学说和方士的发源都
在齐国，他们的理由是：齐国濒海，海上多岛屿，又有蜃
楼海市，容易刺激人的幻想，这种推断未免简单。按战国
的神仙学说与春秋齐国的不死观念并无必然联系，而且神
仙思想也并非发源于齐国。要说明这一问题，我以为当从
种族的发展变化方面求得解答。

齐国的王族原本姓姜，是四岳的后代，又有姜戎也自

称四岳之后，看来齐和戎必有联系。当时同姓之国，或在内地，或在四夷，这现象在春秋时极为普遍，假使齐与戎是出于同一祖先，可是他们的祖先是属于诸夏或是四夷，却难于确定。有主张是诸夏而四夷化的，也有主张是诸夷而夏化的，通常多倾向于前一说。那么反过来看，又未尝不可以说齐人是夏化了的诸夷？我是赞成后一说法的。春秋之所谓戎，本是共同的大名，其中包括若干外族，以血素言，一部分西戎为羌族，而羌与姜古代是一个字，姜从女，羌从人，从人者表男性，从女者表女性，故羌与姜在意义上的区别，一是指外族的男子，一指外族女子而已。姬周与羌素有婚姻之谊，最早有后稷之母姜嫄，太王、武王都曾娶于羌族。《尚书·牧誓》记武王盟国中有西土之人，其中就包有羌人在内。周代开国功臣太公望，当是西土之酋长，可能是成王的舅父行辈，可以算是宗亲，因伐纣有功而封于吕，由是迁至豫南，这也许是羌人内徙夏化的开端。太公的儿子丁公始封于齐，因为周灭纣后，南夷之楚相与作乱，于是大封功臣以屏藩周室。太公封吕即由于此。又山东有蒲氏为纣的余裔，为了对它监视，就封丁公于齐，又令伯禽平燕而封于鲁。这是齐、鲁受封的简单情况。按齐是古代汉族在山东半岛的文化中心，羌人封居到这里，自然很容易接受汉化了。

《墨子·节葬下》：

> 秦之西有仪渠之国者，其亲戚死，聚柴而焚之，燻上谓之登遐。

仪渠，一作义渠，即羌族，有《吕氏春秋·义赏》一文可证：

> 氐羌之民，其虏也，不忧其系累，而忧其死不焚也。

《太平御览》七九四引《庄子》佚文：

> 羌人死，燔而扬其灰。

这种风俗乃含有宗教意义，它的先决条件是相信有灵魂。灵魂观念或由于梦中活动的景象推测而成，古人不知分辨现实的我与梦中的我，认为人死后另有一魂在，也就是所谓"真我"。对于死者，最初只以土覆盖，进一步就盛入棺椁埋掉，有时还烧纸钱贿赂它，希望它不要出来为厉害人，再进一步便焚化成烟，使它上升天界。所以说，相信有灵魂是火葬的先决条件，既相信有灵魂，也就相信不死了。这一观念根本是从西方来的，无怪《山海经》里所传种种不死之药，都是属于西方各地，原因即在于此。随着羌人的内迁，不死观念便由西方带到了齐鲁一带，在此地扎下根来。后来灵魂观念发达，又演化成天堂的理想世界，人们就用这个美好的设想招引灵魂向那儿去，使死者能过着安居快乐的生活。《楚辞·招魂》篇的构思便是从这里来的。古人又认为身体与灵魂是对待之物，有身体的拘束，灵魂便出不来，因此必须烧化它。　《汉书·西羌传》云：

> 羌人以战死为吉，而以病死为不祥。

这风俗正是来自打破身体、解放灵魂这个基本观念而形成的。它和后来缓死、不死的灵肉合一的传说比较，似又显得别致。由此看来，中土古代本无灵魂观念，所以说战国时代的神仙观念当由羌人火葬的习俗所产生，与齐人原来的不死观念无干。我认为神仙思想应该是羌人思想第一次传入齐国，而方士思想却是第二次。其实，方士思想当时各国都有，只是由于齐与羌原有思想上的母子关系，因而显得特别发达而已。

记载神仙方士最早的材料，当推《史记》中的《封禅书》《始皇本纪》及《汉书·武帝本纪》诸篇。试加分析，考其中有名的方士，韩、赵、魏各一人，燕六人，齐二人，以燕国方士为最多，这是始皇以前的情况，至汉武帝时，方士就全是齐人了。我们不妨作这样的假定：西方的方士大队自西而东，初入韩赵魏而集于燕，再集于齐，这才出现武帝时方士全是齐人的情况。这和《山海经》里以昆仑为圣山，《史记》记老子出函谷关西去的说法是完全吻合的。又如《史记》说始皇收天下兵器，铸十二金人于咸阳，实有宗教意味。因为据说始皇出巡曾见大人脚迹，回来遂有铸造金人的决定，至汉武帝时，就直接把大人认为是神仙。据《汉书·五行志》记载："十二金人皆夷狄服。"更证明了神仙思想是从西方传来的。古人对天的观念，以为是在山上，所以昆仑山一名天山（见《淮南子》），这观念传到齐国以后，少见高山，于是另造海上三山的传说，实际上是用它代替原来昆仑山的说法的。

所谓登遐，乃是古代的说法。古人求仙，有尸解的设想。尸解的方法，包括火解、兵解、水解三种，都是相信灵魂不灭，由此而产生的一种宗教狂热。后来觉得这些办法痛苦难当，就产生由顿化变为渐化的另一种新的设想，那便是修炼，认为由辟谷可以使身体轻便，易于升天；但仍觉苦，因此秦皇、汉武就想去求不死之药，服了即成仙体。这时，神仙思想又发展到了灵肉已相调和，肉身可以炼成仙体的新阶段。所以说，神仙实际上就是由火葬而加入想象或半想象所虚构成的一种具体人物，他们不受形体拘束，可以自由来往上天。"登遐"的"遐"，《太平广记》一作"煅"或"霞"，"煅"就是指的火解，"段"，红也，故"霞"即含有红与煅的意义。"登遐"在古代有两种说法，一见于《礼记》："帝王死曰登遐。"一即神仙家说的登遐（飞升）。据前一说法，似乎只有帝王死后才有登遐资格，而后一说法则只有在具有平等观念的原始社会方能产生，人皆可以登天，不像后来封建社会抱有唯帝王才有灵魂的偏见。后一说法虽到战国时代封建制度被破坏以后才能被接受，发生普遍的社会影响。故前面说的帝王登遐，实即外族的宗教观念（火葬）进入封建社会后产生的一个变种。《楚辞·远游》篇：

> 载营魄而登遐兮，掩浮云而上征。

这里证明所谓登遐，就是登仙的意思。据《列仙传》记载：

> 啸父善作火，后入清凉山，烈火而升。
>
> 仙人师门，身死，风雨迎之去，则山木皆焚。
>
> 赤松子能以火自焚，往往在昆仑山，在火中随风雨上下。
>
> 甯封子为黄帝陶政，能举五色之火焰，能自入火中，乘火而登，人取其骨，而葬入甯伯山中。

这些材料，都是暗示着火葬。"仙"，古字作"僊"，《说文·释僊》，升高也，是说人升高就为僊；而写作"仙"，乃是由西方观念传入后而造作的新字（西方以山为天）。以字义说，神仙一词的概念是这样：神是指本来就有的，仙则是由人修炼而成，修炼成功的人，就如同神明一样，故称之为神仙。神仙的另一名称叫"真人"，这是古人以为活人仅是人的一种手段，肉体死后才算达到永久不死的目的，故名曰真人，以对待肉体的假人。因此古人认为凡能死的人皆可成仙，把活人当成走向死后理想生活的过渡阶段，这就表现出一种平等的观念，并没有把神仙看成特殊阶级。所以在古代自由平等的观念，只有在神仙家学说里出现，它对中国文艺的贡献是极其重大的。

上面说的登遐，乃是由火化后魂魄随烟霞上升而形成的观念，故魂必然是飘浮不定的，所以《易·系辞》云："游魂为变。"《白虎通义》云："魂，犹伝伝也，行不休也。"雲，古写作ε，而魂字结构从云，从鬼，乃古人想象中的鬼云或云鬼。因此，人们理想中的神仙一定是喜爱并善于云游的。既然好游，就越远越好，《楚辞》的《远游》篇即本此意而作。《淮南子·道应》篇叙述了卢敖出游的寓言故事，大意说，卢敖游于北海，遇一异人，形貌甚奇，迎风而舞，见敖来到，就逃往碑下躲藏，敖上前去看，见他正吃着龟蛤，便对他说："我以为独身来到这里，不料和你遇上，交个朋友可以吗？"那人笑着说："你以为游到北海，就算到尽头了吗？我曾经游过名叫无何有之乡，在那以外的地方，我尚来不及去，和我相比，你的游踪未免太小见了吧。现在我正同汗漫相约要去游九垓之上，不能在此久留了。"于是举臂飞去，卢敖仰面看，他很快消失了踪影。庄子的思想，就是由此发展来的。前人所作种种推论，看来都不可信。从《庄子》到《楚辞》，这中间大可沟通。

《庄子》中的神人、真人、至人、大人，都是指的神仙，庄子只是把他们加以理性化罢了。《逍遥游》中写到列子御风而行，写邈姑仙子之不食五谷，绰约若处子，其他如《大宗师》《应帝王》《在宥》《天地》《秋水》《徐无鬼》等篇，都有关于神仙的理想描写，《文选》注引《庄子》轶文，也有过这一类的神话。至于《淮南子》所述，则更为复杂。此外，汉以来的诗赋，写仙人漫游生活的不少，到晋代就有郭璞的《游仙诗》，晚唐人曹唐的大小"游仙诗"，都属于这一类。可是云游必有车马，于是按照人的生活经验把天上的彩虹想象成龙骑，又以云霓彗星为旌旗，以风雷诸神为护驾，所以这种神仙思想实际上就是富贵人的理想，这类描写，不仅在《远游》篇中有，便是汉代人写的骚体赋中也有。《楚辞》一书中，搜集汉人作品不少，独没有枚乘之作，原因是所收作品全属于神仙思想之产物，可见汉人还能了解《楚辞》文学的产生背景，并不全由于它是楚地的产物而加以搜辑的。

　　再谈到《楚辞》中"求女"一事与神仙思想的关系。《离骚》中写到"求女"，颇为费解，何以上面写的是尧舜，下面忽然就转到求女事件上来？这里就显露出仙真人诗的本来面目，求女以外的一切乃屈原增加的新内容，也是本篇的精髓所在。古人以为人死为长眠，他的灵魂该是像做梦时那样外出，像生前一样自由活动，所以要深埋他，又用石碑镇住，然后又以理想的天堂骗魂归去，把世间一切美事美物毕集于天堂之内，使魂永远在那里安居。说到世间乐趣，古人以为有三类，就是酒食、音乐、女色。而神仙既然不食人间烟火，只饮玉液琼浆和咀嚼霞片便足，就无须酒食，在他们长期消闲的生活中，听乐、求女就成了他们的最大兴趣。因此，听乐和求女两者关系极为密切，这是由于古代乐队多用女性的缘故。贾谊《惜誓》句云："载玉女于后车。"王逸注："以侍栖宿也。"意义是明显的。《淮南子·俶真》篇云："妾宓妃，妻织女。"司马相如《大人赋》云："挑囘阖而入帝宫兮，载玉女而与之归。"桓谭《仙赋》："诸物皆见，玉女在旁。"张衡《思玄赋》云："载太华之玉女兮，召洛浦之宓妃。"黄香《九宫赋》云："使织女骖乘。"王逸《九思》云："与织女兮合婚。"曹植《远游诗》云："仙人翔其隅，玉女戏其阿。"陆机《列仙赋》云："尔其嘉会之仇，息宴游，栖则昌容弄玉，洛宓江妃。"又《东武吟行》云："饥从韩众食，寒就织女栖。"张华《游仙诗》云："云娥荐琼石，神妃侍衣裳。"郭璞《游仙诗》云："灵妃顾我笑，粲然启玉齿。蹇修时不存，要之将谁使？"古乐府《八公操》云："驰乘风云使玉女。"鲍照《代淮南王》全篇。《北堂书抄》一四八引《列仙传》云："安期先生往，与神女会圆丘。"《初学记》二五引《马明生别传》云："明生随神女入室，卧金床玉机。"根据上引这些材料，可知《离骚》中所写的"求女"，实即神仙思想的产物。

葛洪《抱朴子·金丹》篇云："第三之丹名曰神丹，服一刀圭，百日仙也；以与六畜吞之，亦终不死……服百日，仙人玉女，山川鬼神皆来侍之，见如人形。"这种思想的背景当然是有来源的。又《仙药篇》更描写玉女的面貌："以黄金为痣，大如粟，在鼻上。"非常形象有趣。我想在先秦两汉时代必然有和这类有关的种种神话传说，葛洪只是集其大成把它描写出来罢了。

关于音乐描写方面，《惜誓》中曾有王乔、赤松调瑟的记载，而《远游》中则乐歌与玉女同时并举，写了命海若歌舞以迎宓妃这样的情节，很有点像后世的戏剧，真算得是快活神仙哩！

求仙的方法，有炼气、辟谷、烧丹诸类，但与《离骚》没多大关系。从神仙家的观点来看，理想的仙人，必然是餐风饮露，由焚尸升天，进而为灵肉合一。所以要炼成飞仙，就不能肉食，最后甚至达到不食五谷（辟谷）的程度，以致面黄肌瘦，形同槁木。故《抱朴子》云："世无肥仙人、富道士。"可见求仙是最苦的事，没有那种虔诚的宗教狂热的人，谁肯轻易去尝试呢！

我想，研究《楚辞》，如果同古代的神仙思想联系起来，一定会有不少新的发现。

二、《离骚》与"仙真人诗"

　　清末四川学者廖平（季平）曾经说过，《离骚经》乃是秦博士写的仙真人诗。他的说法是根据《史记·秦始皇本纪》推论出来的，却被后来的《楚辞》学者引为笑谈。可是经过我的考据结果，有十分之六七同廖先生的说法相合，不同的是《离骚》的确是"仙真人诗"，但与秦始皇无干。有人否认先秦的神仙思想，这是不对的。按，仙有飞升的意思，《庄子》多次提到的"真人"，也就是指的这种能飞的仙人。

　　中国古代思想如儒墨等，多来源于宗教信仰。古代华夷杂处，生活习俗大抵相近，在物质文明方面，夷人固然较汉人落后，但他们的宗教信仰却远比汉人为深。华夷混合的结果，所谓基本的汉人何在，按史书考查，这就是殷人。儒家理论之能具有超灵魂的观念，实由于它所代表的是文明程度比较进步的殷人社会背景。夷人把他们的原始宗教传入汉族，汉人就用进步的文化眼光加以合理的解释，于是便产生化腐朽为神奇的效果，杨墨思想直接由此产生，儒家则根据不同的社会背景创立了另一种理智更强的理论。

到了战国时代，这种夷人宗教思想华化更有了新的发展，在文化上开放出三朵奇花：哲学方面有庄子，科学方面有邹衍，文学方面有屈原。

"仙真人诗"，就是以仙人为题材的独白式歌剧。关于这类独白式的歌剧，汉乐府中还保存有不少篇，如《郊祀歌》中的《日出入行》，《铙歌》中的《上陵》，其他还有《王子乔》《长歌行》《仙人骑白鹿》《董逃行》《步出夏门行》《善哉行》等。这些作品的出现，当是由于武帝喜好神仙，常在宫廷扮演歌剧，因而产生了大量以神仙为题材的作品。张衡《西京赋》里也有过宫廷扮演神仙故事的记载，后来各地分封诸王也纷纷效尤，形成一时的风气。由此上推先秦的"仙真人诗"，大概和这种情况相近似。可是《离骚》既是"仙真人诗"，又不是"仙真人诗"，这话如何理解呢？这是因为《离骚》中夹有不少凡人的词语，我们可以解释这是屈原利用当时流行的"仙真人诗"的体裁而抒发个人的骚怨，借以讽谏他的楚君。然而这样写法是主动的还是被动的，我以为都有可能，只要我们用读"仙真人诗"的观点去读《离骚》，好些问题就容易理解了。为什么呢？因为我们已经懂得《离骚》用的是以旧瓶装新酒的写法，在结构上不免仙凡成分相杂，词语的衔接自难天衣无缝，这可说明《离骚》文中何以有时会出现前后文意不相协调的原因。

班固的《离骚序》引了淮南王《离骚传》的几句话，

在《史记·屈原列传》中也征引过，对照来看，司马迁所引比较完全，班固引的只是节录。据司马迁所引的话，《离骚》似乎是寓言体、有机体，像《庄子》的文章一样；而王逸则把它看成杂拌儿。我们认为司马迁的看法是正确的。曹丕《典论·论文》的轶文说："屈原据托譬喻，其意周旋，绰有余度。"这是最早的评骚理论。这是因为淮南王的《离骚传》早已失传，而班固和司马迁的征引也非全璧的缘故。"仙真人诗"在当时甚为流行，文体并非罕见，故不为学者所注意，仅从它的寓意部分加以解释，淮南王的时代较早，解释《离骚》也重在这一方面，因此显得比较自然，没有夸饰成分。到了东汉王逸手里，他以本人的时代和学术观点，对《离骚》作了不少穿凿附会的解释，而《离骚》的本来面目就开始晦涩，后来加以时代之隔阂，文字之古奥，字句之遗佚，更使它成了难解之谜。因此，我们现在读《离骚》，不妨暂把王注放在一边，另从三个方面入手：一、明了它的时代背景，也就是"仙真人诗"盛行的时代；二、对旧注解的洗刷；三、从事字句的校勘。这样做可能与古人意近，也可说与古人意远，虽然我们仍然承认《离骚》是屈原所作，但他是改变了旧神话题材，而参入个人的理想意境，这正是屈原天才的表现。屈原以后，骚体逐渐改变，仙人成分减少，转为个人抒情，西晋郭璞写的《游仙诗》，用的正是这种格调。钟嵘对此诗的评语是："自抒幽怨。"这话是中肯的。所以说，我们把《离骚》称为

"游仙诗"或"咏怀诗"（阮嗣宗的《咏怀诗》，不也是多托兴于神仙吗?）亦无不可。如果拿它和《庄子》合并来读，那将更显出它在文学上的可爱成分。

三、《楚辞》中的"兮"字说

"兮"，古音读"阿"。甲骨文的"河"字写作"⅊"，而"可"字古代即写作"⅁"，故"兮"字亦可写作"⅂"，即今之"阿"字，《说文》读"考"，又写作"诃"，因此，"兮"字应读为"阿"音。《离骚》首句"帝高阳之苗裔兮"，此"兮"字当读为"阿"，是作为感叹的语气词。《九歌·东皇太一》的"吉日兮辰良"，这个"兮"则有语法上的意义。又《九歌·云中君》的"载云旗兮委蛇"，"兮"字在这里作"之"字解。

因此，整个《楚辞》中的"兮"字，可用若干虚字代替它，如"之""于""而""以""然"等，"兮"字在《楚辞》里可说是虚字的总代表，它的用法是半省半不省的办法。就整个文学史眼光来看，这种用法出现在由古诗进步到汉魏诗的过渡时期，就是说它是处于将虚字逐渐减少的半途中。

近人多认为《九歌》是《离骚》以前的作品，他们的主要论证是以《国殇》中有车战这个例子，认为这是春秋时的战争形式，是战国时所没有的。而据钱宾四先生的考证，则认为战国时还有车战；又据《国殇》首句"操吴戈兮被犀甲"里的"戈"字，王逸解作"科"，盾名，因而断定《九歌》是作在《离骚》之后。至于罗膺中先生根据诗句由短到长和"兮"字使用的变化情况，甚至主张《九歌》是汉武帝时代的作品。

按诗的语言与散文的语言之差异，在文句之有无弹性。虚字减少则弹性增加，可是弹性增加以后，则文句意义的迷离性、游移性也随之增多，换言之，就是对文字理解的准确性有所损失。我们曾经看到，有的文艺家常常故意在作品中设置迷离的难关，使读者在解决难题的过程中引起探索的兴趣，难题一经解决，便感到胜利的喜悦。但是，如果设置的问题太难，令人死嚼文字，这对于欣赏本身就很有妨碍，因此以适可而止为最妙。

明人陆时雍论唐代诗人，以王龙标（昌龄）的绝句为"难中之难"，而太白则是"易中之易"。我的看法是，易而至于白乐天固嫌太俗，难而至于李长吉（贺）也未免太险了。所以说在文学中，难有难的美，易有易的美，都不能过头，过头了就不足取。老杜的"香稻啄余鹦鹉粒，碧梧栖老凤凰枝"一联还被后人所诟病，何况其他人呢！恰到好处的诗句如《九歌·湘君》中"观流水兮潺湲"一句，这里面就有荡动模糊的情趣，由句法上引起人对它作思索的寻味。

从《楚辞》"兮"字用法的考察来说，对作品时代的考订，不仅仅是一个历史的问题，也可作为估定作品价值的标准。

四、论《九章》

　　《九章》绝不是屈原的手笔，也不是一人的作品。

　　《九章》中《橘颂》的内容与形式不同于其他作品，应提出另作别论，而其余八篇也不能一概而论。《惜诵》《涉江》《哀郢》《抽思》《怀沙》《思美人》《惜往日》《悲回风》诸篇，表面看来，两字为题者是一类，三字题又是一类，后一类都无"乱辞"。二字题共五篇，都有"乱辞"，只《惜诵》是例外。现用《涉江》的前段补上，当不算勉强的办法。"乱辞"的有无，不仅是有关形式的问题，而且证明它离音乐近，即时代较早而能入乐的诗篇，故这类作品必是偶句，便于歌唱，它与汉乐府与辞赋不同。中国音乐无交响协和之美，而重在节奏整齐，听来感到悦耳。因此，较古的"楚辞"，必然是偶句，现在看到的单句，一定是偶句有所遗失。

　　可是也有人主张二字题是汉人所加，不能用来推断它早于三字题诸作。我认为这种说法仅能适用于《庄子》的内七篇，不能类推来说明《九章》的标题，所以我还是认为《九章》中的二字题诸作是"楚辞"的较古的作品。

《汉书·扬雄传》："又旁（仿）《惜诵》以下至《怀沙》一卷，名曰《畔牢愁》。"可惜这部作品失传，但由此得到暗示：在扬雄时，自《惜颂》至《怀沙》已经成为一个段落。按《史记》的说法，《怀沙》乃是屈原的绝笔，故它后面的那三篇三字题，当时可能不在"楚辞"之内。刘向《九叹》："叹《离骚》以扬意兮，犹未殚于《九章》。"刘向的意思是，认为《九章》还有未尽，可见当时《九章》还不足九篇，这是很明显的，它正与《扬雄传》所说情况相合。而《九章》应有九篇的心理基础，应该说在刘向时已完成，故在扬雄、刘向时代所谓的《九章》，实指的是前面二字题的五章。在刘向、扬雄的眼中都承认《九章》是屈原所作，其余三篇则绝对否认出于屈原手笔。

后三篇，愈到后来发现可疑之处愈多。

《悲回风》"重任石之何益"，"任"，训抱，当作"任重石之何益"，蔡邕《吊屈原文》就是这样写的。一本无此二句，有人甚至认为"任重石"句是吊申徒狄的，根本与屈原无干。

《惜往日》情况亦如此。它是旁观者的吊词，在文章的词气中，竟有破口大骂的话，似乎不大像屈原的气度。"情冤见之日明兮，如列宿之错置"，此与贾谊《吊屈原赋》性质相同，其中也有和屈作风格相似之处，可以看成是后人有意模拟之作。本篇是一韵到底，其余两篇则常换韵脚，具有一定规律，同本篇恰好相反。本篇文章太劣，较《悲

回风》差远了。而《悲回风》情韵虽然精致，却已没有
《离骚》那样的雄浑气魄，也可证明它产生的时代在
后。如：

> 悲回风之摇蕙兮，心冤结而内伤。
> 眇远志之所及兮，怜浮云之相羊。

词句之美，非《离骚》所能有，当不比"洞庭波兮木叶下"
逊色。唐人张曲江（九龄）有杂诗云：

> 我有异乡忆，宛在云溶溶。
> 凭此目不睹，要之心所钟。
> 但欲附高鸟，安敢攀飞龙。
> 至精无感遇，悲恍填心胸。
> 归来扣寂寞，人愿天岂从！

这诗的意境，就是来自《悲回风》的。诗人心中有所向往，
目光随思绪飞驰，直到天边，被浮云所阻，而思绪又寄于
云间，不觉目极思浮，悠然神往了。抒情的成分是很重的。
至于炼字之奇，也值得重视，如：

> 纠思虑以为纕兮，编愁苦以为膺。

"膺"，相当于今人所穿的背心。诗人在此发挥想象，

要以思虑作带子，把愁苦织成背心附贴在身，这是在当时非有绝顶天才不能道出之字。后世李长吉的善于铸词炼意，就是以《楚辞》这一部分作为师法的。此文写观潮一段，仅次于枚乘的《七发》。

以上两篇一精一拙，可证明不是一人的手笔，而另一篇《思美人》，则在不精不拙之间，也没有屈原的口气，证明也绝不是屈原的作品。

《九章》各章，以《涉江》《哀郢》《抽思》三篇为最佳。

后面这三篇最晚不能超过汉代，因为汉人模拟《楚辞》的好些作品，都有模仿后三篇的痕迹在。如东方朔的《七谏》，即仿后三篇而作；《惜往日》为贾谊《吊屈原赋》某大段所取法。由此可知，后面这三篇在汉代已成为脍炙人口的名作。

五、论《天问》

《诗经》与《楚辞》为两个时代的产物，两者截然不同。《诗经》为封建时代（按：封建时代为中国历史旧有的概念，与现在所说的概念不同）的产物，而《楚辞》则是封建制破坏后的作品。《诗经》产生于春秋时代，而《楚辞》则产生于战国时代，这两本书是无法比较的。中国历史最大的一次转变，就是由春秋转为战国，这是截然不同的两个时代，故《诗经》与《楚辞》时代虽然看来接近，却不可同日而语。《楚辞》以下的各种诗赋，倒是和它有着直接的血统关系。

如果问历史学家春秋是如何变成战国的，则众说纷纭，难于定论，因为那时变动太快，情况复杂，使历史学家无法为之截然划界。那么如何由《诗经》变为《楚辞》，这中间无明显迹象可求，也和上述的情形相似。

文学是时代精神的反映，故要知某种文学发生于某个时代，就当看那个时代精神是否同文学作品的描述相合。

太古时代，人类忙于求生，由警惕产生敬意，有理想，有志气，不敢有脱离集体的越轨行动，他们的理想是要求个人事事能合于社会礼仪，生活皆有条理，古人认为这是最理想的世界。后来社会发展愈来愈复杂，前后时代中间竟形成一条很深的鸿沟，越此鸿沟便到了另一个绝不相同的境界，这中间的前后变化，要找出具体演化的迹象就很困难了。

战国时代思想界有两大壁垒，一是法家，一是道家。法家讲的全是现实态度，教人打破空洞的理想，亦无所谓道德观念，做事但求对自己有利为先决条件，《管子》书里论取盐铁以富国就是一个例子。这时候的人自信心很强，认为没有取法古人的必要。另一派为道家，是讲求非实际的理论，它和法家一样具有成熟的思想体系，认为法家所讲的法不一定能做到发现人性，发现自然。它们是极端的非实际派。

《诗经》时代的人，生活是茫然的，缺少自觉性，虽有诗歌作品，并不欣赏自然；到了战国时代，人类性灵逐渐觉醒，对自然的真和美开始有较确切的认识与欣赏。前一代的人，注意的只是善，而法家以为有利就是善，道家则注意到真和美，因为性灵既然觉醒，便对自然感到惊奇，由惊奇发出来的声音，就成了诗歌。等到这种惊奇程度渐深，达到极点，就成了纯理性的哲学。在未达极点而没有作出解答时，那些语言仍然饱含诗意，如有人出来试作解答，那便产生了科学和哲学。故《天问》一篇，乍看似乎是当时的《博物志》，唯其未作出答案，所以仍归在文学范围（《庄子·天运》篇比它更富诗意）。凡有问无对的题目就是诗，故诗与科学相近。诗有惊讶，而科学为之解答，因而才有了《尔雅》（周公所作之说可破）、《易传》这些著作，它们将宇宙万象分类排比，逐次加以解释；其次还有《尸子》（已佚，近于《尔雅》）、邹衍的大小九州说、五德相终始论，所有这些，都和《天问》是一条线发展来的。《易》在魏晋时代很盛行，当时的文学艺术也因之而发达，可知《易》自有它的逻辑美在，它和文艺是相通的。所以具纯粹科学家的胸襟的必然是诗人，西洋如达·文西、歌德，都是明显例子。故在《楚辞》中，既有"袅袅兮秋风，洞庭波兮木叶下"这样美的诗句，也有像《天问》这种近于科学的作品，正可作为我前面说法的确证。因此，研究文学史必须将某一时期或时代当作一个人来研究，观察它的共同精神而寻求它在文艺上的反映。从这种科学精神再进一步则为庄子的态度，他认为自然之理，不必探究，《天下》篇记黄缭问天地胡为不坠，惠子向他解说了许多道理，被庄子所讥笑，其实前两人的问答仍然和上面所说是一条线的发展，而庄子则认为不必作如此无益的对话，最好采取不理的态度，因为问到最后知道了天地有穷，不免使人悲观，为了避免悲观情绪的压迫，就只好采取逃避的办法。故以庄子的态度读《天问》，便知此篇的作者的确是古今中外的最大诗人，他问尽了古今宇宙时空的最大问题，气魄之大，罕有人比，只有《尔雅》《易传》《邹子》《庄子》与它有异曲同工之妙。拿《诗经》境界和它相比，相去何啻天渊哩！

汉赋不为文学史家所重视，如以读《天问》观点去读它，便可看出它的伟大实超过其他文体。因此，我们可将《楚辞》时代定为上自田氏篡齐的战国初年，下迄汉武帝时代止。《上林赋》是司马相如所独创，它的境界极大，但和《邹子》《天问》相比，已是强弩之末，在《邹子》大九州的地图上仅是一小点而已，然这一小点比后代诗人所写的境界已不知大了若干倍。凡大必美，其美无以名之，此太白"白发三千丈"一句所以受评点家的密圈了。后来的《两京》《三都》诸赋，无非仿自《上林》《子虚》，由此可知在当时的人还懂得大就是美，所以那些大赋还能受到称赏。自王仲宣（粲）《登楼赋》出来以后，则以大为美的欣赏风气荡然无余。这种风气的形成又是和汉帝国的强盛有关。汉帝国的成立，本来就是法家政治组织的结果，后来法治走到极端，又转为黄老的道家。它们都是从儒家派生出来，故两家思想有相通之处。

可是读《天问》这类大作品，不可无一，亦不可有二，读时应从技巧方面入手。如读司马相如《大人赋》，须知它写的是无积的大；庄子的大，为想象的空间的大；而《子虚》《上林赋》则是写有积的大；《天问》的大，它的笔调变换也极尽其美；枚乘《七发》同样是写大的作品；贾生《鹏鸟赋》为哲学的诗，意境也大，他把整个宇宙当作一座熔炉看待；至于宋玉的《大言赋》之类，则近乎游戏的文字；而太史公的《史记》倒算得上具有大的美的杰作。我们把《楚辞》时代结束在汉武之世，当是指他在罢黜百家之前，那时黄老思想还有相当势力，所谓黄老之术也就是法家思想，它标举清静无为，就是说有法可循，人就不用操心了。汉初的萧规曹随，就是典型例子。太史公以儒家观点特为行黄老之术的官吏立"酷吏传"，想来也是为了反映这个时代的一种特色吧。

自从罢黜百家、思想定于一尊之后，文风跟着转变，《天问》一类的大境界、大作品再无人写，也少有欣赏的人，后来虽有少数作家偶然有所尝试，但因袭成分多，成功的确实罕见。

《九章》可作《离骚》注脚，以《悲回风》一章最美，《湘夫人》篇中的佳句是自然流露；而《九辩》则又更进一层，更近代化，诗意更足。同《天问》比较，《天问》情绪是冷的，《九辩》则是热的。二者同时对宇宙现象、美或真发生反应，而形成两个类型，在中国文学发展上起过重要的历史作用。《天问》《九辩》以后，它们奠定了中国诗的观念，只是《天问》情绪较冷，有"高处不胜寒"之意，向这方面发展得很少，但阮嗣宗、陈子昂往往达到了这一境界。

六、论《九辩》

　　《九辩》有人（如曹植）说是屈原作的，旧本《释文》把《九辩》列为《楚辞》的第二篇，紧接在《离骚》后面，这些都不足为定论。大概《释文》列《九辩》为第二，当有它分类的标准在。如果将《楚辞》重新改编，则《离骚》《九辩》《九章》（《橘颂》除外）、《惜誓》《远游》当为一类；而《离骚》类以体裁分，可分为有乱辞与无乱辞两部分；自内容分，又可分为游仙与非游仙两类。

　　《九辩》为现代化的第一篇史诗，而以《九章》为桥梁，自古代过渡到近代。《九辩》的内容较为复杂而有组织、有母题在。它是内在的节奏，为音乐性的节奏，为自然的经过人为意匠的造作而更显得整齐，又不十分整齐（不露痕迹），这些都是进步现象。其次，在《离骚》中，诗人只是抒写心中的忧郁，反复叹息，不知所云；而《九辩》的诗人，则是等痛定思痛之时能分析痛苦的原因，自己站在第三者的地位而分析过去的自我。从文学发展的现象来考察，愈古的作品则感情愈泛滥，愈是近代则愈能作细致的分析，这是因为作者在痛定思痛之后能对所抒发的悲哀作具体的分析说明，使读者受到更深的感染。

《九辩》是由几个母题错综成篇，故有时写实景，又有时写牢愁，一波一折，均有节奏之美。它的境界全新，比《离骚》更为进步，故两篇绝非出于一人手笔。

"悲哉，秋之为气也"较"袅袅兮秋风，洞庭波兮木叶下"要显得清醒，前无古人，意境最新。

《九辩》中可两句作为一行，同以前以四句为一行者不同，至东方朔《七谏》就无法分行了，这正是离音乐日远的现象。我怀疑古代四句为一行的作品，必然是由于音乐以四句为一重叠的缘故。《九章》是《离骚》与《九辩》的过渡作品，在四句一行的音乐节奏方面正是如此，确实证明它比《九辩》产生的时代要早。因为诗句明显的分行，不仅能增强眼睛的节奏感，结合音乐的伴奏，就给人更深的印象。

"登山临水兮送将归"较《诗经·燕燕》"瞻望弗及，伫立以泣"为更富诗意，因为它不止于伤心，而是在诗句中对感情写出了体验与分析。《庄子·山木》篇"君其涉于江而浮于海，望之而不见其崖，愈往而不知其所穷，送君者皆自崖而返，君自此远矣"几句的意境，正与此同。所以说，古代诗人头脑中对别离情绪体验最深的，当推庄子和《九辩》的作者吧。此外，杜甫也有两句诗"柔橹轻鸥外，含悽觉汝贤"（《船下夔州郭宿雨湿不得上岸别王十二判官》），他的感情分析比起两位古人又更加清晰。有人主张，诗愈浑厚而愈妙，故喜读上古的篇什；也有人主张，诗越写得分明越好，故推重近代作品，这两者似乎各有千秋，无须加以轩轾。

秦汉以来，文人喜用连绵字，如《九辩》的"怆怳忼慌"之类，司马相如的《大人赋》用得特多，在《离骚》却无此写法。

"惆怅兮而私自怜"当为二句，应作：

> 惆怅兮□□□，□□而私自怜。

"收恢台之孟夏兮"，刘禹锡《楚望赋》有：

> 恢台之气，发于春季，涉夏如铄，逮秋愈炽。

按"恢台"，郁蒸貌、热貌，《艺文类聚》引作"盛夏"。近人说楚用殷正，但这里用的分明是西北民族的夏历。此可证明神仙思想是来自西北，连《九辩》这种文体也自外来，故历法也用的是外历。《九章·怀沙》开篇云：

> 滔滔孟夏兮，草木莽莽。

由此推测《离骚》中的"孟夏"必是后来的盛夏，只是它用的历法尚待考证。

《文选》选录《九辩》，至"凭郁郁其何极"而止，因而引起了《九辩》是否一个整篇的疑难问题。

> 窃慕诗人之遗风兮，愿托志乎素餐。

"餐"，是"飧"字之误。《释文》："飧，音孙。"宋龚颐《正芥隐笔记》引作"飧"。这两句出自《诗经·伐檀》篇："彼君子兮，不素飧兮。"这里是化用作为抒情，它是我国文学最早用典的范例。

《九辩》的名称，没有讨论的必要，它是原题或是后代所拟，均不可知。九是虚数，在那个时代，作者可能并无题目观念，如《悲回风》就是以这篇开始的三个字为题，题名也无甚意义。因此，我想《九辩》或许是乐调名称，像后世的词牌名一样。

作者一作宋玉，一作屈原，如果假定《离骚》的作者是屈原的话，那么《九辩》就绝非屈原的作品。把两篇比较来看，异点多于同点，即使有同点也只是在大时代的线段中的共通点，可是它们在一些小线段中就显出很大的差异。从两篇作品的内容风格来考察，一篇产生在早期，一篇为晚期，因为它们的异点几乎可以抹杀同点。如果说宋玉是屈原的弟子，他们的差异绝不会有如此大。故可定两篇时间的差距，多则一个世纪，至少在半个世纪以上，由此可以断定，屈原和宋玉绝不是师生关系。下面分三点说明：

（一）生活态度

《九辩》作者自守的态度很严，这一点《离骚》也是一样的。但屈原的态度是自发的不屈服，而宋玉则是做好思想准备的不屈服态度，故前者是消极的不合作，后者则是积极的不合作；屈原是突见不平愤而怒吼，宋玉则是坚忍接受命运安排，比较心平气和；对于君主，屈原是怒骂，宋玉却是温情；屈原还存在"王庶几召我"的幻想，宋玉则不免绝望，故所写有点像唐人宫怨诗的情调，为弱者哀鸣的态度。总之，在作品中的火气越来越小，这就是屈原和宋玉的基本不同之点。

（二）心理状态

这是指诗人的艺术生活态度。《离骚》的抒情有如单细胞动物，虽有感觉，然而混沌不分，《九辩》则如五官俱备的动物，感觉非常灵敏，表现了诗人的高度敏感性，所以遣词用字，形容词大量增加，包括各种连绵词、叠韵、双声词等，如坎懔、懰慄、怆怳、圹悢之类。其次是事实轮廓的明朗化。《离骚》的抒情叙事，往往是以简单词句概括深刻繁杂的内容，而《九辩》的作者观察较为细密，对内能自我分析，对外能了解环境变化，把二者结合起来，就使作者有较为清醒的自觉，明确所处的现实地位，但他对自己这种失意的处境却又有所流连欣赏，对它作趣味的描写，有些近于不健康的颓废态度。因为诗人的感伤本来就来自一种不耐寂寞的孤寂感，到后来竟变成了以赏玩病态感情而自我陶醉的孤寂癖，这就为后世文人留下了所谓"风流自赏"的顽固病症，可说是从进步事物中带来的消极因素。

（三）艺术手法

《九辩》在造句方面是有意变换花样，这是古代文人第一次自觉地进行文学创作。这一点也就证明了它产生的时代与《离骚》不同。它造句的错综复杂，好像是图案一般。它的结构谋篇，用的是先说客体后说主体的章法，这又和《离骚》异样，已接近于近代的写法。唯其重视客体，故通篇不时加以描述渲染。比较来看，《离骚》的写法是和盘托出，而《九辩》则多采取象征手法来表现，写作达到这种境界，才有艺术可言。又《九辩》在字法上，多用"之""而""以"诸字，也是一种变化，它表示这是由诗的句法在趋向散文化了。

自《离骚》通过《九章》达到《九辩》这个阶段，可看出《楚辞》文学的进化史。《离骚》算是古代文学的煞尾，而《九辩》则是近代文学的起点，两者都在同一视程之内而没有碰头。《离骚》还在与音乐合作，而《九辩》则扬长而去；《离骚》有自傲气，而《九辩》则为自怜；《离骚》有孤独感，而《九辩》则以领略孤独感为主，故有"独申且而不寐兮，哀蟋蟀之宵征"这样的诗句。如果加以比较，则《离骚》的孤独操守是伦理的，而《九辩》则是诗的。

杜少陵有两句诗说："摇落深知宋玉悲，风流儒雅亦吾师。""风流儒雅"四字，可说是对《九辩》确切的评语。这两句诗如何解释呢？"风流"，是指作者对他的孤独具有敏感，"儒雅"，是指他操守的孤高。如果拿这个标准来衡量，《离骚》可算是有儒雅而无风流的作品，它里面写得有神，表示作者还有相信神明主宰的信仰；而《九辩》写的"皇天"，则表现为无意识的，不可靠的。《离骚》认为前代圣贤是最明智而严肃的，《九辩》则以为圣贤尽管明智，终难逃被诬陷的灾祸。从以上这两种不同的观念，也可证明两篇作品不是同一时代的产物。而且《九辩》虽然有不少消极语句，可也并非完全绝望，他那"君之门以九重"一句，可能最使少陵受到启发和引起向往，这就是他诗句中所说的"儒雅"态度吧。

按："风流儒雅"这个成语，最早见于庾子山的《枯树赋》："殷仲文风流儒雅，海内知名。"《枯树赋》还写有这样两句："既伤摇落，弥嗟变衰。"少陵诗句，便由此化出。而"风流"一词，在唐人诗中也有各种不同用法，如李太白的"吾爱孟夫子，风流天下闻"，杜牧之的"大抵南朝皆旷达，可怜东晋最风流"，司空图的"不著一字，尽得风流"。合起来看，在唐人心目中"风流"的概念，大概含有其人既是多情而又有美的精神风度这种意思。而"儒雅"，大概是孔子所说"乐而不淫，哀而不伤"两句话的概括吧。

七、谈《楚辞》的分类

（一）按内容分：

甲、第一类《离骚》《惜诵》《抽思》《思美人》《悲回风》《九辩》《惜誓》《远游》，外附《七谏》《九怀》《哀时命》《九叹》《九思》。

以上作品内容，都是属于叙志而兼游仙的。可用《诗经·邶风·柏舟》中的"觏闵既多，受侮不少……静言思之，不能奋飞"形容此类风格。

乙、第二类《涉江》《哀郢》《惜往日》（以上三篇为叙志）、《九歌》（自此以下皆杂拌儿）、《招魂》《大招》（两篇宗教意多，故次于《九歌》）、《天问》《橘颂》《招隐士》《卜居》《渔父》（最后两篇最无关紧要）。

（二）按与音乐之关系如下表：

音乐		篇名	体例
篇内用音乐名称者	乱	离骚　惜诵　涉江 哀郢　怀沙	不分章
		七谏　九怀　九思	分章而全篇只有一个乱
		九叹	分章逐章有乱（叹）
	少歌倡乱	抽思	不分章
	重	远游	
篇内未用音乐名称者		思美人　惜往日　悲回风 九辩　惜誓　哀时命	

八、屈原论

　　屈原忠君爱国的说法，大约起于南宋的朱子（熹）。六朝人的观点，则可以王孝伯的"痛饮酒，熟读《离骚》，便可称名士"数语为代表，这又是另一种解释。汉人评论屈原，可分为两派：扬雄、班固是一派，他们的考语，就是所谓"露才扬己"；淮南王刘安则推重屈原为廉士。这两派都没有包含忠君爱国的思想成分，而淮南王的说法最为可靠。《楚辞·渔父》篇中曾有过"众醉独醒"的清浊之论，这同淮南王的说法正相吻合，而在《卜居》篇里不也写过"谁知吾之廉贞"这样的话么？从这些材料来看，可知两汉的学者尚未用个人的理想和观点曲解屈原。如梁竦《悼骚赋》："屈平濯德兮絜显芬香"，扬雄《太玄赋》："屈子慕清葬鱼腹兮"，这些都是比较客观的看法。后来时代不断变迁，就生出种种不同的评论，当然这些说法也不尽是虚妄悬揣，都各有自己的根据，不过他们都是按照当时的需要而各取所需，借屈原身上的某一点加以夸张，而建立各自的理论学说。

　　要分析说明屈原在中国历史上所占的地位，不妨先把结论提出：屈原乃代表中国历史转变时期的悲剧或被牺牲者。

这需要从封建制度的兴起和发展加以说明。

旧来历史学家一般都认为中国历史的黄金时代是在夏、商、周三代，欧洲学者们也曾有封建制成立的完整阶段是人类最快乐的时期这种看法，但它早已成为一去不复返的历史陈迹。屈原就是这个黄金时代的迷恋者。大概在封建制成立的初期，地广人稀，口粮有余，生活比较安定，在物质方面贫富悬殊还不至太大，并且当时人类的敌人是大自然，当人类在物质上不能控制自然时，往往以心灵力量的控制补偿物质之不足，大多数人民赖以维持生活的精神控制力量都是从意志产生的。可悲的是人口繁殖日多而土地有限，仅凭意志无法维持生活，于是就引起了竞争。封建阶级以士为重要成分，士来源于封建的长子继承制，大哥继承了父业，同时也负有供养诸弟的责任，在这种情况下，老弟们就成了寄生的或有闲的阶层。老大算是家族的总管，那些庶出的老弟们也就各自分工，培养专长，他们的主要职务就是参加打仗，保卫部族的安全。在战争中，老大在家留守，老弟们都得出马应战，胜利后论功封爵，这便是封建等级制的来源。士在战时是出力的武士，在平时不负实际责任就可以说风凉话，批评政治。而老大为了巩固既得利益和扩张土地，就不得不使用权术诈骗的手段和老弟们形成不同的作风。因此，就有人提出废除立长的主张，而在措施方面要求不必太过分，这是儒家的态度。而又有人认为老大的所作所为全无是处，以至羞与为伍，拂袖而去，《论语》中记载楚狂等人的态度就是这样。从政治地位说，老大是主人，诸弟等于他畜养的奴仆，故有人脱身远走，以躬耕自给，与国君取对立态度，《孟子》所记陈仲子、许行之流，就是这类人的代表，其他如伯夷、叔齐、介之推等，都属于这种类型，都是一批抱理想主义的人。就当时的政治情况而言，这样做有点近于精神的奢侈，在封建制度健全时期，玩这一套尚不至有生命之忧，所以深为后代的士人所迷恋，这也可说是人类一点赤子之心的表现。

时代既然向前发展，社会风气不断变化，人事的花样也更显得复杂多样，有的以自己的君长无道而向他国求出路的，如孔子之徒便是这样。到了战国时代，天下已无理想的乐土与圣君，而隐者人数增多，到这时候士人就不能不作让步，遂有杨朱"为我主义"（对君主不合作的理论）的出现。往后时代变化越大，士人再作让步，想用道术说服天下国君，让他们实行自己的政治主张，儒、墨两个学派即由此成立，并借以作谋生的手段。再往后发展，王侯的势力愈加扩张，简直达到咄咄逼人的程度，如《赵威后问齐使》一文所记，那位贵族老太婆竟然提出要杀掉齐国处士陈仲子的主张，可看出士人与当政者的矛盾已发展到极其尖锐的程度。这样，他们只得由逃隐转为贵生，态度日益缓和下来，老庄的学说便由此产生。然后，由贵生转变为方士，企求采炼不死之药，因之得到一般国君的重视。士人也就放弃了原来争取作最高隐士的理想，主动投奔诸侯门下去当卿客，成为盛极一时的风气，这就是齐国的稷下先生为什么闻名当代，而田骈的假清高遭人嘲笑的原因。

战国时的隐士多在山中，与孔子问津时遇见耕于水滨的隐者不同，这是因为此时人口增多，土地开辟的面积渐广，近水的沃土已被有权的贵族所侵占，隐士们不得不逃进深山，过着极端清苦的生活，大大发挥他们的精神力量，可是，这也确实到达了隐士存亡的最后关头，非决定表态不可。当时可分成两派：一派主张投降以求取利禄，代表人物是苏秦、张仪；一派主张以死保全清白之名，这就是屈原了。但这两派的决策都失之偏激，要求救于理智，便有庄周、慎到学说的产生。庄周主张超生死，慎到主张贵同人己，二人的主张都能使人取得心理上的胜利，然而最终还是不能彻底解决问题。于是有人睁眼认清现实，以为时移世易，其备必变，韩非等人的法家学说就是这样来的。法家对待所谓的隐士，最初是作苦口婆心的劝导，其次和他们辩论，再次就加以诋毁，最后是拿权势去压服他们。荀子、韩非痛斥隐者，骂他们生活态度比盗贼更坏，采取的就是这种办法。而这批隐者愈是被骂反愈觉有劲，似乎政治压力愈大而精神的反抗力也愈强，但屈原的人格却不如此简单。《韩诗外传》对廉士的评语是"易愧而轻死"，如果屈原抱的是这种态度，他与匹夫匹妇的见识又有何差别？我们读《惜往日》一篇（可能是屈原同时人或弟子所作），发现内容和字句颇与《韩非子》相近，足以证明屈原是具有法家思想，不自觉地表现在《惜往日》这篇诗中。《史记·屈原列传》称屈原受命造作宪令，用法家的话说，"宪令"就是"宪法"。屈原作品中出现过"规矩""绳墨"一类词汇，《韩非子》书里也常爱引来作比喻，从整个时代来看，战国末年诸子学说已趋于混同状态，如法、道两家思想表现出来的迹象就很明显，《韩非子》里有《解老》《喻老》两篇即是确证。由此可推想屈原早年必是一个崇尚法家思想的实际政治家，因为当时有重用法家的风气，而法家的最大政策是主张提高君权，削弱贵族，故最受贵族的忌恨，双方斗争非常激烈，商鞅车裂于秦，吴起被杀于楚，都是著名的例子。屈原为楚王制定宪法，必然对贵族不利，所以上官大夫要夺取它，并非想据为己有，而是要根本把它毁掉；夺取不成，就在楚王面前造谣毁谤，终于达到把屈原撵走的目的。屈原以廉士的身份而兼有法家思想，对现实有清醒的认识，在政治上遭受这样大的诬蔑与挫折，乃退而抱消极态度，由廉士转为隐士，为方士，可又无法解脱，虽然在苦闷中驰骋想象，乘龙骖鸾，云游太虚，仍难忘记早年的政治理想，最后在忧愤中死去。到此，我们可以清楚地得出这样的结论：屈原本是具有法家思想的热烈的政治改革家，失败后突然降为庄周和慎到的思想境界，这二者之间距离太远，不能调和，遂以一死了之，所以说他是那个历史转变时期的悲剧。

黄金时代相去愈远，人们对它的怀念也愈切，故每个时代都有人写追念它的作品。我们生活在今天的新时代，应该取法屈原刚毅的意志，韩非革新现实的态度，来努力完成当前抗战建国的神圣任务，则屈原的伟大精神便能够得到发扬光大了。

在战国的思想家中，华子重己而不贵生，慎到贵生而不贵己。前者是迷恋旧思想，而后者是适应新环境；前者愚不可及，后者智不可及，屈原就是前一思想的实行家。华子我疑心可能就是《韩非子·八说》篇提到"华角赴河"的那个人吧。自屈原死后，这种迷恋旧思想的风气遂绝，但在战国末年此风曾经风靡一时，如樊於期、田光、荆轲之徒，都能视死如归，盛况可以想见。因此，我们可以相信古代尧时不用肉刑而采取墨、劓的惩罚，原因在于当时的人怕失面子比死更厉害，那么战国末年人们视死如归的风气可不是还有三代的遗风吗？

秦朝统一以后，时代大变，法家帮助它进行统治、采取愚民政策，一切依法从事，实行绝对专制，从屈原一批人的眼光来看，这是虽生犹死。等到汉武帝时代，更明令统一思想，这种追求个人自由的理想从此绝迹。到了魏晋时代，曾一度提倡思想自由运动，但不久又成广陵绝响。汉朝的东方朔写过一篇《戒子诗》，鼓吹以朝廷为避世所在的论点，说什么把做官当成退隐，也不过是精神胜利的表现，他的思想来源，仍然和慎到、荀卿、韩非有关，以滑稽的语言隐寓被迫出仕的苦衷。《楚辞·渔父》篇，无疑是慎到主张的代言人，而贾谊的《吊屈原赋》、扬雄的《反离骚》等，都是以慎到的观点为屈原悼惜。后汉的士气消沉到极点，至汉末祢衡、马融等人出现，才又渐有生气，经过魏晋的一番回光返照，以下便全然销声匿迹了。

[**郑按**]　这是闻先生20世纪40年代初（1940—1941年）在西南联大主讲《楚辞》课讲演的一个片段。先生当时对屈原的论述，跟他后来发表的许多文章意见颇有出入，但从中可以看出先生思想前后发展变化的痕迹。在这段论述中，他阐述了中国知识分子在不同历史时期中社会地位和思想的演变情况，提出他们对封建政权的依附关系，说明历史上所谓隐士产生的社会原因和他们思想之不切实际，表明作为一个社会的人要想脱离政治、逃避现实是根本不可能的。因此说屈原之死是旧理想和新现实不能协调的"历史转变时期的悲剧"，认为作为新时代的人"应该取法屈原刚毅的意志，韩非革新现实的态度，来努力完成当前抗战建国的任务"。而在最后提到后汉的士风因受罢黜百家的政治影响，"士气消沉到极点"，在魏晋时代虽"曾一度

提倡思想自由运动，但不久又成了广陵绝响"，故以"全然销声匿迹"作为讲演的结束，对此表示慨叹惋惜。如果联系当时的政治环境，那正是蒋介石假民主面目开始暴露、法西斯统治日益加深的时期，先生说的这段话，难道不是从侧面反映了时代的政治风向么？在这里，我们可以看到先生一向坚持的纯学术观点在新的政治斗争形势下逐渐有所突破，干预政治以争取民主自由的进步思想已经在萌芽，那么在两三年后，先生积极参加反独裁争民主的政治运动，就绝不是偶然的事了。这篇讲演，作为先生个人思想发展的资料来保存，我想还是有用的吧！

第三编

诗的唐朝与唐朝的诗

一、诗的唐朝

一般人爱说唐诗，我却要讲"诗唐"，诗唐者，诗的唐朝也。懂得了诗的唐朝，才能欣赏唐朝的诗。

所谓诗的唐朝，理由是：

（一）好诗多在唐朝；

（二）诗的形式和内容的变化到唐朝达到了极点；

（三）唐诗的体裁不仅是一代人的风格，实包括古今中外的各种诗体；

（四）从唐诗分支出后来新的散文和小说等文体。

最后一条需要略加说明，唐代早期某些散文，如王勃的《滕王阁序》、李白的《春夜宴桃李园序》等，原来只是作为集体写诗的说明书而存在，是附属于诗的散文，到中唐便发展成独立的一体，可说是由诗衍化出来的抒情散文，它形成了所谓八大家式的古文，显然是受了唐诗影响而别具一格。又如唐代考试有"行卷"的风气，当时举子为了显示自己能诗的本领，往往在考前有意利用故事的形式把诗杂在里面，预先向主考官们亮出一手，希望借此得到重视，取得选拔机会，这就产生了大量的传奇小说。其他如新兴的词体，不用说更是从唐诗的主流中直接分流出去的。

"诗唐"的另一含义，也可解释成唐人的生活是诗的生活，或者说他们的诗是生活化了的。

什么叫诗化的生活或生活化了的诗呢？唐人作诗之普遍可说是空前绝后，凡生活中用到文字的地方，他们一律用诗的形式来写，达到任何事物无不可以入诗的程度。至于像时光的迁流、生命的暂促，本是诗歌常写的主题，而唐代的政治中心又在北方，旧陵古墓，触目皆是，特别是在兵戈初息，或战乱未已的年代里，更容易触动诗人发思古之幽情，因而产生了中晚唐最多最好的怀古诗，这些都可说是生活诗化或诗的生活化的历史事实。但如果一个人的思想感情老是逗留在这种高远的诗境中，精神过度紧张，久了将会发狂，所以有时不免降低诗境，俯就现实，造成一些庸俗的滥调，像张打油那一类的打油诗便产生出来了。再说唐人把整个精力消耗在作诗上面，影响后代知识分子除了写诗百无一能，他们自然要负一定的责任。不过他们当时那样做，也是社会背景造成的，因为诗的教育被政府大力提倡，知识分子想要由进士及第登上仕途，必要的起码条件是能作诗，作诗几乎成了唯一的生活出路，你怎能责怪他们那样拼命写诗呢？可是，国家的政治却因此倒了大霉！

我曾经就中国文学史的分期问题，作了个尚待修正的假定，唐诗的特点和发展变化的原因可以从这里得到解释。试用一表来加以说明：

时代划分		作者成分	起讫年	历年总计
古代		封建贵族及土豪贵族	周成王时至汉建安五年（公元前 1063 年至公元 200 年）	约 1300 年
近代	前期	士人	汉建安五年至唐天宝十四年（公元 200 年至 755 年）	555 年
	后期	士人	唐天宝十四年至民国九年（公元 755 年至 1920 年）	1165 年

把建安作为文学史古代和近代的分水岭，理由是在这时期以前，文学作者多半茫然无考，打曹氏父子以后，我们才能够见作品就知道作者了；其次，普通讲文学史的人，大半以个人为中心来划分文学时代，似乎不是很恰当。我以为要划分文学史时代，应高瞻远瞩，从当时社会的情况跟作者的关系方面去研究那个时代作者的同异所在，然后求出一个共同的特点来，作为时代的标志，因为任何天才都不能不受他的社会环境的支配。

曹魏时代，在政治上有所谓九品中正制度的建立，作为选拔人才的标准，到了东晋，便发展成为严格的门阀制度，流弊所及，使贵族盲目自大，生活堕落不堪。所以当李唐王朝重新统一天下之后，重修氏族谱，有意贬低固有门阀贵族的地位，他们的气焰才逐渐削弱，到了天宝之乱以前，已著相当成效，回顾这段时期（建安五年至天宝十四载）的诗，从作者的身份来说，几乎全属于门阀贵族，他们的诗，具有一种特殊的风格，被人们常称道的中国诗歌黄金时代的所谓"盛唐之音"，就是他们的最高成就。

东晋是门阀开始的时期，也是清谈极盛的时期，《世说新语》里所记的人物故事，可代表这时期诗的理想境界，也可以代表这时期诗人的品性，大小谢（谢灵运、谢朓）便是这时期诗人的具体代表。杜甫提到鲍明远（照）时说"俊逸鲍参军"，所谓"俊逸"，就是一种如不羁之马的奔放风格，跟魏武帝（曹操）的乐府诗风格很相近，却与这时期一般诗人的风格大不相同，所以锺嵘在《诗品》中用"嗟其才秀人微"的断语把他列入中品，这里用的正是门阀诗人的尺度，在同一尺度下，被后人盛称的陶渊明诗也不能取得较高的评价，因为他那朴素无华的田园诗正是当时贵族们所不屑于写的。到了盛唐，这一时期诗的理想与风格乃完全成熟，我们可拿王维和他的同辈诗人作代表。当时殷璠编了一部《河岳英灵集》，算是采集了这一派作品的大成，他们的风格跟六朝是一脉相承的。在这段时期内，便是六朝第二流作家如颜延之之流，他们的作品内容也是十足反映出当时贵族的华贵生活。就在那种生活里，诗律、骈文、文艺批评、书、画等，才有可能相继或并时产生出来，要没有那时养尊处优的贵族生活条件，谁有那么多时间精力创造出那些丰富多彩的文艺作品！

天宝大乱以后，门阀贵族几乎消灭干净，杜甫所代表的另一时代的新诗风就从此开始。宋人杨亿曾讥笑杜甫是"村夫子"，恰好是把他的士人身份跟以前那些贵族作者形成了鲜明的对比。和杜甫同时而调子完全一致的元结编选过一部《箧中集》，里面的作品全带乡村气味，跟过去那些在月光下、梦境中写成的贵族作品风格完全两样。从这个系统发展下去，便是孟郊、韩愈、白居易、元稹等人的继起。他们的作风是以刻画清楚为主，不同于前人标举的什么"味外之味""一字千金"那一套玄妙的文学风格。这一派在宋代还在继续发展。要问这一批人为什么在作品中专爱谈正义、道德和惯于愤怒不平呢？原因是他们跟上一时期贵族作者的身份不同，他们都是平民出身，平民容易受人欺负，因此牢骚也多，这样，诗人的成分很自然地由贵族转变为士人了。其实，他们这种态度跟古代早期的贵族倒很接近，这是因为他们在性质上有着某些共同点。就是说早期的贵族，他们原是以武功起家，他们的地位是用自己的汗马功劳换来的，跟后来门阀时期的贵族子孙全靠祖宗牌子过活，一心追求享受不同。所以，他们多能慷慨悲歌，直到魏武帝（曹操）还保留着那一派余气，而唐代士人也同样，必须靠自己的文才去争取一官半职，他们同早期贵族一样本由平民出身，跟人民生活比较接近，因此他们能从自己的生活遭遇联想到整个民生疾苦。从这点来说，也可以解释杜甫的"三吏""三别"诸诗为什么会跟汉乐府近似，表现出一种清新质朴的健康风格。

在宋代诗人中，东坡（苏轼）的作风是和天宝之乱以前那一段时期相近，到了陆放翁便满纸村夫子气了。所以如果要学旧诗，学宋诗还有可能发挥的余地，学唐诗（天宝以前的那种所谓"盛唐之音"）显然是自走绝路，因为社会环境和生活方式已经完全改变，没有那种环境和生活条件，怎能写得出那种诗来呢？从这种新作风的时代开始以后，平民跟文学的关系一天比一天密切，小说就跟着发达起来。但过去那种豪华浪漫的贵族生活方式始终还被少数人所留恋，尽管平民文学的新风格已经出现，并且在日益壮大，可是部分诗人总不免要对它唱出情不自已的挽歌，像刘禹锡的"旧时王谢堂前燕，飞入寻常百姓家"，杜牧的"大抵南朝皆旷达，可怜东晋最风流"如此之类，真可说是无限低回，一往情深的了。然而黄金时代毕竟已成过去，像人死不能复生一样，于是温（庭筠）李（商隐）便把诗的理想与风格换过，逐渐走上填词的道路，希望在内容和风格方面保存一点旧日贵族的风流余韵；但就成绩来看，只能算是偏安而已，何况词的产生还不是基本上从平民阶级那儿萌芽的么？

总的说来，唐诗在天宝前后完全是两种迥然不同的风格面目，这是因为作者的身份和生活前后有了很大改变的缘故，从整个文学史来看，唐诗的确包括了六朝诗和宋诗，荟萃了几个时代的格调，兼收并蓄，发挥尽致，古今诗体，至此大备。根据上述这些情况，我们今后提到"诗的唐朝"或"唐诗是中国诗歌黄金时代的诗"，将不会再有空洞或浮夸的感觉了吧。

二、王绩

王绩的诗可说是渊源于陶渊明的。

陶渊明何以在文学史上有如此大的势力，值得仔细研究。凡是大作家必然有他特殊的风格，这风格正如杨炯所说"不须目击，亦不谬也"。文学风格的形成，在于反映时代和作家个人的生活态度。大家的风格，看似独创，其实是表现了前人未有的生活态度，这并不是创新，而是从遗产中选择合于个性的接受过来，再加入个人的生活经验，便形成所谓特殊风格。陶渊明是门阀中衰时代的诗人，所以他把诗的题材内容由歌舞声色改换为自然景色的歌咏。当时门阀贵族并未全倒，他们的生活态度和艺术趣味还支配着那个时代，因之陶诗便不被时人所看重，他走的路跳过了同时代人几百年，非等到白香山（居易）、苏东坡（轼）出来，不足以看出他的价值。也就是说，只有等到门阀贵族全部倒掉，一般人的生活态度改变，反映这种生活态度的诗的风格也有了改变，然后才看出陶渊明是诗坛的先知先觉者。这正如中唐以后，士风大变，大部分读书人为了生活出家为僧，便产生了歌颂僧侣生活的诗歌，贾岛应运而生，不是很自然的事吗？

陶渊明死后，他那种诗的风格几乎断绝，到王绩才算有了适当的继承人。在王绩那个时代（隋末唐初），流行的诗风一面是病态的唯美主义，如陈子良、上官仪等人的作品；一面是有些人为功名而作诗，如虞世南、李百药等人作诗的态度。当时只有王绩一个人是退居局外，两条路都不走，独树一帜，这似乎是出于傲世。王绩兄即文中子王通，也是独行其志的学者，专心学孔夫子，在龙门讲学，唐初功臣房玄龄、杜如晦都是他门下的高足。王绩的另一兄弟王度，曾作《古镜记》，内容在当时也算是影射李唐的"反动"作品。可见王氏兄弟是一股劲儿以遗民自居，这也是六朝士大夫的生活态度，因此他们都终于贫贱，默默无闻，后来的《唐书》甚至没有为王通立传，这就是王绩的家庭情况。他的思想似乎和这个家庭环境有关，王绩自己的那首《野望》诗，尽管也具有和李唐对立的思想，不过就整个时代来看，仍不愧是初唐的第一首好诗。

> 东皋薄暮望，徙倚欲何依。
>
> 树树皆秋色，山山唯落晖。
>
> 牧童驱犊返，猎马带禽归。
>
> 相顾无相识，长歌怀采薇。

此诗得陶诗之神，而摆脱了它的古风形式，应该说是唐代五律的开新之作，自然处渊明亦当让步。王绩的侄孙王勃曾写过一首五绝《山中》，有两句是"况属高风晚，山山黄叶飞"，炼句取意，都可看出是受了叔祖《野望》诗的影响。

在陶渊明以前，疏野的诗很少见，《诗经》、"汉乐府"之美，在粗野质朴，而不是疏野。

陶渊明是以士大夫身份乔扮作农夫，对农民生活作趣味的欣赏，拿审美的态度来看它，正如城里人下乡，见乡村生活有趣，于是模仿起来，比原来实际的乡村生活更显得新奇可爱。这种审美观念是纯粹的主观成分，把一切实用观点摆开，而陶渊明能够长期保持这种欣赏的生活态度，因而难得。陶诗的特点在于诗人对大自然长久作有趣的看法，天真的看法，表现出一种小孩儿似的思想感情。王绩就是继承了陶诗这一嫡系真传。

从现有记载来看，王绩被当代人所称道，只有韩昌黎（愈）在《送王含秀才序》中曾提到他的《醉乡记》（仿陶渊明《五柳先生传》又别有《五斗先生传》，因绩曾官五斗学士，都是仿陶作品，由此可看出陶渊明对王绩的影响），此外，白香山在《九日醉吟》中有两句：

　　　　无过学王绩，惟以醉为乡。

据此推断，王绩被人重视，当从中唐开始。真的，要没有中唐人那种深邃的生活经验，是不容易了解和欣赏王绩的。事实上，在初唐那些后于王绩的年轻诗人中，也不是完全没有人模仿过他，不过由于时代潮流所趋，还没有人明目张胆地赞扬他而已。如刘希夷的《故园置酒》：

> 旧里多青草，新知尽白头。
>
> 风前灯易灭，川上月难留。
>
> 卒卒周姬旦，栖栖鲁孔丘。
>
> 平生能几日，不及此遨游。

这首诗的主题和字面显然都是从王绩的《赠程处士》一诗蜕化而来，那首原诗是：

> 百年长扰扰，万事悉悠悠。
>
> 日光随意落，河水任情流。
>
> 礼乐囚姬旦，诗书缚孔丘。
>
> 不知高枕上，时取醉消愁。

把两首诗对照来看，说当时绝对无人受王绩的影响，倒也是不尽然的。

三、初唐诗

中国诗歌发展的趋势，自建安到晋宋是自下向上的发展（按：指诗歌成长的上升时期），齐梁到唐高宗一段是由上而下（按：指贵族诗风堕落的时期），高宗以后，才又上升，臻于极盛。

六朝和初唐人一般的写作态度，是肉欲的（Sensual）而非肉感的（Sensuous），他们的理论根据是《列子》的纵欲主义。《列子》本是六朝人所伪托的先秦子书，肉感和肉欲都包括在纵欲主义中。肉感主义者多重声律与辞藻，肉欲主义者便发展成为宫体诗。从谢朓之死到陈子昂之生这一时期，没有第一流诗人产生，这时代的人们都把精力用在文学批评（如《文心雕龙》和《诗品》等专著）、声律（如《四声谱》之类）和辞藻典故搜集诸方面，他们是用理智对诗文作客观的分析研究，这些都是属于感官部分的（诗的形式），而诗的内容则专谈女人了。把这两部分合起来考察，当肉感的兴趣既行消灭，肉欲也随即中止，这是受门阀衰落现实影响的缘故。自武后当政，四杰出场，诗的作风，才见好转。当时代表肉感主义者有陈子昂，极富理智；代表肉欲主义者有张若虚，以灵感为主，描写纯粹的爱情。

钟嵘《诗品序》中有这么一段话：

> 观古今胜语，多非补假，皆由直寻。颜延、谢庄，尤为繁密，于时化之，故大明、泰始中，文章殆同书抄。近任昉、王元长等，词不贵奇，竞须新事，尔来作者，寖以成俗。遂乃句无虚语，语无虚字，拘挛补衲，蠹文已甚。

这是叙述六朝人那种制造事类的风气，一种机械的、堆砌的文学偏向。唐初诗人一面继承了六朝的声律传统，把诗的形式更求工整，因而导致沈（佺期）宋（之问）律诗的完成；一面又继承了六朝那种学术材料的搜集工作，拿学术观点研究文学成为这时期的特色，最明显的表现便是类书的编辑；造成一时期内若干毫无性灵的类书式的诗。

综上所说，初唐诗就内容说可归纳成两个大类：一是宫体诗，一是类书式的诗。以作家论，又可分为三派，先列一表，后加说明。

派别	代表作家	嗣响作家	作品特点		
第一派	王　绩　薛　稷 魏　徵　陈子昂	包　融　薛奇童 张九龄　贺　朝 ……	五古	内容文 外形诗	风 骨	理 智
第二派	卢照邻　骆宾王 刘希夷　张若虚	常　理　蒋　冽 张　旭　王　翰 ……	七　古 （七律 七绝）	内容歌 外形文	性 灵	肉 感
第三派	王　勃　杨　炯 沈佺期　杜审言 崔　融　宋之问	韦承庆　郭元振 苏味道　李　峤 贺知章　张　说 韦　述　王无竞	五　律 （七律 五排）	折中	格 律	官 觉

　　表中第一派并不承认宫体诗或类书式的诗，目空一切，尤以陈子昂的境界最高，古今当推第一，李杜对他也不能不心服。第二派是针对宫体诗的缺点而发的改良派。第三派则是以类书式的诗作攻击的目标了。若以真美善的观点来划分，则第一派代表真，第二派代表美，第三派代表善。特别是善，是中国文学的特点（按即思想性和艺术性高度的统一）。这三派奠定了盛唐诗的始基，从文学史发展来说极为重要。

　　关于第一、二派的诗人及第三派的王、杨两家，有已发表的《宫体诗的自赎》《四杰》等论文可以参考，或将另立专章讨论他们承上启下的作风与功绩，这里不赘。只有沈、杜、崔、宋几家因袭渐少，创新才多，他们跟盛唐诗接壤，在唐诗发展上具有关键性的影响，特分别提出，加以说明。

明陆时雍《诗镜总论》云：

> 杜审言浑厚有余，宋之问精工不足，沈佺期吞吐含芳，安详合度，亭亭整整，喝喝叮叮，觉其句自能言，字自能语，品质所以为美，苏李法有余闲，材之不逮远矣。

他对沈佺期的诗推崇备至，颇有见识。我们也可以借他这几句话来作为第三派整个风格的最高评语。沈佺期主要活动是在武后秉政时期，自武后直到开元年间，国势极盛，所以诗多盛世之音。他的《游少林寺》诗云：

> 长歌游宝地，徙倚对珠林。
> 雁塔霜风古，龙池岁月深。
> 绀园澄夕霁，碧殿下秋阴。
> 归路烟霞晚，山蝉处处吟。

可说是标准的唐诗，诗人在其中表现了雍容和谐的气象，形成一种和平中正的境界，使人读了产生温柔敦厚的感觉，这也可以说是标准的中国诗。

沈佺期的七律"卢家少妇郁金香"一首云：

> 卢家少妇郁金香，海燕双栖玳瑁梁。
> 九月寒砧催木叶，十年征戍忆辽阳。

白狼河北音书断，丹凤城南秋夜长。

谁为含愁独不见，更教明月照流黄。

此诗曾被推为唐诗七律之冠，分析这个衡量的标准，当在于它的气体高古，一气呵成。或有推崔颢的《黄鹤楼》为七律压卷之作，道理也是一样。这是值得注意的现象。自六朝以来，作诗的人多炼散句，整篇匀称的作品很少见，所以大家都重视一气呵成的作品。孟浩然的诗大多是这种风格，如《听郑五愔弹琴》《过故人庄》等诗，都属于气体高古，一气呵成这一类。原因是诗到六朝句子已离口语渐远，可以任意切断，句与句、字与字之间似无甚必然关系，这是一种进步。像谢灵运的两句诗：

池塘生春草，园柳变鸣禽。（《登池上楼》）

这种文字已非语言符号，而直接是思想的符号，这种境界往往不容易达到。但文字本是语言的符号，违反这一事实便不合文字的天然性质，所以到盛唐时期，诗和语言的关系又恢复了常态，前后必相连贯，使多数人可用诗的形式表情达意，自然像李长吉（贺）的那些作品当属极少的例外。宋人所谓的"流水对"，盛唐诗中最多，也就是诗与语言恢复了正常关系的重要表现。沈佺期这首七律正是开启时代新风的创首作品，因此特受重视，颇负声誉。

杜审言是大诗人杜甫的祖父，当时诗名极盛，年长于王勃，诗大抵是晚年所作。我们读王绩的作品，还可看出他自六朝蜕化的痕迹，读杜审言的诗虽然发现他晚年受过王绩的影响，却已进一步把它变为纯粹的唐代诗风。他的诗现存 30 多首，造诣已达盛唐境界，故有些诗往往掺入盛唐作家的诗集里，如《和晋陵陆丞早春游望》一首即见于《韦苏州诗集》。陆时雍评他"浑厚有余"，可巧那正是一个缺乏浑厚之气的时代。他的孙子杜甫比他更浑厚，卓然成为盛唐大作家，跟他的影响不无关系，如果从诗的对仗工稳和通体匀称来说，杜固然远不如沈宋，但他好诗的数量却驾乎沈宋而上，所以这批诗人中，除去王、杨，杜审言还隐然有领袖群伦之概，无怪他临死前还要跟宋之问、武平一开了极端自负的玩笑，说自己死得正好，免得压住朋友们老是出不了头。在生前，他还自夸所写的判词足以气死苏味道，这种性格自然容易遭人嫉视，以致一次被人诬陷，将下狱处死，多亏他的一个十六岁的儿子杜并在宴会间把仇人吉州司马周季重刺死，自己也当场丧命，此事惊动朝廷，杜审言才因这个孝童得到特赦，武后并诏复了他的原官。从这件事可见杜氏一家的性格。杜甫后来能够雄踞盛唐诗坛，他的诗风和个性，可说是有着极其深厚的家庭渊源的。杜审言《蓬莱三殿侍宴奉敕咏终南山应制》诗，正表现出他的浑厚之气，诗云：

北斗挂城边，南山倚殿前。

云标金阙迥，树杪玉堂悬。

半岭通佳气，中峰绕瑞烟。

小臣持献寿，长此戴尧天。

当时诗风，沈、宋为台阁体，王、杨多属歌谣体，杜审言的一首七律《春日京中有怀》，跟他孙子杜甫早年以曲江为题材的七律诸作正是一脉相传，此又近乎歌谣，可见他又不独以浑厚见长了。这首七律是：

今年游寓独游秦，愁思看春不当春。

上林苑里花徒发，细柳营前叶漫新。

公子南桥应尽兴，将军西第几留宾。

寄语洛城风日道，明年春色倍还人！

杜甫《曲江》诗中两句：

传语风光共流转，暂时相赏莫相违。

有极曲折的含意，较其他有境界的同类作品更有味道，他早年的作品多属于这一类，跟他晚年巧思刻画的作风大有分别，正是受了家学的影响。上面所举两句，分明就是从祖父那首七律的尾联化出来的，可是两联也都并传，成为唐诗中有名的佳句。

崔融是杜审言最佩服的人，据说融死，杜审言曾为他披麻戴孝，以杜的狂傲性格，折节如此，可算怪事，这种倾服简直到了"一人之下，万人之上"的程度。相传崔融为写武后挽词，绝笔而死，当时被人看作武氏死党，大受士林贬斥，不过就不以人废言而论，融的某些作品，亦有可传价值，如五律《吴中好风景》：

> 洛渚问吴潮，吴门想洛桥。
>
> 夕烟杨柳岸，春水木兰桡。
>
> 城邑高楼近，星辰北斗遥。
>
> 无因生羽翼，高举托还飙。

竟不像一首律诗，简直是从《西洲曲》化出，极为生动，颇带歌谣风味，是从古诗到律诗过渡期间的绝妙佳作。五古《关山月》一首尤见浑厚：

> 月生西海上，气逐边风壮。
>
> 万里度关山，苍茫非一状。
>
> 汉兵开郡国，胡马窥亭障。
>
> 夜夜闻悲笳，征人起南望。

无怪要令杜审言那么倾倒了。杜甫《同诸公登慈恩寺塔》那首五古亦具此风格；但其中"俯视但一气，焉能辨皇州"两句，和崔融《关山月》"万里度关山，苍茫非一状"一联相比，崔作似乎更显得简练遒劲。

宋之问在当时极有盛名，也是古今文人无行的重要代表。他曾先后投靠权门，跟着政潮进退，朝秦暮楚，恬不知耻，《朝野佥载》甚至记叙他替武三思捧过溺器，事实虽不一定可靠，但他人格的卑污下流却是臭名昭著的，因而成为史官疵议的对象。可是他的诗的确高明，正如明代巨奸严嵩和阮大铖一样，诗风和人品太不相称了。通常但知他的近体诗有名，其实古体诗也有好的，像五古《雨从箕山来》一首：

> 雨从箕山来，倏与飘风度。
>
> 晴明西峰日，绿缛南溪树。
>
> 此时客精庐，幸蒙真僧顾。
>
> 深入清净理，妙断往来趣。
>
> 意得两契如，言尽共忘喻。
>
> 观花寂不动，闻鸟悬可悟。
>
> 向夕闻天香，淹留不能去。

可说是开了王右丞的先声。他祭杜审言的文中有这样几句："言必得俊，意常通理。其含润也，若和风吹曙，摇露气于春林；其秉艳也，似凉雨半晴，悬日光于秋水。"这些文句都是汇集杜审言诗"云霞出海曙""晴光转绿蘋""日气含残雨""江声连骤雨，日气抱残虹"等诗句意境凝练而成，即此也可看出他的巧思熔裁功夫了。

总结起来看，我们可以打破传统的看法，重新把崔、宋两家归成一类，因为他们同以五古擅长，而把沈、杜归成另一类，因为他们又同工七律的缘故。

最后，还得提一下跟第二、三派有关的上官仪和他的孙女上官婉儿（昭容），从这个关联中，可看出他们对初唐诗发展的影响。

上官仪是典型的初唐诗人。他是有名的门阀贵族，也是大官僚，虽未编过什么类书，但以他的博学和身份，要做这种工作也不是难事。他早年曾剃度为僧，精于佛典，其他书籍亦无不浏览，因此他的诗正合于钟嵘所说"句无虚语，语无虚字"的标准，可说是一个最典型的类书式的诗人，只有《入朝洛堤步月》还接近当时的一般风格，比较传诵人口：

> 脉脉广川流，驱马历长洲。
> 鹊飞山月曙，蝉噪野风秋。

玄宗时，张说就模仿过它，有"雁飞江月冷，猿啸野风秋"之句，虽出因袭，尚有可观。但仔细玩味，上官仪那首原作，恐怕不是全章，颇有佚句的嫌疑。

上官婉儿有五律《彩书怨》一首云：

　　　　叶下洞庭初，思君万里余。

　　　　露浓香被冷，月落锦屏虚。

　　　　欲奏江南曲，贪封冀北书。

　　　　书中无别意，惟怅久离居。

这是初唐一首难得的好诗，一气呵成，颇具风骨，不似女子手笔，我疑心是伪作。

　　上官仪因谏武后一事触怒高宗，被抄了家，子庭芝、媳郑氏配入宫廷，婉儿是遗腹女。后来婉儿又因事得罪武后，受黥面刑，竟流为时妆，她的社会影响不难想见。中宗朝掌制诰，拜为昭容，史书记她和武三思、崔湜有暧昧关系。她居官时曾劝中宗建昭文馆收养文人学士，分为大学士、学士、直学士三级，都可有政治地位。大学士有李峤等人，学士有苏颋、沈佺期等人，直学士有宋之问、杜审言、薛稷等人。昭文馆颇有点像西洋的法国沙龙，中宗常到馆中宴会诸学士，并令他们即席赋诗，婉儿一面代皇帝做枪手，一面评定诸学士作品的甲乙，俨然是诗坛盟主。后来中宗竟在她的私邸设厅招宴，可见她提倡文学有功，而又被众学士所推服，故《新唐书·上官昭容传》称：

　　　　当时属辞者，大抵虽浮靡，然所得皆有可观者，婉儿力也。

当非虚誉。上面提到的沈、杜、崔、宋四家，正是由婉儿的诱掖褒扬而著名当时的。

四杰的作风是以反上官体而卓然成家，沈、杜等人也是承受了王、杨的风气，却又受着婉儿的支配，所以说唐诗初期的发展，简直是被上官氏一家左右了。婉儿的文学态度，倒也是跟她祖父迥然不同。按宫体诗的发展趋势，卢骆已使它出宫，而宫内的宫体诗仅存形式。上官仪的宫体诗是男人说女人话，而婉儿的宫体诗竟是女人说男人话了，这是时代不同的缘故。因为宫体诗既已出宫，仅存形式，便不再牵涉男女的事，婉儿正是这个时代的骄子。就个性和遗传说，婉儿应该提倡宫体诗回到她祖父的时代，可是她竟不肯逆转时代风气，可算得诗坛难得的功臣。我们只要不忘记上官婉儿，也就可以知道沈、杜、崔、宋仍不过是宫体诗的青出于蓝而已。

四、陈子昂

子昂的诗古今独步，几乎众口一词，无人否认，这道理值得研究。

子昂的诗可分为三类：

（一）《感遇》三十八首及其同类的诗；

（二）"同晖上人"诸作；

（三）近体诗。

史称子昂诗"变雅正"，究嫌笼统。"同晖上人"诸作无一首不佳，甚为可怪。当时写古体诗的名手有魏徵、薛稷、贺朝、薛奇童、包融等，可见当时写古体诗是一般风气，并非子昂一人特出。他重要的贡献在写了像《感遇》这一类的诗，虽然在前有王绩，在后有张九龄，但所写都不及他，即使是太白也难和他相比。我曾说过，中国的伟大诗人可举三位代表，一是庄子，一是阮籍，一是陈子昂，因为他们的诗都含有深邃的哲理的缘故，子昂的好友卢藏用曾有诗句赞他说"陈生富清理"，给他集子作序时也曾说："至于感激顿挫，显微阐幽，庶几见变化之朕，以接乎天人之际者，则《感遇》之篇存焉。"都指出了这一特点。

他的《感遇》诗第六首说：

> 玄感非象识，谁能测沉冥？
> 世人拘目见，酣酒笑丹经……

他认为"玄感"是直觉，无形象可见，而世人妄加讥笑，这才可笑。所以他的《感遇》诗的重心，就在这个"玄感"。那首有名的《登幽州台歌》：

> 前不见古人，后不见来者。
> 念天地之悠悠，独怆然而涕下。

更是显著的例子。在人生万象中，谁都有感慨，子昂的感慨独高人一层，原因是他人的感慨都是由个人出发而联想到时空大无穷极，而子昂能忘记小我，所见为纯粹的真理，但又不是纯客观的。像寒山子、王梵志之流变成危言耸听的预言家，唱的是幸灾乐祸的讽刺调子。寒山子唱的是：

> 城中蛾眉女，珠佩何珊珊。
> 鹦鹉花前弄，琵琶月下弹。
> 长歌三月响，短舞万人看。
> 未必长如此，芙蓉不耐寒！

王梵志也唱着：

世无百岁人，强作千年调。

打铁作门槛，鬼见拍手笑。

城外土馒头，馅子在城里。

一人吃一个，莫嫌没滋味。

这种态度多么冷酷！他们的作品是对人生彻悟以后的境界，是纯客观的表现；至于太白则已经是全部解脱，更显出超然世外的旁观态度；只有陈子昂的诗取得中和，既有关切的凝思，又能作严肃的正视。

关于时间的境界，子昂近于庄子；空间的境界，从他的"邹子何寥廓，漫说九瀛重"两句诗推测，当近于邹衍。孔子对时间的观念，见于《论语》所记"子在川上曰：逝者如斯夫，不舍昼夜"的慨叹。对空间的观念则从《孟子》"登东山而小鲁，登泰山而小天下"的记载可以看出。子昂融合了先秦诸子这些有关时空的境界，遂产生寂寞之感，在他诗里屡次提到"孤寂"的情绪，非常动人。看来他的诗里除了宇宙意识之外，还具有社会意识，因而饱含着悲天悯人的深意。这一特点，在《感遇》诗中表现不少，像第二十二首的"云海方荡潏，孤鳞安得宁"，第二十五首的"群物从大化，孤英将奈何"，第三十八首的"溟海皆震荡，孤凤其如何"。原来诗人心中，他的悲愁寂寞是来自整个世界，这种意识和感慨是多么伟大呵！所以说，"孤独"该是诗人最高的特性，这种孤独境界有时是自来的，如《感遇》

诗第二十首所写的"一绳将何系,忧醉不能持。"

有时诗人又故意去找孤独境界,如他另一首诗所写的:"松竹生虚白,阶庭怀古今。"诗人在这里似乎又感到孤独的乐趣,因而每当孤独的时候,也竟是最宜于作诗的良好机会。他的《渡荆门望楚》诗中"今日狂歌客,谁知入楚来"。两句仍然由孤独境界产生,不过把孤独之意放在言外罢了,表现了一种孤怀情境,这孤怀,也是由玄感而来。可见子昂是把庄子、邹衍的时空境界诗化了,遂自成一家风格。卢照邻的《赠李荣道士》"风摇十洲影,日乱九江文",想象亦高。李长吉的《梦天》:"黄尘清水三山下,更变千年如走马。遥望齐州九点烟,一泓海水杯中泻。"前两句写的是时间感慨,而后两句写的又是空间,境界虽高,缺点是太画面的,久之将变成幻想的游戏。反之,阮嗣宗的诗又太不够画面的,唯有子昂得乎其中,能具有玄感,并能把由玄感所生的孤怀化成诗句,因此能跟庄子、阮籍成为三座并立的诗坛高峰。但在高空待得太久,岂不产生"高处不胜寒"之感?所以比较来说,太白是高而不宽,杜甫是宽而不高,唯有子昂兼有两家之长,因此能成为一个既有寥廓宇宙意识,又有人生情调的大诗人。因为站得高,所以悲天;因为看得远,所以悯人。拿这个眼光去读子昂的《感遇》诗,一定能领略其中三昧。总之,子昂的诗,是超乎形象之美,通过精神之变,深与人生契合,境界所以高绝。

要问陈子昂诗的境界与风格是怎样产生的，就得向中国历史和他本人的家世去找原因，进行分析。

自从孔子在河边说出"逝者如斯夫，不舍昼夜"两句哲言以后，中国后代诗歌在感慨时序方面便有了发展的基础。上面讲过，中国诗在感兴和玄感的水准上，以庄子、阮籍、陈子昂三人最高，但他们都是其来有自，并非凭空出现，子昂比起庄子、阮籍来是诗趣胜于哲理，这是历史背景不同的缘故。《世说新语》记述桓温在琅琊对早年所种柳树发抒感慨，曾说过"木犹如此，人何以堪"的话，便成了唐初诗人感叹节物改换诗境的共同来源；而子昂独从"玄感"下笔，摆脱陈套，所以独高，这正是历史背景作成他的。何以到他手里会有这个转变呢？从性格和生活态度来看，子昂和太白极近，用先秦学派思想来衡量他，可说是属于纵横家兼道家，太白平生景仰的不是那位战国的鲁仲连吗？

> 亦有倜傥生，鲁连特高妙……
> 余亦澹荡人，拂衣可同调。（《古风》）

因而他常想能用超人的力量为人排难解纷，进而至于求仙超世，既重功名，又尚清远。子昂和太白同出生在西蜀，受了当地风气的影响，所以形成与众不同的诗风。

子昂家庭是梓州射洪的豪族，他的四世祖兄弟二人在那儿开辟土地，兴创了家业，地位有点像后来的土司，原不是朝廷任命，到梁武帝时才"改土归流"，拜为太守，这就是他的家世。他后来自撰族谱，跟东汉的陈寔相接，不一定可靠。由此可见子昂是长于夷族的汉裔，他父亲曾为乡里判讼，所以他本人也带有几分山区穷乡的土气。他到长安去见武后，最初颇受轻视，武后用"柔野"这个词儿讥笑他，交谈后发现他的长处，才授了官职。他在家乡，十八岁还未读书，天天跟一批赌徒混着，有一次闯进乡校，受到刺激，便回家闭门发愤，以后就入京参加考试。相传他初到长安，为了制造自我表现的机会，故意在闹市用高价购买胡琴引人注意，并约集众人到客舍看他表演，到时候却突然把胡琴击碎，把自己才学抱负表述一番，然后拿所作分赠观众，从此声名大噪。故事虽不一定可信，但由他过去的性格推测，也不是毫无可能，这正是纵横家的本色。武后虽然一度赏识过他，终于不能重用，大概是因为他直言敢谏的这个倔强性格。赵儋在《陈公旌德碑》中说他："封章屡抗，矢陈刑辟。匪君伊顺，惟鳞是逆。"便是明证。从他存诗的材料考查，他曾两次从军，一次是讨突厥，另一次是从武攸宜讨契丹，后一次曾见史书。子昂在出征中见武连败，便上书自请将一万人出击，不许，再度申请，话说得比较戆直，攸宜生气把他降为掌记室，由是深感抑郁，写下了有名的《登幽州台歌》。次年即退职还乡，父死不久，他也被人诬陷，冤死狱中。

从他自请将兵这件事来看，可见出他早年的赌徒性格，喜欢冒险，是十足的纵横家面目。在诗中，他也常表现功成身退的幻想，这和太白是一致的。有一次住在洛阳，客店主人轻慢了他，他愤而作诗表现自己的怀抱，曾以蔺相如完璧归赵的故事自许。《感遇》诗第十一首也提到"吾爱鬼谷子"的话，其中有：

> 囊括经世道，遗身在白云。
> ……
> 浮荣不足贵，导养晦时文。
> 舒可弥宇宙，揽之不盈分。

这样几句，充分表现出他那种纵横家的事业雄心和隐者功成身退的避世幻想。他又在《赠赵六贞固》第二首的诗中写道：

> 道心固微密，神用无留连。
> 舒可弥宇宙，揽之不盈拳。

最后两句连同前作两次用到，可见这是他自抒胸臆的得意之笔，由此显出子昂性格之一般。还有他在《赠别冀侍御崔司议》诗序中写过"嗟乎！子昂岂敢负古人哉"的话，个性之强，不难想见，土气也表现得十足了。又如：

> 少学纵横术，游楚复游燕。(《赠严仓曹乞推命录》)
>
> 纵横策已弃，寂寞道为家。(《卧疾家园》)
>
> 雨雪颜容改，纵横才位孤。(《答韩使同在边》)
>
> 纵横未得意，寂寞寡相迎。(《还至张掖古城闻东军告捷赠韦五虚己》)

这些诗句，更是作为纵横家坦率的自我表白。

说到道家气质，可说是他的家风。子昂在他父亲的墓志铭——《我府君有周居士文林郎陈公墓志文》中，曾提到六世祖方庆得墨子五行秘书白虎七变法，遂隐于郡武东山。卢藏用《陈氏别传》说他父亲"饵地骨，炼云膏四十余年"，他自己在《观荆玉篇》序文中也谈到"余家世好服食，昔尝饵之"。所以他在随乔知之北征突厥，见张掖河有仙人杖，以为是益寿珍品，喜而食之，并向人宣传吹嘘，有懂得药物知识的告诉他，说这只是一种普遍植物，并非什么仙药灵丹，使他大为扫兴，遂写《观荆玉篇》作为解嘲。可见他的好道实受家风影响。他的家庭的确是一个充满道教气味的家庭，便是读书环境也同样影响着他。陈子昂的家乡射洪在涪江边岸，诗人杜甫曾去探访过，作有《冬到金华山观因得故拾遗陈公学堂遗迹》一诗，前四句云：

> 涪右众山内，金华紫崔嵬。

上有蔚蓝天，重光抱琼台。

此处本一道观，是梁武帝为陈勋修建的，观后有空屋，即子昂读书处。杜甫来游时，那间屋已破坏，因作诗相吊，故末四句云：

陈公读书堂，石柱灰青苔。
悲风为我起，激烈伤雄才。

后来鲜于叔明（赐姓李）来做东川节度使，在观后立碑，那便是上面提到的《陈公旌德碑》。由此可知子昂的家庭和读书环境，都使他终身笼罩着道家思想，在生活作风和诗境方面显得那么光怪陆离。

太白身世的前半跟子昂无异，陈寅恪先生曾作考证，说他具有胡人血统，所以生命力强，富于想象，既想成大事业，又想做神仙。但太白的毛病在极端浪漫，为了发泄他的生命力，有时往往不择手段，以致晚年发生从璘的附逆事件，想成为乱世英雄，而做了一些毫无意义的反动错事。他的诗固然写得好，而社会却受了他的大害。

前人对陈子昂的评论，主要有两说：一是宋祁《新唐书·陈子昂传》的考语："荐圭璧于房闼，以脂泽汙漫之。"一是王渔洋（士禛）《香祖笔记》说："子昂五言诗力变齐梁不须言，其表序碑记等作，沿袭颓波，无可观者。上

《大周受命颂表》一篇，《大周受命颂》四章，其辞诡诞不经……此与杨雄《剧秦》《美新》无异，殆又过之，其下笔时不知世有节义廉耻事矣，子昂真无忌惮之小人哉！诗虽美，吾不欲观之矣。"但在他的《古诗选》的凡例中，仍做了公正评价云："夺魏晋之风骨，变梁陈之俳优，陈伯玉之力最大。"这两家评论都重在论其人，因人而轻其诗。《四库提要》甚至评他"如艳女花姬，色艺冠时，要不可以礼法拘之"，虽做了一点让步，也不算什么好评。只有后来陈沆作《诗比兴笺》，用独到眼光评解名家的诗，论到陈子昂《感遇》诗时，才特别写文替他辩解，极有见识。文云：

> 诚知仕吕、仕周，不同新室、安史，则随例进贺之表，应制颂美之什，诸公亦岂能无？特一则功名掩文章，偶乏流传之什；一则文章掩忠义，翻遗玷颣(lèi)之端。然则石淙山侍宴之诗，狄姚与二张并列；张燕公铭檄之作，孝明与天册金轮间称，此则今日尚存，亦不闻熏莸同器、燕许殊科也。仲尼见楚越之君，亦必称之为王，惟《春秋》乃可书子，彼宋狄诸公，当时语言文字，其敢直斥武士嬳乎？今既不能议诸公之仕周，乃犹谓仕周而不当从其称谓，其亦舍本而齐末，许浴而禁裸已。且夫同仕而异品，同迹而异心者，一辩诸忠佞之从违，二辩诸进退之廉躁。历考武后一朝，惟子昂谏疏屡见：武后欲淫刑，而子昂极谏酷吏

之害；武后欲黩兵，而子昂极谏丧败之祸；武后欲歼灭唐宗，而子昂请抚慰宗室。甚至初仕而争山陵之西葬，冒死而讼宗人之冤狱，皆言所难言，如枘入凿。是以杜甫《过陈拾遗故宅》诗云："千古立忠义，《感遇》有遗篇。"其为党附不党附可不言决矣。武后以官爵笼天下士，或片言取卿相，或四时历青紫。至于文学材艺，更所牢笼：沈宋杜薛，阎苏二李，或参控鹤奉宸之职，或预三教珠英之修，其后并坐二张之党，子昂曾有一于此乎？释褐十载，不过拾遗；自托多病，不乐居职。笺牍则屡遭报罢，参军则累忤诸武。未及壮年，遽乞归养，父丧庐墓，哀动路人，以至侍从之臣，竟死县令之手。故杜甫诗又云："位下何足伤，所贵者圣贤……同游英俊人，皆秉辅佐权。"其躁进不躁进又可不言决矣。

陈沆这一辩解真算是为陈子昂雪了诬，可谓千古卓见。

子昂早年是赌徒，又奉道教，两者其实是合一的，因为道教所持颇有一种游戏人间的态度。不过拿他和太白比较，子昂还算稳重，这是由于一部分儒家思想使他的生活态度有所限制，所以在他的诗里，我们还可见到他某些悲伤沉恸的地方。拿哭来作比喻，太白之哭像婴儿，并没有什么真正的人生痛苦；子昂倒像是成年人的哭声，他诚然是有所激而发的，也就容易感人。

唐人作诗大半是为了社交应酬，常常是集体聚会赋诗写完抄录在一起，前面必写一篇序文加以说明。有时这序文写得比诗还好，因为他们作诗有点像后代的行酒令，动机纯粹是游戏，所以佳作有限；而序文却没有形式的限制，可以自由发挥，便容易比诗写得精彩，韩愈最擅长作赠序一类文章，这就是他的历史背景。陈子昂是韩文的先驱者，也长于写这类序文，他常在散文中发抒悲凉感慨，这是他性格中的一种表现，和太白作风又有所不同。

从现在看到的龙门刻石，说明佛教在唐代也很盛行。陈子昂一部分消极诗篇可反映出这方面的思潮，似乎跟他本人多病有关系；而且纵横家易触霉头，自然更促进了他的消极思想。他跟晖上人的赠答诗，就属于这一类。晖上人当时住在附近的独坐山，跟子昂很接近。子昂的禅诗境界，在前近于谢灵运，在后近于韦苏州（应物），由此可看出晖上人对他的影响。

综合上面所说陈子昂的复杂思想，可以说纵横家给了他飞翔之力，道家给了他飞翔之术，儒家给了他顾尘之累，佛家给了他终归人世而又能妙赏自然之趣。

陈子昂《寄东方虬书》（按：即《修竹篇》序言）曾说起他的复古之志："文章道弊五百年矣！汉魏风骨，晋宋莫传，然而文献有可征者，仆尝暇时观齐梁间诗，采丽竞繁，而兴寄都绝，每以永叹。思古人常恐逶迤颓靡，风雅不作，以耿耿也。"这也是他对文学所持的态度。他颇有志把诗的风格回复到建安、正始时代，《感遇》诗便是他这一复古志愿的具体实践和伟大成绩。正始作家阮籍、嵇康的诗是理过其辞，是逃避现实的伤感主义者，而建安诸子则社会色彩较著，子昂把两个时代的文学作风融合起来，成就所以独高。我们试加分析，发现他诗中的宇宙意识是来自正始，社会意识是来自建安，而与晖上人酬答诸诗，则达到向往自然的太康境界了。就诗的成就说，凡在他以前的文学遗产，几乎被他网罗殆尽，虽以齐梁文学之腐朽，到他手里也都化为神奇，他的近体诗正表现了这个特点，如《月夜有怀》一诗：

> 美人挟赵瑟，微月在西轩。
>
> 寂寞夜何久，殷勤玉指繁。
>
> 清光委衾枕，遥思属湘沅。
>
> 空帘隔星汉，犹梦感精魂。

用宫体诗而别具神韵，真有点铁成金之妙，可见他胸襟的宽广和技巧的高明。张九龄模仿他，面目非常相似，如《杂诗》：

> 我有异乡忆，宛在云溶溶。
>
> 凭此目不睹，要之心所钟。
>
> 但欲附高鸟，安敢攀飞龙。

> 至精无感遇，悲惋填心胸。
>
> 归来扣寂寞，人愿天岂从？

也可算是独具只眼，自成一家的豪杰。

总之，陈子昂改造建安以来的文学遗产，作为盛唐的启门钥匙，这是他的伟大处。

王船山（夫之）对陈子昂的古风贬抑最厉害，说是"似诵狱词，五古自此而亡"。我却认为他这种非古又非诗的古诗作风，正是他独到而难得的创造。

拿王（维）孟（浩然）和李（白）杜（甫）比较，王孟作风可算是齐梁的余音，在他们本身虽不大明显，传到大历十才子，那齐梁的面目就完全显露出来了。司空图替这一派制造理论，承他衣钵的在宋有严沧浪（羽），在清有王渔洋（士禛）。子昂是反齐梁作风最有力的人，所以渔洋很讨厌他，说了他许多坏话。渔洋编选的《唐贤三昧集》，不但不选子昂的诗，连李杜也无只字，因为李杜跟子昂正是一脉相承的缘故。

陈子昂的《登幽州台歌》不仅有宇宙意识，而且有历史意识。卢藏用在《陈氏别传》中曾说到他有作《后史记》的愿望："尝恨国史芜杂，乃至孝武之后以迄于唐，为《后史记》，纲纪初立，笔削未终，钟文林府君忧，其书中废。"书虽未成，由此可想见他的修养和气魄。我们如果拿研究文人太史公的眼光读子昂的诗，一定可以得到他的精华要义。

五、盛唐诗

　　盛唐的年限可划为自玄宗先天元年（712），迄天宝十四载（755）止，前后共四十四年，约为半个世纪。

　　先天元年即杜甫生、宋之问死的这一年。这一年，孟浩然二十四岁，李颀二十三岁，王之涣十八岁，王昌龄十五岁，王维、李白十二岁，高适十一岁，崔颢九岁，岑参未生。天宝十四载是安禄山反叛的那一年，孟浩然、李颀已死，王之涣不可考，王昌龄五十八岁，王维、李白五十五岁，高适五十四岁，崔颢已死，岑参四十岁，杜甫四十四岁。这时期独立的理由除上述原因（玄宗在位年间）外，还与唐人选当代诗的选集《河岳英灵集》的选诗范围有关。此集所收作品上起开元二年，止于天宝十二载，共四十年，跟我上面定的年代大致相近。这部诗选编定于天宝十二载，似乎预感到这个黄金时代即将中止。下面讨论盛唐诗即以此书作根据，所以在未讲正题之先，不妨附带谈谈唐人选唐诗这个副题。

　　唐人选唐诗的选本，计有《搜玉小集》《国秀集》《河岳英灵集》《箧中集》《玉台后集》《丹阳集》《中兴间气集》《元和御览诗》《极玄集》《又玄集》《才调集》《文萃》等十二种。除《玉台后集》和《丹阳集》遗失（由后人补编）外，王渔洋根据这些材料选定了《唐人十种诗》。

从有关材料知道，《丹阳集》的编选人与《河岳英灵集》的编者殷璠是同乡，是个地方性的选集。清人宗月楚重新加以编辑，原本作者十八人，今本只存十五人。后人补选纯粹是抄诗性质，可因此知道当时诗的流传情况，跟唐人选诗自有主张者不同。一些没有专集的小作家，他们的作品多靠这个选本流传下来。

《国秀集》上卷选初唐诗，中下卷选盛唐诗，间或也涉及大历以后的诗。

《玉台后集》可说是继徐陵《玉台新咏》而编选的，选诗上自陈后主、隋炀帝，一直选到选诗人自己的时代，内容全是宫体诗，很少价值。

《中兴间气集》选的都是中唐诗。

我们谈盛唐诗，只取《国秀集》《河岳英灵集》《玉台后集》《丹阳集》《箧中集》五种就够了。《箧中集》的编者元结曾作《贫妇词》，是一篇社会描写，也是《箧中集》作者们共同的倾向和作风。奇怪的是盛唐诗的几种选本里没有一本选过杜甫的诗，可见他的作风在当时就跟《箧中集》相近，只因那还是太平时代，这种社会描写不太被人重视，如果杜甫不长于其他各种诗体的话，他的诗很有可能因此被埋没。所以要看当时诗坛的盛况，《箧中集》以外的四种选本是有代表性的。

《河岳英灵集》所选都是盛唐大家，除杜甫外各家都有。《丹阳集》中的大家以储光羲为最著。《国秀集》跟《河岳英灵集》相同。《箧中集》的作者姓名在当时是生疏的，只有王季友一人被《河岳英灵集》选入，可见这是一批新的诗境拓荒者，他们的名字是：于逖、沈千运、张彪、孟云卿等人。《玉台后集》代表宫体诗余支的势力。宫体诗自从经过卢照邻、刘希夷、张若虚等人的改造，把内容由闺房转到山野，使人联想到六朝时代的《襄阳歌》《西曲歌》《吴声子夜歌》等歌谣的意境与风格，但已有了进步。所以从《玉台后集》到《丹阳集》，可说是唐诗由齐梁回到晋宋的作风，是进一层复古（回升）。另外，北朝是异族政权，以胡人骑射为主，他们的文艺作风配合着他们的生活方式，盛唐的李白、高适、岑参、崔颢诸人就承受了这一派的作风，这是向来所没有的，盛唐以后也不再有继响。这派风格的诗，《河岳英灵集》和《国秀集》都有搜集。其余作家的兴趣多集中在山水寺观，这批人可以《世说新语》代表他们的人生观，是晋宋诗风的嗣音。到《箧中集》诸作者，便上升到汉魏诗的境界了。

据此，我们现将盛唐诗分为三个复古阶段：（一）齐梁陈时期，（二）晋宋齐时期，（三）汉魏晋时期。这里所谓"复古"，实指盛唐诗从摆脱齐梁诗的影响逐步回升到汉魏健康风格的发展过程。自东汉末年到六朝时代，我国作家的人生观如在梦境，即使干戈扰攘，他们还能够那么风流潇洒，悠然自得。到了隋唐时代，才走出梦境面对人生，正视生活。懂得这一点，才能了解我国中古时代的诗。

下面把三个复古时期的作家略做分析。

（一）齐梁陈时期（齐梁风格）

这一派风格的作家可分为三类：

第一类：常理，代表作为《古别离》：

> 君御狐白裘，妾居缃绮楼。
>
> 粟钿金夹膝，花错玉搔头。
>
> 离别生庭草，征衣断戍楼。
>
> 蟏蛸网清曙，菡萏落红秋。
>
> 小胆空房怯，长眉满镜愁。
>
> 为传儿女意，不用远封侯。

（见《玉台后集》）

蒋洌，有《古意》：

> 冉冉红罗帐，开君玉楼上。
>
> 画作同心鸟，衔花两相向。
>
> 春风正可怜，吹映绿窗前。

妾意空相感，君心何处边？

（见《国秀集》中）

梁锽，有《美人春卧》：

妾家巫山阳，罗幌寝兰堂。

晓日临窗久，春风引梦长。

落钗犹胃鬓，微汗欲销黄。

纵使朦胧觉，魂犹逐楚王。

（见《国秀集》下）

三人作品可算是全唐诗中宫体诗的白眉。

第二类：刘方平，代表作为《乌栖曲》：

画舫双艚锦为缆，芙蓉花发莲叶暗。

门前月色映横塘，感郎中夜渡潇湘。

（见《乐府诗集》四八）

张万顷，有《东溪待苏户曹不至》：

洛阳城东伊水西，千花万竹使人迷。

台上柳枝临岸低，门前荷叶与桥齐。

日暮待君君不见，长风吹雨过清溪。

（见《国秀集》下）

李康成，即《玉台后集》的编者，代表作为《采莲曲》：

采莲去，月没春江曙。
翠钿红袖水中央，青荷莲子杂衣香。
云起风生归路长。归路长，那得久。
各回船，两摇手。

（见《玉台后集》）

这派虽亦能作宫体诗，但已由房内移到室外，故风格较高。

第三类：有张说、贺知章、张旭、王湾、韦述、孙逖、张均、殷遥、蒋涣、颜真卿、杨谏诸人。现举各家重要作品略加说明。贺知章，《送人之军》："岭云晴亦雨，边草夏先秋。"两句开盛唐诗描写边塞景物的先例。

张旭，名作有《桃花溪》：

隐隐飞桥隔野烟，石矶西畔问渔船。
桃花尽日随流水，洞在清溪何处边？

及《山行留客》：

山光物态弄春晖，莫为轻阴便拟归。
纵使晴明无雨色，入云深处亦沾衣。

二诗代表婉约风格，仍存齐梁格调。敦煌唐诗抄本中有王梵志诗，句云：

> 恶人相远离，善者近相知。
>
> 纵使天无雨，阴云自润衣。

此与《山行留客》后两句相同，疑是当时成语的引用，所以两人的诗意字句如此近似。《全唐诗》另存旭诗若干首，但多中唐气味，似可存疑，如《山行留客》一诗近巧，不像盛唐浑朴作风，可能是后人学张旭草书题他人句而误编入张集的。

王湾是学者，名句有："海日生残夜，江春入旧年。"（《次北固山下》）相传张说曾把它写于政事堂，作为后生楷模，故晚唐诗人郑谷有句云："何如海日生残夜，一句能令万古传。"可见它在当时的影响，和盛唐所提倡的标准诗风。

韦述也是学者，与王湾都曾为集贤殿撰写过书目提要。名句有："晚晴摇水态，迟景荡山光。"（《春日山庄》）与王湾诗同为盛唐山水田园诗的代表风格。

孙逖名句有："悬灯千嶂夕，卷幔五湖秋。"（《宿云门寺阁》）格调和王湾、韦述相同。

张均，张说子，随父至岳阳谪居，于山水景物别有会心，如"长沙卑湿地，九月未裁衣。"（《岳阳晚景》）"湖风摇成柳，江雨暗山楼。"（《九日巴丘登高》）句极凄婉，亦盛唐山水诗的一格。

殷遥有句云："野花成子落，江燕引雏飞。"（《春晚山行》）蒋涣有句云："晚帆低荻叶，寒日下枫林。"（《途次维扬望京口寄白下诸公》）此二人句都工于刻画物态，即景寓情。

颜真卿，一般说来，诗不如字，但亦有好句，如："际海兼葭色，终朝凫雁声。"（《登平望桥下作》）语极清旷。杨谏，所作《长孙十一东山春夜见赠》句云："溪月照隐处，松风生兴时……甘与子同梦，请君同所思。"写得缠绵之极。

这一派所代表的，恰是盛唐、中唐的一般风格（李、杜、韩、白诸大家除外）。他们都是拿诗来作消遣的，又是当时在社会上活动的士大夫，所以形成了流行的风格，势力很大。就文学史来说，的确不可漠视，因为他们所形成的风气，常常足以影响大家。自六朝以来，凡诗家名句，多是关于山水、花鸟、风月之类的，下迄唐宋，这种风气笼罩整个诗坛，无怪唐末郑棨要向人说"诗思在灞桥风雪中，驴子上"了。这些诗都是人在心境平和闲暇时所作，读了可使人精神清新舒畅，这也是中国对诗的传统看法。因此，在中国便没有作诗的职业专家。就整个文化来说，诗人对诗的贡献是次要问题，重要的是使人精神有所寄托。人们认为一般大诗人是向大自然追求真理，以出汗的态度、积极的精神作诗；而一般诗人则是享受自然，随意欣赏，写成诗句，娱己娱人。陶和谢写作态度之不同，就在这一点分别。这一派的张说和其他诗人不同也在于此，所以提出别论。

张说的诗比同派其他诗人写得深刻。如："闲居草木侍，虚室鬼神怜。"（《闻雨》）竟有泛生主义看法。又："云霞交暮色，草木喜春容。"（《侍宴浐水赋得浓字》）态度更为积极，认为自然是神秘而有灵性者。

常建："山光悦鸟性，潭影空人心。"（《题破山寺后禅院》）即同此境界。张说："雁飞江月冷，猿啸野风秋。"是模仿上官仪《入朝洛堤步月》中的两句，而他的身份官职，正好证明他是直接承继了初唐的风格。"年来人更老，花发意先衰。"（《寄许八》）多么像刘希夷！其他名句如："寄目云中鸟，留欢酒上歌。"（《幽州别阴长河行先》）这种特出的炼句跟全诗不称的作风也是继承六朝的，大谢便是最明显的代表。陶诗却没有这个特点，所以谢一两句诗够人享受，正如陶诗的整首一样。张说的《还至端州驿前与高六别处》五律一首：

旧馆分江口，凄然望落晖。

相逢传旅食，临别换征衣。

昔记山川是，今伤人代非。

往来皆此路，生死不同归。

整篇匀称，无句可摘，才是盛唐新调。孟浩然当时能享盛名，也该是这个缘故。张说的诗能高于这一派的小家诗人，这是重要的原因。他又以自己的地位把这种作风加以提倡，当时除了孟浩然、李白、杜甫等大家之外，一般想由科举出身的举子们谁不竞先响应。因此，我们有理由把张说说成是试帖诗典型的建立者，也就是他对唐诗所起的重大影响，而试帖诗的影响唐代诗坛，也就是张说影响的普遍化了。

（二）晋宋齐时期（晋宋风格）

这一派复古的风格又可分为两支。一支以王维为首领，下面包括三个小派：

1. 孟浩然、包融、贺朝、李嶷、崔曙、萧颖士、张翚等，一般多写自然。

2. 储光羲、丘为、祖咏、卢象等，专写田园。

3. 綦毋潜、刘眘虚、常建等，专写寺观。

另一支以李白为首领，包括两个小派：

1. 崔国辅、丁仙芝、余延寿、张潮等，此派专写江南，多写爱情，甚为大胆，诗中又有故事，有点像西洋诗，它的来源是民间乐府。此外，还可添入顾况（善画，诗境亦如画）。但这类言情小诗，如果近于戏剧当更美妙。中唐于鹄善写小女孩，便是此派嫡系。

2. 王翰、李颀、王之涣、陶翰、高适、岑参等，此派专写边塞，只有王昌龄、崔颢无法分别安插在两派内，因为他们兼有两派之长。

（三）汉魏晋时期（汉魏风格）

杜甫是这一派的集大成者，下面也包括三个小派：

1. 郭元振、薛奇童、薛据、阎防、郑玄德等，专写自然。

2. 张九龄、毕曜、李华、独孤及、苏涣、窦参等，专写天道。

3. 于逖、沈千运、张彪、王季友、赵微明、元结、元融、孟云卿等，专写人事。

屈原以后，下迄东汉，有人说这是中国文学的暗淡时期，其实，从另一方面看，这时期的人真能实干，都在努力从事解决国计民生的实际问题，精神绝不麻木。自王莽酿成大的政治失败，以至魏晋时代，诗文大盛，而人的良心便不可问了。直到唐初，才渐有起色，诗歌由写自然进为写天道，再进为写人事，这就形成了杜甫这一派。我们总括这大段时期文学发展的情况，是否可以这样说：两汉时期文人有良心而没有文学，魏晋六朝时期则有文学而没有良心，盛唐时期则文学与良心二者兼备，杜甫便是代表，他的伟大就在这里。这派作家最初也写自然，实际上已比前些作家要态度严肃；第二派写天道，趋向于悲天；第三派写人事就完全进入悯人了。

第二派中的苏涣曾作《变律》八十余首，现仅存三首，其一云：

养蚕为素丝，叶尽蚕不老，

倾筐对空林，此意向谁道？

一女不得织，万夫受其寒；

一夫不得意，四海行路难。

祸亦不在大，福亦不在先。

世路险孟门，吾徒当勉旃！

高仲武编的《中兴间气集》说他"得陈拾遗之鳞爪"，无怪要大为杜甫所赞赏。

第三派诗人可以《箧中集》的编者和作者为代表。他们都爱作愁苦之言，令人读了难受，杜甫的诗风可能受过他们的影响。这批诗人中，大约以于逖年纪较长（太白曾称他于十一兄），而足以领袖群伦的人物当推沈千运。他们首先调整了文学与人生的关系，认定了诗人的责任，这种精神在中国诗坛是空前绝后的。其次的孟云卿、王季友、张彪诸人，都是杜甫的朋友。中唐承继这派作风的有孟郊和白居易两人。但白居易仅喊喊口号而已，除《新乐府》之外，其他作品跟人生无多大联系，他的成功是感伤诗

（如《长恨歌》和《琵琶行》等）和闲适诗，而不是社会诗。只有孟郊是始终走着文学与人生合一的大路。

元结和杜甫两人同是新乐府的前驱，他们的区别在元是有意的创作，如《贫妇词》《舂陵行》《贼退示官吏》等诗，都是发于理智而不是由感情发出的，带着政治宣传的性质；杜甫的作品完全是出于自然感情的流露，不是有计划做出来的。这一点，白居易无疑地是跟元结有着继承关系，他对杜甫的社会诗感到不足，原因就在这里。

六、孟浩然

在李杜之前的一批作家里面，作品中具有鲜明个性的，除陈子昂、张若虚外，当推孟浩然。他在当时的影响也比陈、张要大，李、杜先后都有诗相赠或提到他，莫不宗仰备至。旧来王孟合称，实不甚恰当。孟年长于王，他的诗格绝不是因为受王维的影响而形成的。苏东坡评他："韵高而才短，如造内法酒手，而无材料。"倒是扼要的评语。

从历史发展来看，初唐的宫体诗在盛唐还保留着它的影响，如前面提到张说所领导的一派便是证明。到孟浩然手里，对初唐的宫体诗产生了思想和文字两重净化作用，所以我们读孟的诗觉得文字干净极了。他在思想净化方面所起的作用，当与陈子昂平分秋色，而文字的净化，尤推盛唐第一人。由初唐荒淫的宫体诗跳到杜甫严肃的人生描写，这中间必然有一段净化的过程，这就是孟浩然所代表的风格。

孟诗净化的痕迹，从宫体诗发展史来看，他对女人的观感犹如西洋人所谓"柏拉图式"的态度（精神恋爱），从他集里的宫体诗到他造诣最高的诗可看出这一思想净化的程序。《春中喜王九见寻》句云：

> 当杯已入手，歌伎莫停声。

这里他欣赏的只是女人的歌声，而无色欲之念，比初唐算是进了一层。《早发渔浦潭》句云：

> 美人常晏起，照影弄流沫。
> 饮水畏惊猿，祭鱼时见獭。
> 舟行自无闷，况值晴景豁。

他把美人作为山水中的点缀，把她看成风景的一部分，此是六朝以来未有的新境界，也是孟氏的新创作。《万山潭作》句云：

> 游女昔解佩，传闻于此山。
> 求之不可得，沿月棹歌还。

诗中表现对女性的闲淡态度，比王无竞具有引诱性的《巫山高》不同：

> 神女向高唐，巫山下夕阳。
> 徘徊行作雨，婉娈逐荆王。
> 电影江前落，雷声峡外长。
> 朝云无处所，台馆晓苍苍。

王诗使人想象渺茫的神女，如世俗女性可狎而近，而孟作则还她渺茫的本来面目，绝不缩短与她的距离。不只对神女，对一般女性也是如此，像《耶溪泛舟》所写：

> 白发垂钓翁，新装浣纱女。
> 相看不相识，默默不得语。

老翁与少女相对，落落大方，全无脏气。一般人论孟诗，往往只注意它的高雅古澹，而忽略它的媚处，媚而不及纤巧，正是他高于王维的地方。摩诘诗虽无脂粉气息，可是跟孟氏比较起来，倒有点像宋人程明道（颢）和程伊川（颐）哥俩对待妓女不同的态度：孟如明道目中有妓，心中无妓；王如伊川是目中无妓，心中有妓。孟在《题大禹寺义公禅房》诗中有两句：

> 看取莲花净，方知不染心。

正好借来形容他对女性的态度和心境。

孟浩然的感情比较平衡，如一泓秋水，平静无波，故少感伤作品。感伤是诗的最大敌人，盛唐大家只有孟氏是例外。他的《岁暮归南山》一诗，所谓"不才明主弃，多病故人疏"略带感伤气味，大为一般人所称赏，甚至造出一段"大内诵诗被黜"莫须有的故事来加以渲染。就孟诗整个造诣来说，实为下品，它同王维《秋夜独坐》所写

"白发终难变，黄金不可成"格调相似，不能代表孟的本色。那首五绝《春晓》：

> 春眠不觉晓，处处闻啼鸟。
> 夜来风雨声，花落知多少？

比起刘希夷《代悲白头翁》：

> 古人无复洛城东，今人还对落花风。
> 年年岁岁花相似，岁岁年年人不同。

不知高出若干倍。自王维以下，对女性简直抹杀不谈，只孟氏做到不沾不弃，所以难得。譬如清油点灯，有光而无烟，这正表现了孟浩然对思想和诗境净化的成就。

在文字净化方面，只有摩诘、太白、香山可以敌他，但论纯任自然而不事雕琢这一点，那只有在他以前的陶渊明到此境界了。跟孟氏相比，摩诘文字似乎较弱，太白、香山显得较滑、较俗，孟诗全无这些缺点，像他的《听郑五惜弹琴》：

> 阮籍推名饮，清风满竹林。
> 半酣下衫袖，拂拭龙唇琴。
> 一杯弹一曲，不觉夕阳沉。
> 予意在山水，闻之谐凤心。

《游精思观回白云在后》：

> 山谷未停午，到家日已曛。
> 回瞻下山路，但见牛羊群。
> 樵子暗相失，草虫寒不闻。
> 衡门犹未掩，伫立望夫君。

诸作简直像没有诗，像一杯白开水，唯其如此，乃有醇味。古今大家达到这个造诣水准的也不甚多。自梁沈约以来，提倡诗歌声律化，至初唐沈、宋而进于大功告成阶段。孟氏一出，偏又废而不用，所以他的近体诗多是"以古变律"，这是他矫出于各家的秘诀。孟诗中的对仗多用十字格，这种句式别家多用在三四两句，很少用在五六两句上，而孟的《万山潭作》却是用在五六句，结合最后两句即成了二十字格，真是古趣盎然，也加强了诗句的散文化，在当时这是绝大的创造。唐诗人中文字干净的作家，在孟以前有王无功（绩），但只是消极地本人不用陋词而已，并未形成格调，而孟的诗在文字本身就表现了积极的、正面的新境界，使人根本忘记辞藻。所以孟浩然的诗是整体的，全篇字句是不可分割的，不像盛唐好些作品有佳句可摘，使一篇的其他字句反而变成空白。因此，我们可以把孟浩然同陈子昂、张若虚三位诗人看成盛唐初期诗坛的清道者。

浩然写得平淡的诗可举四篇代表作品，其一是《岘潭作》：

> 石潭傍隈隩，沙岸晓夤缘。
> 试垂竹竿钓，果得查头鳊。
> 美人骋金错，纤手脍红鲜。
> 因谢陆内史，莼羹何足传。

其二是《晚泊浔阳望香炉峰》：

> 挂席几千里，名山都未逢。
> 泊舟浔阳郭，始见香炉峰。
> 尝读远公传，永怀尘外踪。
> 东林精舍近，日暮空闻钟。

其三是《万山潭作》：

> 垂钓坐磐石，水清心益闲。
> 鱼行潭树下，猿挂岛藤间。
> 游女昔解佩，传闻于此山。
> 求之不可得，沿月棹歌还。

其四是《伤岘山云表上人》：

> 少小学书剑，秦吴多岁年。
> 归来一登眺，陵谷尚依然。

岂意餐霞客，忽随朝露先。

因之问闾里，把臂几人全？

这四首诗写得平淡极了，几乎淡到没有诗的地步，可是这的确是最孟浩然式的诗。别人的诗都是他本人的精华结晶，故诗写成而人成了糟粕，独孟浩然人是诗的灵魂，有了人没有诗亦无不可，他的诗不联系他本人不见其可贵，这是跟西洋人对诗的观念不同处。西洋人不大计较诗人的人格，如果他有好诗，对诗有大贡献，反足以掩护作者的弊病，使他获得社会的原谅。他们又有职业作家，认为一篇文学创作可与科学发明相等。西洋人作诗往往借故事或艺术技巧来表现作者个性，而中国诗人则重在直抒写作者的胸襟，故以人格修养为重要，因为有何等胸襟然后才能创造出何等作品。这样说来，孟浩然的心境恰如一泓清水，澹然存在，但只要有此心境和生活态度也就够了，别人绞尽脑汁造作佳句，跟他比起来反觉多余，这也是中国一般人对于诗的态度和看法。

自从先秦士大夫发表了他们修养超人境界的议论以后，在我国人思想中便逐渐形成了理想完美人格的概念与标准，并且认为只要照着圣贤所指示的理想去做人，即令无诗，也算有诗了。汉末以来，下迄东晋，理想人格的标准虽然稍有改变，可是求理想人格实现这个目标还是前后一致的，《世说新语》记述的好些故事便是突出的代表。那般人对于生活中的思想言行都非常考究，他们所表现的是儒家人格的观念加上道家人格美的理想，这种意识形态正是由先秦时代导源的。

自魏晋时代开始，就有人以人格来造诗境，要求谈吐必合于诗，然后以人格渗透笔底，如王右军的字即足以表现其为人，他的人格存在于他的字迹中，一点一画莫非其人格的表现。这时期固然也有人写好诗，但诗人的生活却不甚可考，而如《世说新语》所记的诸名士，人格虽美又无作品可传。所以说，魏晋人只做到把人格表现在字中，至于把它表现在复杂的诗中则不十分成功。陶渊明在这方面的成就算是突出的，但又超出时代风气太远，不能引起当代人的重视和发生广泛影响。六朝人忽视人格之美，世风因以堕落，直到唐初，诗的艺术一直很少进步。盛唐时代社会环境变了，人们复活了追求人格美的风气，于是这时期诗人的作品都能活现其人格，他们的人格是否赶得上魏晋人那样美固然难说，但以诗表现人格的作风却比魏晋人进步得多。这中间，孟浩然可以说是能在生活与诗两方面足以与魏晋人抗衡的唯一的人。他的成分是《世说新语》式的人格加上盛唐诗人的风度，故他的生活与诗品的总成绩远在盛唐诸公之上，无怪太白写诗赠他不道其诗而单道其人了。诗云：

吾爱孟夫子，风流天下闻。

> 红颜弃轩冕，白首卧松云。
>
> 醉月频中圣，迷花不事君。
>
> 高山安可仰，徒此挹清芬。

王维无诗赞他，宋人怀疑是有妒忌之意，这是不正确的，因为王是用画赞他，皮日休的《郑州孟亭记》便提到王维画像见于孟亭的事。《韵语阳秋》记孙润夫家藏有孟浩然的画像，虽然作者葛立方说那画和题字是假的，但他却是由真迹摹制而来，不过真迹已经失传罢了。据说当年王维是因读了浩然《晚泊浔阳望香炉峰》一诗，美其风度而作此画，可见孟浩然的诗和他的人格是如何密切联系而统一着的。

后世谈襄阳必然联想到孟浩然。襄阳是当时南方的文化、经济中心之一，自来就产生神秘的风流人物，最早有汉皋游女，后来有庞德公，再下便数到孟浩然了。这儿的风俗对少年孟浩然当有极大影响，他三十七岁以前一向在这里隐居，故其诗的乡土气味很重。他家本来殷富，长期娇生惯养，形成了后来的文弱气质。盛唐诗人在作风上大抵可分成两派：一派是以高、岑、李、杜、王为代表的豪壮派，多慷慨悲歌之作，高适可为领袖；另一派为孟浩然领导的文弱派，重要作家有刘眘虚、綦毋潜、邱为、阎防、崔曙等人，尤以刘眘虚和綦毋潜两人的作风最纯，纯得发亮，他们都是孟浩然的好友。刘眘虚的名句有：

时有落花至，远随流水香。（《阙题》）

深路入古寺，乱花随暮春……
松色空照水，经声时有人。（《寄阁防》）

綦毋潜比这写得更玄秘，句有：

松覆山殿冷，花藏溪路遥。（《题鹤林寺》）
塔影挂清汉，钟声扣白云。（《题灵隐寺山顶禅院》）

写境界极为静寂。他又有《若耶溪逢孔九》句云：

潭影竹间动，崖阴檐外斜。
人言上皇代，犬吠武陵家。

诗境较孟浩然更细微，也同样是静景的写照。前者专写动景，源出道家；后者专写静景，则源出于佛家，一动一静，恰成对照。

浩然在盛唐可与贺知章相匹，两人家乡的地理环境亦颇相当。襄阳有岘潭，会稽有七里滩；襄阳有鹿门，会稽有山阴；襄阳有庞德公，会稽有严子陵；襄阳有汉皋游女，会稽有西施，可说是有趣的对照。

唐代的士子都有登第狂，独浩然超然物外，而中晚唐的士子因为政治不明，更多落第机会，往往爱拿孟浩然来遮羞，于是编造浩然"大内诵诗遭黜"的谣言，竟把这位心怀淡泊的风流雅士变成了东方名利场中的堂吉诃德，这是自有诗人以来少有受到的侮辱和诬蔑。

通常又以《临洞庭上张丞相》诗为浩然的代表作，诗云：

> 八月湖水平，涵虚混太清。
> 气蒸云梦泽，波撼岳阳城。
> 欲济无舟楫，端居耻圣明。
> 坐观垂钓者，徒有羡鱼情。

其实诗中前四句不足以代表其诗，而后四句则不足以代表其为人。

七、王昌龄

从文学技巧说，王昌龄和孟浩然可以对举；从思想内容说，陈子昂和杜甫可以并提。昌龄、浩然虽无王摩诘、李太白之高，然个性最为显著。至于文字色彩的浓淡，则浩然走的是清淡之路，昌龄走的是浓密之路。

盛唐诗风的发展，乃做螺旋式的上升，由齐梁陈逐步回升到魏晋宋的古风时代。魏晋宋风格的代表可举陶渊明、谢灵运两大家，盛唐诗人中属于这类风格的代表作家当推孟浩然与王昌龄。这四个人，浩然可匹渊明——储光羲人多以为近陶，实则是新创境界，较摩诘去陶为远——昌龄则近大谢。大谢炼字功夫极深，但尚不能堆成七宝楼台，完成这一任务的只有王昌龄了。我们说浩然可匹渊明，只是说他近陶而已，而昌龄在汉字锻炼功夫上别开天地，比大谢成就更大。

诗之有社会意识，在内容方面开新天地者当推杜甫，后来的人想把社会意识和内容题材合铸而为一，做此尝试者有孟郊，然效果是失败的，可见诗境汇合之难。

昌龄的《长信秋词》云：

> 奉帚平明金殿开，且将团扇共徘徊。
>
> 玉颜不及寒鸦色，犹带昭阳日影来。

首句如工笔画，金碧辉煌，极为秾丽。次句用班婕妤故事，"团扇"二字括尽一首《怨歌行》意境，全首诗眼也就在"团扇"二字，整首诗因之而活。第三句中"玉颜""寒鸦"对举，黑白分明，白不如黑，幽怨自知。第四句中"日影"形象有暖意，更反映出冷宫的寂寞凄清。这种写法比起浩然的清淡，又是一种风格。昌龄诗给人的印象是点的，而浩然诗则是线的。此处"不及寒鸦色"虽是点的写法，尚有线索可寻，至李长吉（贺）则变得全无线索，那是另一新的境界。

中国诗是艺术的最高造诣，为西洋人所不及。法国有一名画家，曾发明用点作画，利用人远看的眼光把点连成线条，并由此产生颤动的感觉，使画景显得格外生动。在中国诗里同样有点的表现手法，不过像大谢的诗只有点而不能颤动，昌龄的诗则简直是有点而又能颤动了，至于李长吉的诗又似有脱节的毛病。我们读这类诗时也应掌握这个特点，分析要着重在点的部分，使人读起来自然地引起颤动的感觉。杜诗亦偶有此种做法，然而效果到底差些。像《长信秋词》这首诗，可说是王昌龄的独创风格，功绩不可磨灭。他本人诗中像这类作品也不多，略相似的有《听流人水调子》一诗：

孤舟微月对枫林，分付鸣筝与客心。

岭色千重万重雨，断弦收与泪痕深。

首句中"枫林"二字将《楚辞·招魂》意境全盘托出，次句是用乐音写流人的心境，三四两句是写将千重万重山雨收来眼底，化作泪泉，客心的酸楚便可在弦外领略了。诗中的几个名词，如"孤舟""微月""枫林""鸣筝""客心""岭色""万重雨""断弦""泪痕"等已够富于诗意，经过作者匠心加以连串，于是恰到好处，表现出一幅极为生动的诗境。长吉的诗往往忽略做这种连串的安排，因而产生脱节的毛病。

《芙蓉楼送辛渐》一诗也同具此妙：

寒雨连江夜入吴，平明送客楚山孤。

洛阳亲友如相问，一片冰心在玉壶。

前面三句是用线的写法，依层次串联下来，从夜晚写到天明，由眼前写到别后，末句用的又是点的表现手法了。"冰心在玉壶"本是从鲍明远（照）"清如玉壶冰"的句意化出，而能青出于蓝，连那个"如"字都给省掉，所以转胜原作。"冰心"是说心灰意冷，"玉壶"是说处身之洁，这七字写尽诗人的身世感慨。以壶比人，是昌龄新创的意境。凡用物比人，须取其不甚相似中的某一点相似，这样就会给人以更新更深的印象。曾有一则以壶比人的笑话，说是几个朋友约会饮酒，各人自道酒量，一人说他饮十杯才醉，一人说他只要三杯足够，另一人说他见酒壶就醉，问起原因才知道他每次饮酒回家，常挨老婆臭骂，骂时她一手叉腰，一手指定老公鼻子，样子活像一把酒壶，他怎能不见了酒壶就醉呢！这笑话拿酒壶比作恶妇骂人的形象，是取其骂人的姿势相似，因而显得奇谲可笑。任何观念都是相对的然后才能存在，骈文对仗，其妙在此。故用比喻当从反面下手，像抽水似的，要它上升，必向下压。

王昌龄的诗，在文学史上值得大书特书。唐代诗人的作品被当时人推为诗格者，只有王昌龄和贾岛二人。所以他别有绰号叫"诗家天子王江宁"，"天子"有的记载作"夫子"，实误。被人尊为"天子"或"夫子"，可见他作诗技巧的神奇高妙。

所谓抒情诗，不只是说言情之作而已，我以为正确的含义应该是诗中之诗，如张若虚的《春江花月夜》就是抒情诗最好的标本，而绝句又是抒情诗的最好形式。宋人解释绝句，以绝为截，是取截律诗的一半而成的新形式，但依诗歌发展的过程考证实不相符。唐人作诗因入乐关系，多用四句为一节奏，故虽是长篇古风亦可截用四句，如李峤七古《汾阴行》的末四句：

山川满目泪沾衣，富贵荣华能几时。

不见只今汾水上，惟有年年秋雁飞！

即被截入乐，当筵歌唱，说明绝句的产生是和律诗毫无关系。诗有佳句当自曹子建（植）开始，至唐而有"诗眼"之说，往往使用一字而全篇皆活，有人说这是诗的退化，倒也不尽然。唐代大家为求纯诗味的保存，特别重视形式精简而音乐性强的绝句体。就艺术言，唐诗造诣最高的作品，当推王昌龄、王之涣、李白诸人的七绝，杜甫远不能及，他的伟大处本不在此。从诗的整个发展来看，七绝当从七古发源，便是七律也是从七古蜕变而来，因而最高造诣的七律也以像七古的风格为佳，这也是崔颢《黄鹤楼》被人推为全唐七律压卷之作的原因。所以说，七绝当是诗的精华，诗中之诗，是唐诗发展的最高也是最后的形式。被人们欣赏的诗味更浓的词，也就是在绝句这个基础上结合其他的因素发展变化创新出来的。传统看法认为五律是唐诗的重要成就，我觉得还欠考虑。

八、王维 李白 杜甫

　　王维替中国诗定下了地道的中国诗的传统，后代中国人对诗的观念大半以此为标准，即调理性情，静赏自然，他的长处短处都在这里。

　　旧来论诗，曾以仙圣佛称李、杜、王三家，或称为魏蜀吴，或称为天地人，也有称为真善美的。我的看法是以三人最重要的生活年代做比较来评论他们诗的特点，一个作家的遭遇跟他诗文的风格大有关系。李、杜、王三位诗人都同时经历了安史之乱，他们处乱的态度正足以代表各人的诗境。杜甫诗如："麻鞋见天子，衣袖露两肘。"（《述怀》）"影静千宫里，心苏七校前。"（《喜达行在所》之三）表现他爱君的热忱，如流亡孩子回家见了娘，有说不出的委屈和高兴。太白在乱中的行动却有做汉奸的嫌疑，或者说比汉奸行为更坏，试想当时安禄山造反，政府用哥舒翰和封常清去抵御他，遭了大败，国家危机非常严重，所倚靠只有江南的财富和军队，而永王李磷却按兵不动，妄想乘机自立，太白被迫接受伪署，还作诗歌颂他，岂不糊涂透顶！他无形中起了汉奸所不能起到的破坏作用。王维此

时的处境却有点像他三十多年前在宁王（玄宗兄）府里歌
咏的息夫人。息夫人本是春秋息国国君的夫人，国亡后被
掳做了楚国的王妃，虽在楚生了两个孩子，但始终不和楚
王说一句话。王维早年写诗的背景是这样的：玄宗的哥哥
宁王李宪，仗势霸占了邻近卖饼人的妻子，并设宴会饮，
故意把饼师召来和妻子见面，观察他们的表情。当时王维
在座，只见那女子对自己的丈夫无声凝注，垂泪相对，于
是满怀同情，借用历史题材加以讽喻，写下了这首《息夫
人》诗：

> 莫以今时宠，难忘旧日恩。
>
> 看花满眼泪，不共楚王言。

谁想到三十多年之后诗人自己也落到息夫人这样的命运，
在困难中做了俘虏，尽管心怀旧恩，却又求死不得，仅能
抱着矛盾悲苦的心情苟活下来，这种态度可不像一个无力
反抗而被迫受辱的弱女子么？因此，他在洛阳沦陷时期，
曾服药装哑，不肯参加敌人的宴会演奏，被拘禁在菩提寺
里，裴迪前去看他，他才把自己写的那首《私成口号诵示
裴迪》的诗告诉裴迪，表示他在危难中的故国之思。诗云：

> 万户伤心生野烟，百僚何日更朝天？
>
> 秋槐叶落深宫里，凝碧池头奏管弦。

后来竟因此减罪免死。故明人敖英在《辋川谒王右丞祠》诗中说他：

> 蜀栈青骡不可攀，孤臣无计出秦关。
> 华清风雨萧萧夜，愁杀江南庾子山。

可谓写尽安史之乱中王维的遭际和心事。总之，我的结论是这样：李、杜、王三位诗人的人格和诗境，都可以从他们在安史之乱考验中的表现作为判定高下的标准。

杜甫一生的思想，是存在于儒家所提出的对社会的义务关系之中，这关系是安定社会的基本因素。太白却不承认这种义务关系，只重自我权利之享受，尽量发展个性，像不受管束的野孩子一样。王维则取中和态度，他的理想生活是不知生活而享受生活，他的生活态度极其自然，只求在平淡闲适生活中安然度此一生，这是庄子的一个方面。《渭川田家》所表现的内容情趣即可为代表：

> 斜阳照墟落，穷巷牛羊归。
> 野老念牧童，倚杖候荆扉。
> 雉雊麦苗秀，蚕眠桑叶稀。
> 田夫荷锄至，相见语依依。
> 即此羡闲逸，怅然吟式微。

但他跟王绩的避世态度又有不同。王维还有爱树的癖好，对树非常欣赏，故有"时倚檐前树，远看原上村"（《辋川闲居》）之句，五绝《漆园》一首也提到"偶寄一微官，婆娑数株树"。全诗表面是咏庄子，实际是夫子自道式的自我写照，并休现了他独特的爱树精神。

　　王维独创的风格是《辋川集》，最富于个性，不是心境极静是写不出来的，后人所谓诗中有画的作品，当是指这一类，这类诗境界到了极静无思的程度，与别家的多牢骚语不同，在静中，诗人便觉得一切东西都有了生命，这类作品多半是晚年写的。清人刘熙载《艺概·诗概》云："王维诗一种似李东川（颀），一种似孟浩然。"是空前的笃论。似东川的作品当是早年所作，也是兴之所至而写成的，不是本色，如《陇头吟》《送李颀》之类；似孟浩然的作品则是中晚年所作，尤其是晚年的《辋川集》，它达到了浩然那种生活即诗、淡极无诗的境界。所以说，王孟究竟是谁影响谁，就无须词费了。

九、大历十才子

　　大历十才子是唐代最享盛名的一批诗人，这是当时社会一般人的看法。他们的诗是齐梁风格而经张说所提倡改进过的，虽时髦而无俗气，境界趣味完全继承了张说这一派。张说本人地位虽高，而诗境较低，他只是替盛唐诗奠了基，盛唐诗坛便建筑在这层上面，论功绩和贡献自然是不可磨灭的。从时间来说，盛唐中唐之相接也依此为联系，并远承谢康乐的传统不断，十才子的地位和价值也由此可见。

　　就纯粹诗的立场说，这批人最可敬，贡献也最大。如将中国诗划分阶段，《古诗十九首》以前是原始期，建安迄盛唐为第二期，晚唐以下为第三期。人们读词胜于读诗，读晚唐诗又胜于读盛唐诗，因为晚唐诗一面来自迷人的齐梁，一面又近承十才子风气的缘故。诗的发展趋势，往往是质朴走向绮靡，这也是人性的自然流露。我们既须承认事实，又须求其平衡，唯有大作家才能达到这一境界。所以读古人诗态度必须公平，不能有任何狭隘的偏见，更不能用有颜色的眼镜去妄断是非，标新立异。

十才子的诗有两大特点：

（一）写得逼真，如画工之用工笔，描写细致；

（二）写得伤感，使人读了真要下同情之泪，像读后来李后主的词一样。用字的细腻雅致，杜甫比起他们都嫌太浑厚了。如刘长卿就是这派诗风的开创人，现举他的两首诗为例：《逢郴州使因寄郑协律》诗云：

> 相思楚天外，梦寐楚猿吟。
> 更落淮南叶，难为江上心。
> 衡阳问人远，湘水向君深。
> 欲逐孤帆去，茫茫何处寻？

又《将赴岭外留题萧寺远公院》（寺即南朝萧内史创）诗云：

> 竹房遥闭上方幽，苔径苍苍访旧游。
> 内史旧山空日暮，南朝古木向人秋。
> 天香月色同僧室，叶落猿啼傍客舟。
> 此去播迁明主意，白云何事欲相留？

两首诗中像五律的颔联和七律的后半诸句，写得情深意厚，得温柔敦厚之旨，正是标准的中国诗，十才子的风格即由此发端。这种风格的产生，是由于经过天宝一场大乱，人人心灵都受了创伤，所以诗人对时节的改换、人事的变迁都有特殊的敏感，写入诗中便那么一致地寄以无穷的深慨。因此可以这样说，十才子乃是分担时代忧患的一群诗人。

刘长卿之外，还有李嘉祐也是一位感伤诗人，他的《自苏台至望驿亭人家尽空春物增思怅然有作因寄从弟纾》颔联云：

> 野棠花发空流水，江燕初归不见人。

写乱后农村惨象，极为凄切动人，也是为十才子感伤作风开路。这些人由于乱离的遭遇，大抵儿女情多，故长于描写家人父子和亲友离合的主题。李嘉祐的五律《送王牧往吉州谒王使君》就是这类作品的代表。诗中第三联描写旅途风光句云：

> 野渡花争发，春塘水乱流。

真是一幅画景。而尾联云：

> 使君怜小阮，应念倚门愁。

两句连用阮咸、王孙贾故事，暗示人物的叔侄关系和姓氏，用典贴切，不是泛泛之笔，并表现了多么深厚的人情味，这是绝妙的写法。又有《春日淇上作》，第二联云：

> 清明桑叶小，谷雨杏花稀。

以节令作对仗，点出季节的特殊气氛和画面，不显生硬纤巧，写法亦妙。后半四句是：

> 卫女红妆薄，王孙白马肥。
>
> 相将踏青去，不解惜罗衣。

已是十足的齐梁风格，至大历十才子出场，便完全回到齐梁风格方面来了。

所谓大历十才子具体的人名，众说纷纭，我的看法是应该着重于活动在大历年间诗坛上的一群作风相似而又表现了这个时代特点的诗人（逼真的写作技巧和感伤的题材内容），拈出他们创作的特殊成就和在诗歌发展上的影响，不必受"十才子"这个传统数目字的拘限。这样，对评价他们的得失，也比较容易公平、合理。根据这个看法，现将大历各家诗人，就其名篇佳句在下面做简要分析。

包氏兄弟　（包融子包何、包佶）　包何有七律《和程员外春日东郊即事》一首云：

> 郎官休浣怜迟日，野老欢娱为有年。
>
> 几处折花惊蝶梦，数家留叶待蚕眠。
>
> 藤垂委地萦珠履，泉迸侵阶浸绿钱。
>
> 直到闭门朝谒去，莺声不散柳如烟。

美景好句，相得益彰，写尽主人风流逸致，状热闹场景，堪称妙笔。包佶有《秋日过徐氏园林》五律一首，第三联云：

> 鸟窥新罅栗，龟上半敧莲。

亦新奇可诵，开中唐贾岛一派风气。

张谓 是写真主义。如五律《过从弟制疑官舍竹斋》次联云：

> 野猿偷纸笔，山鸟污图书。

虽太白《赠崔秋甫》颈联"山鸟下听事，檐花落酒中"亦无此细致。此种写法容易流于琐碎，但有新的发展。

钱起 他以《湘灵鼓瑟》诗著名，尾联：

> 曲终人不见，江上数峰青。

当时传为名句，并造作神话加以渲染，钱亦因此颇有盛名。于此可见出张说派的直接影响，代表典型试帖诗的作风。他的赠别怀人诸作，才显出这个时代的共同格调。如《送夏侯审校书东归》诗云：

> 楚乡飞鸟没，独与碧云还。
> 破镜催归客，残阳见旧山。
> 诗成流水上，梦尽落花间。

倘寄相思字，愁人定解颜。

又《裴迪南门秋夜对月》：

夜来诗酒兴，月满谢公楼。
影闭重门静，寒生独树秋。
鹊惊随叶散，萤远入烟流。
今夕遥天末，清光几处愁？

皇甫兄弟　（皇甫冉、皇甫曾）　皇甫冉有五律《西陵寄灵一上人朱放》诗，句云：

终日空江上，云山若待人。
……
回望山阴路，心中有所亲。

皇甫曾有《乌程水楼留别》五律一首，前半云：

悠悠千里去，惜此一尊同。
客散高楼上，帆飞细雨中。

皆写友情，极为深刻真挚，代表大历诗风的一个特色。

张继　他的名篇是一首七绝诗《枫桥夜泊》：

月落乌啼霜满天，江枫渔火对愁眠。

姑苏城外寒山寺，夜半钟声到客船。

妙在以景传情，写景不但有精细的画面，而且有浓厚的气氛渲染；所传之情，也是当时一般的旅客愁思，带有典型意义。

于良史　《江上送友人》五律诗云：

看尔动行棹，未收离别筵。

千帆忽见及，乱却故人船。

纷泊雁群起，逶迤沙溆连。

长亭十里外，应是少人烟。

写惜别的浓厚友情和皇甫兄弟是一致的。其他各家这类名篇亦自不少，可见出这个时代共同诗风的一个方面。

郎士元　大历十才子中，以钱、郎较有气魄，故颇为时人所重，然而他们那些有气魄的作品并非这个时代的特色，这一点必须明确。郎诗具有时代特色的有《留卢秦卿》：

知有前期在，难分此夜中。

无将故人酒，不及石尤风。

又《盩厔县郑礒宅送钱大》五律后半首云：

荒城背流水，远雁入寒云。

陶令门前菊，余花可赠君。

末联似嫌做题。郎诗又有尚雕琢、色泽极浓的特点，如《送张南史》五律前半首云：

雨余深巷静，独钓送残春。
车马虽嫌僻，莺花不厌贫。

意巧，开晚唐北宋风格。又七绝《听邻家吹笙》诗云：

风吹声如隔彩霞，不知墙外是谁家。
重门深锁无寻处，疑有碧桃千树花。

此象征派的诗，用视觉的形象写听觉的感受，把五官的感觉错综使用，使诗的写作技巧又进了一层。他开了贾岛、李贺两派的苦吟之路。

戴叔伦　长于写客愁旅思和送行之作。前者如《除夜宿石头驿》：

旅馆谁相问，寒灯独可亲。
一年将尽夜，万里未归人。
寥落悲前事，支离笑此身。
愁颜与衰鬓，明日又逢春。

和《客中言怀》：

> 白发照乌纱，逢人只自嗟。
> 官闲如致仕，客久似无家。
> 夜雨孤灯梦，春风几度花。
> 故园归有日，诗酒了生涯。

后者如《送李明府之任》：

> 身为百里长，家宠五诸侯。
> 含笑听猿狖，摇鞭望斗牛。
> 梅花堪比雪，芳草不知秋。
> 别后南风起，相思梦岭头。

又长于写风土诗和抒情小诗。前者如七绝《兰溪棹歌》：

> 凉月如眉挂柳湾，越中山色镜中看。
> 兰溪三月桃花雨，半夜鲤鱼来上滩。

末二句有鲜明的民歌色彩。写景如画家之画花鸟一般，生动而又集中，东坡题《惠崇春江晚景》绝句无此妙趣。后者如七绝《苏溪亭》：

> 苏溪亭上草漫漫，谁倚东风十二栏。
> 燕子不归春事晚，一汀烟雨杏花寒。

取材小而刻画精，含意深而情味永，此词境也。

耿沣　写贫病身世之感极为凄楚动人，在大历诸诗人中最有代表性，也善写登临伤怀之作。前者如五律《华州客舍奉和崔端公春城晓望》诗，前三联云：

> 不语看芳径，悲春懒独行。
>
> 向人微月在，报雨早霞生。
>
> 贫病催年齿，风尘掩姓名。

又《春日即事》诗云：

> 数亩东皋宅，青春欲屏居。
>
> 家贫僮仆慢，官罢友朋疏。
>
> 强饮沽来酒，羞看读了书。
>
> 闲花更满地，惆怅复何如！

又《邠州留别》诗云：

> 终岁山川路，生涯竟若何？
>
> 艰难为客惯，贫贱受恩多。
>
> 暮角寒山色，秋风远水波。
>
> 无人见惆怅，垂鞚入烟萝。

尾联想见顾影自怜之致，使人为下同情之泪。后者如五律《登沃州山》后半首云：

> 月如芳草远，山比夕阳高。
>
> 羊祜伤风景，谁云异我曹！

写景虽秀，其情仍悲。诗人伤感情绪的表现，到此已达极点。但伤感是人类感情中最低劣的情绪，如果长期以此自我陶醉欣赏，则将陷入浅薄无聊的境地，所以跟着韩（愈）、孟（郊）、元（稹）、白（居易）接上来了，一从文字意境上进行调整，反对俗滥；一从题材内容加以开拓，反对狭隘，开出中唐另一片新天地。顺着韩孟的路走下去，便产生贾岛、李贺、李商隐、温庭筠等人的诗风；顺着元白的路走下去，便有晚唐的聂夷中、杜荀鹤、皮日休、罗隐等人的出现。

张南史　代表大历诗风中另一种写个人闲适生活的格调，它不似盛唐的华贵，也不似晚唐的靡丽，而是追求生活中短暂的自我满足，以求在时代风雨中取得顷刻休息的心情。如五律《富阳南楼望浙江风起》诗次联云：

> 稍见征帆上，萧萧暮雨多。

又如七律《陆胜宅暮雨中探韵同作》诗次联云：

> 已被秋风教忆鲙，更闻寒雨劝飞觞。

晚唐韩偓学这联的第二句，写成：

> 更看槛外霏霏雨，似劝须教醉玉霜。

化一句成两句，味便索然，但可证明晚唐诗是出于十才子派，亦可看出偏安的词境那种留恋胜代情趣的渊源所自。而诗的后半首云：

> 归心莫问三江水，旅服重沾九月霜。
> 醉里欲寻骑马路，萧条是处有垂杨。

这里正表现了诗人在苦境中以艺术自我陶醉的自得情趣。

郑锡　五律《送客之江西》诗第三联云：

> 草深莺断续，花落水东西。

表现诗人正是以艺术眼光欣赏自然景物，聊慰落寞的时代感情。

窦叔向　《春日早朝应制》诗云：

> 紫殿俯千官，春松应合欢。
> 御炉香焰暖，驰道玉声寒。
> 乳燕翻珠缀，祥乌集露盘。
> 宫花一万树，不敢举头看。

写早朝景象极佳，但已非盛唐可比；只在文字中故作渲染，聊以自慰而已。唯其今非昔比，在文字功夫上较前人就更加显得用力。

柳中庸 五律《寒食戏赠》诗中两联云：

> 杏花香麦粥，柳絮半秋千。
> 酒似芳菲节，人当桃李年。

七律《听筝》诗次联云：

> 似逐春风知柳态，如随啼鸟识花情。

都能把寻常小事加以诗化，从艺术的创作中求得失望生活的满足。

韩翃 他以帝城《寒食》七绝诗著名：

> 春城无处不飞花，寒食东风御柳斜。
> 日暮汉宫传蜡烛，轻烟散入王侯家。

次联既写了宫廷的富贵景象，也暗寓讽喻之情，这是大历诗境的又一共同特色。

司空曙 多凄淡之句！既写感伤情绪，又以诗境自慰，如五律诗中不少这种联句：

> 孤灯寒照雨，湿竹暗浮烟。（《云阳馆与韩绅宿别》）

雨中黄叶树，灯下白头人。（《喜外弟卢纶见宿》）

人息时闻磬，灯摇乍有风。（《同苗员外宿荐福常师房》）

这些诗句都表现出在大的战乱年代以后诗人心情的悲哀沉恸，却又从诗的创作中得到一种暂时止痛的麻醉剂，以维持在彷徨时代中继续生活下去的勇气。

十才子中，李端、卢纶、李益三人不能同以上诸家并列，因为他们出生年代较晚，离天宝之乱的时间渐远，诗中感伤气氛渐少，成为中唐孟郊诗风的先导。

李端　古诗在这段时间早已绝响，李端又重整旗鼓创出新的境界。如五古《芜城》后半首云：

风吹城上树，草蔓城边路。

城里月明时，精灵自来去。

真鬼诗也！李长吉便由此脱胎。李端也有和十才子风格相近的诗，如五律《茂陵春行赠何兆》诗云：

春天黄鸟啭，野径白云闲。

解带依芳草，支颐想故山。

人行九州路，树老五陵间。

谁道临邛远，相如自忆还。

又七律《宿淮浦忆司空文明》诗次联云：

秦地故人成远梦，楚天凉雨在孤舟。

写他乡旅愁和深厚友情，可以和戴叔伦、皇甫兄弟相匹敌。

　　卢纶　卢纶诗风较李端更为沉醉，感伤情调可以和耿沣并驾。五律的联句有：

两行灯下泪，一纸岭南书。（《夜中得循州赵司马侍郎书因寄回使》）

少孤为客早，多难识君迟。（《送李端》）

尘泥来自晚，猿鹤到何先。（《同薛存诚栖岩寺》）

离人将落叶，俱在一船中。（《与畅当夜泛秋潭》）

七律联句有：

家在梦中何日到，春来江上几人还。……

谁料为儒逢世乱，独将衰鬓客秦关。（《长安春望》）

三湘愁鬓逢秋色，万里归心对月明。

旧业已随征战尽，更堪江上鼓鼙声。（《晚次鄂州》）

路绕寒山人独去，月临秋水雁空惊。

衰颜重喜归乡国，身贱多惭问姓名。（《至德中途中书事却寄李偁》）

这些叹老嗟卑的诗句，给中晚唐留下了不少的坏影响。他的最出色的创作当推《和张仆射塞下曲》六章。试举三章为例：

鹫翎金仆姑，燕尾绣蝥弧。

独立扬新令，千营共一呼。

林暗草惊风，将军夜引弓。

平明寻白羽，没在石棱中。

月黑雁飞高，单于夜遁逃。

欲将轻骑逐，大雪满弓刀。

以五绝短章，写边塞壮景，比盛唐太白、龙标的七绝又别开生面，在全唐诗中也是独造境界，诚为千古绝唱。

李益 李益的诗比卢纶更慷慨。和大历诗风一致的作品是写人生离合这一部分，代表作品如《喜见外弟又言别》：

十年离乱后，长大一相逢。

问姓惊初见，称名忆旧容。

别来沧海事，语罢暮天钟。

明日巴陵道，秋山又几重。

但他的特出成就并不在于此，而是那些歌咏从军的边塞诗，
如七律《盐州过胡儿饮马泉》诗：

> 绿杨著水草如烟，旧是胡儿饮马泉。
>
> 几处吹笳明月夜，何人倚剑白云天。
>
> 从来冻合关山路，今日分流汉使前。
>
> 莫使行人照容鬓，恐惊憔悴入新年。

尤其是他的绝句为中唐之冠，五绝名篇如《江南曲》：

> 嫁得瞿塘贾，朝朝误妾期。
>
> 早知潮有信，嫁与弄潮儿。

不减盛唐崔颢、崔国辅；七绝可抗太白、龙标。唐人绝句
特点在富于音乐性，感人在直接方面，节奏必须重叠。李
益七绝名篇不少，名句如：

> 不知何处吹芦管，一夜征人尽望乡。（《夜上受降
> 城闻笛》）
>
> 碛里征人三十万，一时回首月中看。（《从军北
> 征》）
>
> 无限征鸿飞不度，秋风吹入小单于。（《听晓角》）
>
> 洞庭一夜无穷雁，不待天明尽北飞。（《春夜闻笛》）

意境都是一致的。又有《边思》七绝一首，诗云：

> 腰悬锦带佩吴钩，走马曾防玉塞秋。
> 莫笑关西将家子，只将诗思入凉州。

这是诗人的自叙，简直可题在他诗集的前面，概括他诗的主要风格。像卢纶、李益这样的边塞诗，既可说是盛唐边塞诗的发展，又可作为唐人边塞诗的尾声。边塞诗在中唐以后何以竟成了绝响，这也是一个值得好好研究的问题。

　　总括来说，大历诗人在数量方面为唐代第一，水准也高，但无大家和大的变化。形式多是五言、七言近体诗，五律尤多，内容只限于个人的身世遭遇和一般生活感受，情绪偏于感伤，而艺术则着重于景物的细致刻画，这种倾向为词的诞生做了准备。故所谓大历十才子实际上可看成一个人，只韦苏州是例外，气势稍弱，在弱处更表现出他的个性。读这时代的诗，往往使人引起像怜悯幼儿的心情。

十、孟郊

孟郊一变前人温柔敦厚的作风，以破口大骂为工，句多凄苦，使人读了不快；但他的快意处也在这里，颇有点像现代人读俄国杜斯妥也夫斯基（今译"陀思妥耶夫斯基"——编者）小说的那种味道。

孟郊又长于小学，故用字多生僻，可是他的作风却是多方面的。奇句如："唯开文字窗，时写日月容。"（《寻言上人》）长吉即专学这种笔法。他的《赠郑夫子鲂》诗云：

> 天地入胸臆，吁嗟生风雷。
> 文章得其微，物象由我裁。
> 宋玉逞大句，李白飞狂才。
> 苟非圣贤心，孰与造化该？
> 勉矣郑夫子，骊珠今始胎！

是写作的最高见解，太白亦不可及，又《听蓝溪僧为元居士说维摩经》诗云：

> 古树少枝叶，真僧亦相依。
>
> 山木自曲直，道人无是非。
>
> 手持维摩偈，心向居士归。
>
> 空景忽开霁，雪花犹在衣。
>
> 洗然水溪昼，寒物生光辉。

此写雪景，亦反映孟郊的心境，东坡等喜学此格。《访嵩阳道士不遇》句云：

> 日下鹤过时，人间空落影。

是双关语，宋诗格调发源于此。古今中外诗境当不脱唐宋人所造的两种境界，前者是浪漫的，后者是写实的；唐人贵镕情而宋人重炼意，所谓炼意，即诗人多谈哲理的作风。

孟郊又有《桐庐山中赠李明府》句云："千山不隐响，一叶动亦闻。"写极静境界妙极。又《怀南岳隐士》颔联云："藏千寻瀑水，出十八高僧。"在句法上创上下四格，打破前例，使晚唐和宋人享用无穷。黄山谷（庭坚）赞东坡诗有句云："公如大国楚，吞五湖三江。"即用此格。同诗第二首颈联句云："枫楎楮酒瓮，鹤虱落琴床。"这又是向丑中求美的表现，后来成为宋诗的一种重要特色。

以上所说，只是孟郊在写作见解和诗歌艺术方面的一些创格，他主要的成就还在于对当时人情世态的大胆揭露

和激烈攻击。因为孟郊一生穷困潦倒，历尽酸辛，故造语
每多凄苦，如：

> 愁与发相形，一愁白数茎。
>
> 有发能几多，禁愁日日生！（《自叹》）
>
> 无子抄文字，老吟多飘零。
>
> 有时吐向床，枕席不解听。（《老恨》）

唯其生计艰难，故入世最深，深情迸发，形成他愤世骂俗
的突出风格，他是这样的怨天尤人：

> 古若不置兵，天下无战争。
>
> 古若不置名，道路无敧倾。
>
> 太行耸巍峨，是天产不平。
>
> 黄河奔浊浪，是天生不清。（《自叹》）

又是那样的怒今斥古：

> 詈言不见血，杀人何纷纷。
>
> 声如穷家犬，吠窦何訚訚。
>
> 詈痛幽鬼哭，詈侵黄金贫。
>
> 言词岂用多，憔悴在一闻。
>
> 古詈舌不死，至今书云云。
>
> 今人咏古书，善恶宜自分。

秦火不爇舌，秦火空爇文。

所以晋更生，至今横绷缊。（《秋怀》之一）

韩昌黎称他这种骂风叫"不平则鸣"，可见他在继承杜甫的写实精神之外，还加上了敢骂的特色，它不仅显示了时代的阴影，更加强了写实艺术的批判力量。这和后来苏轼鼓吹的"每饭不忘君父"的杜甫精神显然是对立的，无怪东坡对他要颇有微词了。拿白居易的《秦中吟》《新乐府》诸作和孟诗相比，那无非是士人在朝居官任内写的一些宣扬政教的政治文献而已，一朝去职外迁，便又写他的"感伤诗""闲适诗"去了。因此，他的最大成就只能是《长恨歌》《琵琶行》而不是其他。不像孟郊是以毕生精力和亲身的感受用诗向封建社会提出血泪的控诉，它动人的力量当然要远超过那些代人哭丧式的纯客观描写，它是那么紧紧扣人心弦，即使让人读了感到不快，但谁也不能否认它展开的是一个充满不平而又是活生生的有血有肉的真实世界，使人读了想到自己该怎么办。所以，从中国诗的整个发展过程来看，我认为最能结合自己生活实践继承发扬杜甫写实精神，为写实诗歌继续向前发展开出一条新路的，似乎应该是终生苦吟的孟东野，而不是知足保和的白乐天。

郑临川论闻一多五篇

春江明月在，懿范讵能忘

——回忆闻一多先生的唐诗教学

今年是先师闻一多先生诞生的八十周年，也是他为民主运动殉难的三十三周年。唐诗，是我在先生身边听完的最后一个专业课程，留下的印象最深，听课笔记一直保留着，不时翻阅复习，像当年在课堂一样长期受到启发和教益。正如过去一位白永先生在《闻一多的诗论》一文中所说："我们念惯了传统的旧式文字史，觉得凭了诗人的天分和明敏而分析出来的唐诗局面，显然另是一个境界，与其说是唐代诗人给我们灵感，不如说是现代诗人如闻氏者，启迪了我们的智慧。我觉得在分析旧作这一方面，闻氏的'胜义'，的确比建设理论的文章还要多，要好。"我对先生讲授唐诗的印象特别深。原因或许在此吧！我总的印象是：先生给了我用广博知识从事专业研究的良好示范，并教导我怎样为发展新文学而对古典作品采取推陈出新的钻研精神。

翻开唐诗听课笔记，我仿佛又回到20世纪40年代初期（1941—1942年）昆明的西郊，坐在西南联大东北角那所大食堂对面的小平房靠左面的第一间教室里，跟同学一道在有扶手搭连着的木椅写字板上记录先生的唐诗讲课。时间是每周星期三下午和星期四上午，各讲两个学时，因为当时先生是住在郊区几十里外的司家营，每周总是星期三上午步行进城，次日下午赶回乡下，所以课程是这样安排的。

上课前，先生长衫布履，手提一只褪了色的旧布袋，目光炯炯地走进教室，拿了一张空着的木椅坐下来，然后把布袋挂在椅背上，从容掏出那只似乎是自己用竹根雕制成的小烟斗，装上烟丝，静静地抽着休息。响过预备铃后，室内渐渐人满，后来的就站在两旁的窗户外面候着，这些大半是外系来的旁听同学。上课铃一响，就立刻收拾好烟斗，从口袋里抽出讲稿，温文地打开，开始了妙语连珠的课堂教学。那美髯飘拂的丰姿，恰似一座神采奕奕的绝妙的诗人艺术塑像，特别是讲到得意处而掀髯大笑的时候，那光景更动人了。

讲课时，不是照念讲稿，而是像进入了角色的演员，通过熟练生动的台词，把诗中人物活生生地展现在观众面前，语言是那么精练、形象而又富于诗意。我们曾称先生这种课堂教学艺术为现身说法的教学法，因为他讲时代背景像讲自己切身的生活经历，讲诗人活动像讲熟识朋友的趣闻轶事；分析作品又像变成了诗人的化身在叙述这篇作品的创作过程。于是就使人听了产生如临其境、如见其人的亲切感受，这时候，先生用充满诗意的语言渐渐把我们带进诗人创造的艺术境界，到达深入程度时，甚至使人发生这样的幻觉，好像是自己的一篇作品在被老师分析评讲，优劣得失非常清楚，不觉心领神会，得到无穷的启发和妙趣。

闻师是以有新诗创作成就的诗人和具有中外渊博知识的学者两个优越条件来为我们讲授唐诗的。因而他的分析议论常常是既富于高度的热情和想象，又兼有敏锐的识力和智慧，使得他讲的唐诗内容不同于一般文学史的叙述，最大的特点就是把古典文学的研究和欣赏放在为现代文学发展服务这个基点上。比如他讲述唐诗发展规律的时候，非常重视初唐这个阶段，对"四杰"、刘希夷、张若虚等人都作了划时代的评价①，目的是让人很自然地联想到"五四"以来新诗发展的情况，并从初唐向盛唐推进的历史变化过程中，启发人们乐观地预见到新诗将出现像盛唐诗一样百花盛开的灿烂前景。这就是一个明显例子。

闻师讲授的唐诗内容，根据我的听课笔记，结合先生已发表的几篇唐诗论文，大致可看到这样几个特点：

一、从中外文学的全面观点评价唐诗

先生讲唐诗的第一堂课，首先就风趣地向同学们说："一般人爱说唐诗，我却要讲'诗唐'，诗唐者，诗的唐朝也。懂得了诗的唐朝，才能欣赏唐朝的诗。"[②]可见先生讲授唐诗，不是离开时代环境空谈艺术欣赏，而是要讲"史的诗"，从历史土壤的分析来评价唐诗这朵奇艳的花。因此，他从中国全部古典诗歌、古典文学，以至外国文学等各个方面对唐诗进行分析、比较、说明，从古今中外的全面观点解说"诗唐"的具体含义，它包括这样一些内容：好诗多在唐朝；诗的形式和内容变化至唐朝达到了极点；唐诗的体裁不仅是一代的风格，实包括古今中外的诗体；在唐诗高度发达的影响下，产生了韩柳式的古文、传奇小说、曲子词等新兴文体；诗人成为支配那个时代社会的中坚分子，这是因为朝廷提倡以诗取士，作诗成了当时文人唯一的生活出路，如此等等。从而得出毫不夸张、令人信服的结论：唐诗不但是中国诗歌的黄金时代，也是世界文学的最高造诣。由此大大提高了同学们的民族自豪感。这种博大精邃的治学态度，用先生自己的话来说，就是他在一封信里向臧克家同志所表白的："我始终没有忘记除了我们的今天外，还有那两千年前的昨天，除了我们这角落外还有整个世界。"在这里，先生不但教我们怎样去欣赏唐诗，也教给了我们钻研文学遗产的正确态度和方法。

二、以诗人不同的社会地位解释
唐诗发展变化的原因

　　唐诗在发展过程中的最大一次变化，是以唐玄宗天宝末年的安史之乱作为分界线，这是文学史上公认的事实，但变化的原因学者们却各有不同说法。先生的意见认为这是由于诗人成分有了改变的结果。在天宝时期以前，是门阀（世袭贵族）诗人当令的时代，这一条线由六朝直贯到盛唐，贵族诗人把持了这段历史时期的诗坛，他们创造了大批在月光下、梦境中写成的富于浪漫气息的诗歌，所谓"盛唐之音"可代表他们的最高成就；天宝以后，由于政治力量发生变化，又经过大乱的冲击，门阀势力衰竭，出身庶族地主的士人由科举上升成为新的政治集团，逐渐取代了门阀诗人的地位，他们从中下层起来，受过门阀贵族的压抑，比较接近和同情人民，所以能产生反映平民生活，倾向于像汉乐府那样的写实作风，代表人物就是杜甫。从此直到宋代，那种充满"村夫子"气的风格就成了诗坛的主流，它和历史向前发展的趋势是一致的。因此得出写旧诗要学唐诗（盛唐诗）是自走绝路，学宋诗还有发展余地的结论。这是杜甫诗当时不受人重视的原因，他起到的伟大作用也在这里。[③]这个论点表明了诗人的成就要受时代条件和政治地位的支配，诗风的变化是由历史向前发展的动力所决定这一进步观点，比过去文学史家单从书本上找源流、从个人生活经历找原因来说明问题更符合历史的真实，更令人信服。它是向无产阶级的历史唯物主义的观点跨进了一步，这也是先生后来思想能够转变的一个潜在因素。

三、由民族和时代的特点说明诗人的独特成就

文学是一种复杂的社会活动，一个作家风格的形成与突出，既是由于历史和社会的原因，就必然具有民族和时代的共同特点，而要突出文学作品的鲜明个性，则必须在这个共性基础上加以分析论述，才能准确地肯定它在文学发展进程中的贡献。如果只见个性而不见共性，则民族性与时代性将无从识别，成就的评价也就显得空泛无根了。如诗人杜甫在中国文学史上是最突出的人物，他成功的方面固然很多，但作为一位中国式的"诗圣"典型来说，就不能不指出他是最能体现中国诗歌的传统精神——在诗中大量表现了儒家首次提出的人对社会的义务关系，因而写出那么多反映战乱年代的忧国忧民之作，抓住这一重点，也就能看出他和李白、王维在诗歌成就上的差异和高下，把握了评价的尺度。④又如初唐的四杰和中唐的大历十才子，他们都是既有创作倾向一致的时代情调，又有各自不同的艺术特色，或因年龄上差别，一前一后分担了破旧和创新的历史任务，或因时间距离较远，随着世运推移对共同格

调有所突破，逐渐从正面或反面引出新风格的苗头。⑤像这样把诗人的独特成就放在时代的集体中来观察，不但可以从共性中看出他所表现的时代风貌和他在其中处于什么样的地位，同时也可以更好地了解他的创作特点和贡献，作出恰如其分的评价。

四、重视对承先启后具有关键影响的诗人

这一点特别表现出先生说诗的"古为今用"态度。虽然当时他还未能提出这样鲜明的口号，但先生从他为发展新文学而研究古典作品的一贯主张出发，他说的是唐诗，目的却是有意向古典诗歌发展的历史经验中探寻新诗成长的现实道路。因此，他对在唐诗发展过程中作出关键性贡献的诗人，不论他作品多少，声誉高下，都给以显著而高度的评价，以鼓励现代新诗园地的拓荒者。如前面提到的初唐四杰和张若虚等人，先生不但在课堂上津津乐道，并且发表专题论文称颂他们那"不废江河万古流"的成就。在论文中，先生对卢、骆因破旧影响了创作质量而作出的牺牲表示同情；对张若虚以一篇《春江花月夜》为宫体诗"赎清了百年的罪"这一功绩表示赞赏，特借古喻今来鼓舞新诗创业者的前进勇气。尤其是对陈子昂与孟浩然这两位诗人，他俩一个从思想方面、一个从文字方面分别对宫体诗的余毒起了相当彻底的净化作用，为盛唐诗的健康发展

立下了卓越功勋，先生更是极口称道，另立专章，大讲特讲。[⑥]因为他们正是对唐诗由初级到高级蜕变时期产生过关键影响的重要作家，而这些历史经验又是新诗在成长期中多么有用的借鉴资料呵！还有中唐的孟郊，先生把他放在比白居易更重要的地位，为的是白居易虽然一度写过新乐府一类的讽喻诗，但成就始终赶不上他的《长恨歌》《琵琶行》等的感伤作品，并且后来还因仕途颠连转了向，以写闲适诗终了余生，不像孟郊接过杜甫为民请命的诗歌传统，终身以写讽喻性的社会诗为己任，说他"以破口大骂为工，句多凄苦，使人读了不快"，好像现代人读俄国杜斯妥也夫斯基的小说一样，但他的快意处也在这里[⑦]。并指出他开启了晚唐诗和宋诗的格调，对杜诗那种启后精神的发扬，是白居易无法相比的。当先生提到这些关键诗人名字的时候，有时呼名，有时称字，语气非常亲切，如同称呼自己当代诗友如徐志摩、陈梦家、朱湘等人的名字一样，可以想见先生对待古代那些在文学史上有过贡献的诗人那种钦佩挚爱之情，他对新诗发展前途所寄托的殷切希望也由此可见了。

五、实事求是地评价诗人的功过

过去文学史对作家的评论，或凭主观好恶，随意臧否；或是一视同仁，作客观方面的报道；或者盲从旧说，纯粹当"传声筒"。先生评论唐代诗人却不是这样的。他是掌握了充分的历史资料，根据诗歌发展的趋势，结合诗人人品和他在创作上作出大小不同的贡献分别提出抑扬褒贬，使它能成为新诗创作的有益借鉴。他既不以人废言，又严格掌握正确评价的标准尺度。在讲课中，先生曾经着重说明中国有一个"人品重于诗品"的优良文学批评传统，西洋人远不能及。他们是重诗轻人，诗歌好而人品差反能得到社会的同情谅解；我们则是人重于诗，甚至强调人品高尚就是一首无声的绝妙好诗，有人无诗亦无不可。这无疑是先生在宣布他自己的评诗观点。从这一观点出发，他是那么欣赏陶渊明和孟浩然，认为他们是把人和诗紧密结合在一起的最好典范。⑧但在具体评价唐代个别作家时，先生却不是以铁定的标准要求一律，而是分别情况作具体处理。如评价初唐诗人沈佺期和宋之问，尽管在介绍诗人生平时揭发他们是古今文人无行的典型代表，宋之问还替武三思捧过溺器，反复无常，人品下流，但对他们完成近体律诗体制的重要功绩仍作了适当肯定。这是不以人废言的一个例子。⑨和这情况相反的是也不因功赦过，表现了"论道当严"的高度原则性。如在肯定大历十才子诗歌水平高、贡献大的同时，还进一步指出他们写诗的内容狭窄、体裁单调，尤其是对他们写的那些大量叹老嗟卑使人读了引起"怜悯幼儿的心情"的感伤诗篇，一再提出"伤感是诗歌的大敌，是人类最低劣的情绪"这样严厉的批评，同样是实事求是精神的表现。其中更突出的例子是对杜甫、李白、王维三位大诗人的评论，用的还是这个"人品重于诗品"的传统尺度，把三位诗人在安史之乱中不同的表现作为衡量的标准。先生说大难一到，杜甫成了破家无依、到处找娘的流浪儿，李白像不受管束任性胡闹的野孩子，王维倒很像他早年歌咏过的被楚王掳去当妃子的那位息夫人，一个忍辱苟活的弱女子。这里是用三个生动的形象代表三位诗人处乱的不同态度，也隐寓着先生对他们人品诗品高低的评价。先生高度赞扬的当然是这位到处找娘、不甘心当亡国奴的爱国诗人杜甫，对李白的浪漫诗风平时尽管赞不绝口，而在原则问题上却毫不含糊地表现出铁面无私的严正态度，指出李白的从璘附逆是对当时反侵略的卫国战争起了严重破坏作用，说他有做汉奸的嫌疑，甚至比汉奸的行为更坏。对王维诗歌的成就和影响有所肯定，并对他在难中的处境也表示了一定的同情（引用明人诗句把他比作写《哀江南赋》的庾信），但对他性格软弱而接受伪署的投降失节行为也作了严肃认真的批判。⑩由此可见，先生在文学批评上坚持原则，掌握分寸，具有实事求是的科学精神。这不但教导我们怎样评价古典作家的方法，也对我们进行了重视道德品质的思想教育。

六、用材料穿插前后照应的手法突出重点作家

一般文学史评述一位作家，常常是专人专论，在效果上容易导致见木不见林的偏向。先生的讲法却是点面结合，方法是介绍一位诗人，总要把他跟同时或前后有关的诗人联系起来，构成一幅大的历史画面，使人看到的不是诗人独自在活动，而是活跃在时代生活的集体中，这个历史画面有时甚至延展到跨代的程度，如讲唐代诗人的时候，也经常出现上挂六朝、下连宋代的情况，它不但显示了诗歌发展的源远流长，也时时使人感到唐诗是中国诗歌发展史上的一个有机组成部分，在讲唐诗的同时又隐然现出中国诗歌史的整个风貌。这都是把诗人的材料彼此穿插互见、交相映衬的结果。如讲初唐、盛唐、中唐各段诗歌的总论，固然用的是群贤毕至的画面，即作每个诗人的分论，也要请来不少陪衬人物，经过这一映衬烘托，中心人物的形象和艺术成就就显得分外突出。如讲初唐的王绩，除了上挂陶渊明，下连白香山、苏东坡几位大家，还请来了跟他同时的陈子昂、上官仪、虞世南、李百药等一批当代知名人士。[①]讲陈子昂，则远请庄子、阮籍，近约王梵志、卢藏用、东方虬、王摩诘、孟浩然、李太白、杜工部等和他思想风格有着直接或间接关联的人物，最后还请来了对他的诗持

反面意见的王渔洋、王夫之两位诗人和评论家。^⑫讲孟浩然，除了照例约请他前后时代的大批诗人之外，连西方的柏拉图、堂吉诃德也请到了。^⑬像这样运用多种材料对一个诗人进行分析评论，它使人眼界开阔，得以仰观俯察、远近映带，不仅重点鲜明，而且万象在目，真个让人看到了"文质相炳焕，众星罗秋旻"的全唐诗坛盛景。虽然因为空袭警报的干扰耽误了不少时间，使中晚唐诗没法全部讲完，但由于这些材料的前后交错互见，使人听后完全有条件根据前面提到的有关材料把后半部分补充续编出来，那么这没有讲完的部分，也未尝不可以看作是先生留给我们的课外作业吧。的确，从这些已讲或未讲的唐诗内容之中，我们在先生的启发教育下，曾经发现不少可以作为科研的论文题目，我的毕业论文《孟襄阳诗系年》就是这样选择决定下来的。无怪先生常常鼓励我们，在听了他的讲课以后，不能到此止步，应该学会老师治学的方法，回头走自己的路。

听了闻老师的唐诗讲课，同学们下来开玩笑说："我们都成了闻胡子的'顶礼膜拜'者了。"大家谈到先生讲课精彩动人的原因时，都一致认为这是由于先生头脑特别聪明的缘故。可是事实却给我以否定的回答。记得1941年寒假，我因先生做了我的毕业论文指导教师，为了搜集材料和就近请教，上先生家住了半个多月。每天我和先生都在清华文科研究所楼上的书库看书，我有时倦了常去外面田坝散步，小作休息，却很少见先生上下走动，老是像一座塑像端坐在书桌旁边用功。当我深夜灭灯就寝，只见先生的窗户还亮着灯光，大清早我还没起身，先生窗里的灯光早已亮了。这样，先生晚睡早起的勤奋用功生活，便纠正了我们平时对他的错误认识。

离开学校四年以后，我得到先生在昆明牺牲的消息，偶然从一篇外国小说中受到启发，才真正发现先生说诗动人的秘诀。那是一位画家发明了一种鲜红的彩色，画的作品非常成功，很多人无法学到。后来死了才发现他胸口上留着一道没有愈合的伤痕，原来他那么动人的艺术创作都是用自己鲜血绘成的呀！我懂得了先生讲说唐诗的精彩动人也正是这样的。谁要是不信，我可拿先生讲张若虚《春江花月夜》一诗的事实为证。

先生讲到这首诗的最后两句，以无限深情的语调念道："不知乘月几人归，落月摇情满江树。"接着就分析说："这一片'摇情'的落月之光，该是诗中游子（扁舟子）情绪的升华，也是诗人同情怀抱的象征。它体现了这个流浪者在思想中经过一番萦回跌宕，终于把个人迫切的怀乡情绪转化为对天涯旅客命运的深切关注，此刻他多么愿意像落月一样用最后的光辉照送天涯游子及早赶路回家。在这里，诗人把他前面夐绝的宇宙意识跟后面这强烈的社会意识紧密结合起来了。是好诗，就应该有这样高尚的思想感情，因为它能鼓舞人献出自己，成全别人。"是呀，像落月一样

用自己最后的光辉照送天涯游子及早还家，这难道不就是
五年以后在祖国黎明之前先生为民主运动作出自我牺牲的
预言吗?

先生壮烈的牺牲，用他的鲜血给了我更深刻的教育：
钻研古典文学要能推陈出新，要从旧作品读出新的意境，
吸取它的精华，化成自己的血和肉，去为祖国的生存和进
步贡献毕生力量。因此，当1946年7月，我在四川乡下得
知先生的噩耗时，在失声痛哭的泪光中，首先出现的就是
这个说诗的形象，"不知乘月几人归，落月摇情满江树"。
这庄严亲切的声音是那么经久不息地在耳边回荡，多少天、
多少年还余音不绝。当时曾写成《哭一多师》五律二首以
志哀，诗曰：

> 党锢摧贤达，匹夫百世师。
> 虚陈召穆谏，终化邓林枝。
> 探赜穷《周易》，哀时课《楚辞》。
> 赓歌《黄鸟》曲，岂独哭其私！

> 一仆千夫起，捐躯为国殇。
> 觉民奋狮吼，骂贼显鹰扬。
> 毅魄人钦仰，遗孤孰抚将?
> 春江明月在，懿范讵能忘！

这些深刻的印象，绝不因岁月的迁流而褪色，它比彩色电视机的画面更鲜明生动，使我从来没有感到先生已经离开了我们，他将在留给我们的学术、文学著作和革命斗争精神中永垂不朽！

---

①见《唐诗杂论·宫体诗的自赎》。

②见《闻一多西南联大授课录》第三讲，"诗的唐朝"。

③同上。

④同上书，"王维、李白、杜甫"。

⑤见《唐浩杂论·四杰》及《闻一多西南联大授课录》第三讲，"大历十才子"。

⑥见《唐诗杂论·四杰》及《宫体诗的自赎》；《闻一多西南联大授课录》第三讲，"陈子昂"及"孟浩然"两节。

⑦见《闻一多西南联大授课录》第三讲，"孟郊"。

⑧同上书，"王绩"和"孟浩然"。

⑨同上书，"初唐诗"。

⑩同上书，"王维、李白、杜甫"。

⑪同上书，"王绩"。

⑫同上书，"陈子昂"。

⑬同上书，"孟浩然"。

闻一多先生与唐诗研究

　　1944 年夏天，在重庆沙坪坝戴修瓒老先生家里，闲谈中偶然提到闻先生，戴老说："一多不错，读书有见解。"这话给我长期留下深刻的印象。后来读到朱佩弦师和郭老等人纪念闻先生的文章，进一步了解先生平生治学的艰辛过程，才懂得"读书有见解"这样的造诣是多么来之不易，是足以作为后生的法式楷模。

　　从朱先生文章里，我们知道闻先生的专门研究是《周易》《诗经》《庄子》《楚辞》和唐诗，而唐诗又是他钻研古典文学的起点，时间正是他 1930 年秋天在青岛大学任教的时候。由本年下讫我们听他唐诗讲课的 1940 年秋，为期恰好是 10 年。10 年中，先生研究的范围已由唐诗扩展到《楚辞》《诗经》《周易》《庄子》等各个方面，发表过不少眼光犀利、考证赅博、立论新颖翔实的高质量的学术论文。当我替先生抄写整理《唐诗大系》选诗的篇目时，先生曾告诉我，这些篇目每年要审订增损一次，可见先生对唐诗的研究仍然没有中断。在我写毕业论文缺乏资料的时候，先生把他历年搜集有关唐诗的材料堆满一长书桌，都是用蝇头正楷抄写的，供我摘选使用。这样就使我开始认识到先生平时的讲课，取材那样宏富，分析那样邃密，语言那样精妙，并不像有人推测所说他是聪明过人，而是以蜜蜂般的辛勤劳动才取得高明的学术成就的。

闻先生研究唐诗发表的专著，我见到的只有《全集》内的《唐诗杂论》和《唐诗大系》（诗选）两种，此外还有一份由我整理发表的唐诗讲演录稿和我曾借用过而未见发表的《唐代诗人总年谱》（？），其他也许还有我所不知道的。不过同先生其他方面研究的成果比起来，唐诗专著的分量似乎显得少些，因此不大被人们重视。但我觉得仅就这点有限的著作，它同样是先生呕心沥血的产物，是在唐诗研究方面披荆斩棘、开辟新路的首创之作，其价值不可低估。虽被某些正统学者看成是"非常异议，可怪之论"，而它那"不废江河万古流"的涤旧开新功绩，将受到历史的肯定。

下面，我根据先生已发表的唐诗专著和个人所整理的讲演记录稿，并联系专家们对先生治学经验的论述，试谈先生研究唐诗的几点创获，以就正于同门学友和海内外大方之家。抛砖引玉，是所祈愿。

一、从文学史全局评定唐诗的历史地位

闻先生曾向人表示："今天我是以文学史家自居的。"

这话虽然是他后来编选新诗时说的，其实这也是先生研究古代文学的一贯态度，他研究唐诗就是如此。先生讲唐诗的第一堂课，首先就风趣地向同学们说："一般人爱说唐诗，我却要讲'诗唐'，诗唐者，诗的唐朝也。懂得了诗的唐朝，才能欣赏唐朝的诗。"他的方法是从文学史的全局观察来评定唐诗历史地位的。一方面他从文学本身的发展来说明问题。向前看，他把东汉献帝建安元年至唐玄宗天宝十四载（196—755）五百五十九年间看成是中国诗的黄金时代；向后看，则以唐肃宗至德元载至南宋恭帝德祐二年（756—1276）五百二十年为诗的不同类型的余势发展。因而得出这样的看法："从唐朝起，我们的诗发展到成年时期了，以后便似乎不大肯长了，直到这回革命（按：指新文学运动）以前，诗的形式和精神还差不多是当初那个老模样。"经过这样前后全面的观察，唐诗的历史地位就很清楚了。另一方面他又从历史的角度说明文学发展的本身就是历史的产物。他向臧克家先生说："有比历史更伟大的诗篇吗？我不能想象一个人不能在历史（现代也在内，因为它是历史的延长）里看出诗来，而还能懂诗。"比如他谈宫体诗兴起的历史背景是："他们那整个宫廷内外的气氛：人人眼角里是淫荡，人人心中怀着鬼胎。""因而犯了一桩积极的罪：它不是一个空白，而是一个污点。""我们真要怀疑，那是作诗，还是在伪装下的无耻中求满足。"这里说明宫体诗原来就是淫荡宫廷生活产生出来的毒草。他分析孟浩然诗境清淡的原因，是由于诗人"生活在开元全盛日"，他既没避乱弃世的必要，只是为了一个浪漫的理想而隐居，也就没有"巢由与伊皋"和"江湖与魏阙"的内心矛盾，而"诗是唐人排解感情纠葛的特效剂"，感情纠葛既少，诗自然写得清淡，"淡到看不见诗了"。诗人独创的清淡诗境，原来也是受惠于时代之赐。他对贾岛诗风的形成和风靡也从社会原因做了解释，他说："初唐的华贵，盛唐的壮丽，以及最近十才子的秀媚，都已腻味了，而且容易引起幻灭感……正在苦闷中，贾岛来了，他们得救了，他们惊喜得像发现了一个新天地。""这里确乎是一个理想的休息场所……对了，唯有休息可以驱除疲惫，恢复气力，以便应付下一场的紧张。"原来是社会普遍的要求鼓舞诗人的创作情绪，并使这种诗风成为一个时期的主要格调。不是吗？贾岛的诗从晚唐五代就开始享受被偶像化的荣誉，下而至于宋末的四灵、明季的钟谭、晚清的同光体，都由于末世气氛相似而一度掀起贾岛热，这都是由于社会环境造成的。像这些用历史事实来阐明诗风的变化发展，往往说得深入透辟，令人信服，是一般文学史家所未曾留意的。无怪白永先生说这样"分析出来的唐诗局面，显然另是一种境界"。作为文学史家的闻先生，对唐诗是深爱的，但并不偏爱。因此，尽管他列举了"诗的唐朝"不少优点，如好诗多在唐朝；诗的形式和内存变化到唐朝达到极点；唐诗的体制不仅是一代人的风格，实包括古今中外的各种诗体；

从唐诗分支出后来的散文和传奇等文体，等等，可是从文学史的全局观点来看，他又不能不指出："唐人把整个精力用在作诗上面，影响后代知识分子除了写诗百无一能，他们也要负一定的责任。""虽然他们那样做也是社会背景造成的……可是国家的政治却因此倒了大霉。"同时他还指出唐诗已是中国诗歌发展的尽头。他说："一部诗史，诗的发展到北宋实际也就完了。南宋的词已是强弩之末。就诗的本身说，连尤、杨、范、陆和稍后的元遗山似乎都是多余的，重复的，以后就更不必提了。我们只觉得明清两代关于诗的那许多运动和争论，都是无谓的挣扎。每一度挣扎，无非重新证实那一遍挣扎的徒劳无益而已。"这些话不仅使人明确唐诗在中国文学史上的地位，而且也说明它只能是诗歌发展史上的历史成就，是可一而不可再，它可以作为珍贵的文学遗产来研究欣赏，却不能拿来作为复制假古董的模子。先生在这里评定了唐诗的成就和历史地位，更为我们创造新文学指明了向前看的正确方向。

二、以文学进化论的观点论述唐诗的发展

闻先生对唐诗发展的看法有他独到的见解。从整个文学史发展来看，他说："屈原以后，下迄东汉，有人说这是中国文学的暗淡时期。其实，从另一方面看，这时期的人真能实干，都在努力从事解决国计民生的实际问题，精神

绝不麻木。自王莽酿成大的政治失败，以至魏晋时代，诗文大盛，而人的良心便不可问了。直到唐初，才渐有起色，诗歌由写自然进为写天道，再进为写人事，这就形成了杜甫这一派。我们总括这大段时期文学发展的情况，是否可以这样说：两汉时期文人有良心而没有文学，魏晋六朝时期则有文学而没有良心，盛唐时期可说是文学与良心兼备，杜甫便是代表，他的伟大也在这里。"就唐诗本身的发展来看，他说："天宝大乱以后，门阀贵族势力几乎消灭殆尽，杜甫所代表的另一时代的新诗风就从此开始。宋人杨亿曾讥笑杜甫是'村夫子'恰好是把他的士人身份跟以前那些贵族作者形成了鲜明的对比。和他同时而调子完全一致的元结编过一部《箧中集》，里面的作品全带乡村气味，跟过去那些在月光下、梦境中写成的贵族作品风格完全两样。从这系统发展下去，便是孟郊、韩愈、白居易、元稹等人的继起。他们的作风是以刻画清楚为主，不同于前人所标举的什么'味外之味''一字千金'那一套玄妙的文学风格。这一派在宋代还有所发展。要问这一批人为什么在作品中专爱谈正义、道德和惯于愤怒不平呢？原因是他们跟上一时期贵族文人身份不同，他们都是寒族出身，在政治上容易受歧视，被欺负，因此牢骚也多。当他们由科举进入仕途以后，逐渐形成一个集团，这样，随着时代的变迁，诗人的成分很自然地由贵族转变为士人了。其实，他们这种态度跟古代早期的贵族倒很接近，因为他们在性质上有着某些共同点。就是说早期的贵族，他们原是以武功起家，他们的地位是由自己的汗马功劳换来的，所以多能慷慨悲歌，直到魏武帝还保留着那一派的余风。唐代的士人也同样，必须靠自己的文才去争取一官半职，他们同早期贵族一样本由平民出身，跟人民生活比较接近，因此他们能从自己的生活遭遇联想到整个生民疾苦。从这点来说，也可以解释杜甫的'三吏''三别'诸诗为什么会跟汉乐府近似，表现出一种清新质朴的健康风格。"先生把安史之乱作为唐诗转变的界限，关键在于诗人的成分有了大的改变。他推崇杜甫，是因为这位诗人吸取了六朝以来的文学精华，又恢复了两汉文人关心生民哀乐的良心，"调整了文学与人生的关系，认定了诗人的责任，这种精神在中国诗坛是空前绝后的"。但又认为"诗的发展趋势，往往是由质朴走向绮靡，这也是人性自然的流露。我们既须承认事实，又须求其平衡，唯有大作家才能达到这一境界。所以读古人诗态度必须公平，不能有任何偏见，更不能用有颜色的眼镜去妄断是非，标新立异"。可见先生推崇杜甫的功绩正在于他能突破盛唐那种贵族诗人的风格，而开启了中晚唐和后世绵延不绝的现实主义诗风，所以他的诗当时没有被采入盛唐诗的选本里。既然诗的发展趋势是由质朴走向绮靡，那么，指出大历诗人的艺术"着重于景物情绪的细致刻画是为词的诞生做了准备"，当然是肯定它是唐诗向前发展的进步倾向了，结论就只能是："人们读词胜于读诗，读晚唐

诗又胜于读盛唐诗。"这大胆的结论和正统学者们信守的
"诗必盛唐"的传统观点是针锋相对的，但却符合唐诗发展
的历史事实，也表现了先生以进步观点治文学史的真知
灼见。

三、为新诗的创作发展向唐诗求取借鉴

闻先生是诗人，他早年在新诗坛有过重要的影响，因
此他对新诗的创作发展是非常关心的。朱先生说他："在历
史里吟味诗，要从历史里创造'诗的史'或'史的诗'。"
"他要创造的是崭新时代的'诗的史'或'史的诗'。"他
自己很早就表示过要创造出这样一种理想的新诗："它不要
作纯粹的本地诗，但还要保存本地的色彩，它不要做纯粹
的外洋诗，又尽量地吸取外洋诗的长处；它要做中西艺术
结婚后的宁馨儿。"唐诗既然是中国诗歌黄金时代的产物，
它必然具有典型的地方色彩，为了将来的新诗还要保存本
地的色彩，研究唐诗，向它吸取营养和创作借鉴，那是很
自然的。中国当前的新诗，正处于拓荒创业阶段，一方面
需要敢于破旧，一方面又要勇于创新。因此，先生研究唐
诗对于初唐诗和在唐诗发展过程中开辟出新路的诗人，论
述特别用力。在发表仅有的五篇论文中，初唐诗就占了四
篇（孟浩然属于初盛之间的诗人）。讲课时，对陈子昂和孟
郊等人尤为推重。论文中他对那"是唐诗开创期中负起了

时代使命的四位作家"（"四杰"），做了不少精辟的分析。他指出他们是对初唐类书诗和宫体诗作战的同一阵营的战友，各自在不同方面向旧营垒勇敢进击，并取得了辉煌的胜利。但他们的成就和任务却有所不同。闻先生分析说："论内在价值，当然王杨比卢骆高（按：指王杨以"完全成熟了的五律"完成了"唐诗最主要的形式"），而我们不要忘记卢骆曾用以毒攻毒的手段，凭他们那新式宫体诗，一举摧毁了旧式的'江左余风'的宫体诗，因而给歌行芟除了芜秽，开出一条坦途来。若没有卢骆，哪会有《长恨歌》《琵琶行》《连昌宫词》和《秦妇吟》，甚至于李、杜、高、岑呢？看来，在文学史上，卢骆的功绩并不亚于王杨。后者是建设，前者是破坏，他们各有各的使命。负破坏使命的，本身就得牺牲，所以失败就是他们的成功。人们都以成败论事，我却愿向失败的英雄们寄予点同情。"他向失败的英雄们寄予同情，不正是对新诗的创作者提出要敢于破旧的暗示吗？讲到唐诗开创新局面的时候，在前期他把孟浩然、陈子昂、张若虚三位诗人看成是盛唐初期"诗坛的清道者"，否定了王船山贬抑子昂诗"似诵狱词，五古自此而亡"的偏激之论，说"我却认为他这种非古又非诗的古诗作风，正是他独到而难得的创造"。在后期他特别赞赏孟郊，把孟郊地位放在白居易之上，因为"白居易仅喊喊口号而已，除《新乐府》之外，其他作品跟人生关系也不多，他的成就是'感伤诗'（如《长恨歌》《琵琶行》等）和

'闲适诗',而不是社会诗。只有孟郊是始终走着文学与人生合一的大路"。"他能结合自己生活实践继承杜甫的写实精神,为写实诗歌继续向前发展开出一条新路。"所以他的诗"是那么紧紧扣人心弦,即使让人读了感到不快,但谁也不能否认他展开的是一个充满不平又是活生生的有血有肉的真实世界,使读者想到自己该怎么办"。如果把这些褒美陈子昂和孟郊的话,对照先生后来所倡导新诗创新的议论,意向就很鲜明了。他说:"请放心,历史上常常有人把诗写得不像诗,如阮籍、陈子昂、孟郊……而转眼间便是最真实的诗了。"先生借鉴唐诗,鼓励后进诗人要勇于创新的恳挚用心,同我们今天所说"古为今用"的精神是多么难得的巧合!

四、根据文化传统揭示唐诗的民族特色

朱先生过去在一篇文章里,曾称闻先生是抗日战争以前"唯一有意大声歌咏爱国的诗人"。闻先生自己在论文或讲课中也提出过新诗要"保存它的地方色彩"和"中国诗是世界文学的最高造诣"等看法,表现了高度的爱国热情。这种热情也贯串在整个唐诗研究中,那就是立足于祖国优质的文化传统来揭示唐诗的民族特色。它表现在两个方面:一是以诗表现人格。他说:"西洋人不大计较诗人的人格,如果他有诗,对诗有大贡献,反足以掩护作者的疵病,使

他获得社会的原谅。他们又有职业作家，认为一篇文学创作可与科学发明相等。"可是在中国，"自从先秦士大夫发表了他们修养超人境界的议论以后，在我国人思想中便逐渐形成了理想完美人格的概念与标准，并且认为只要照着圣贤所指示的理想去做人，即令无诗，也算有诗了"。"自魏晋开始，就有人以人格来造诗境，要求谈吐必合于诗，然后以人格渗透笔底，如王右军的字即足以表现其为人，他的人格存在于他的字迹中……魏晋人只做到把人格表现在字中，至于把它体现在复杂的诗中则不十分成功。陶渊明在这方面的成就算是突出的，但又超出时代风气太远，不能引起当代人的重视和发生广泛影响。六朝人忽视人格之美，世风因以堕落，直到唐初，诗的艺术很少进步。盛唐时代社会环境变了，人们复活了追求人格美的风气，于是这时期诗人的作品都能活现其人格。他们的人格是否赶得上魏晋人那样美固然难说，但以诗表现人格的作风却比魏晋人进步得多。"二是以诗作为娱情遣兴的工具。他发现盛唐、中唐诗的某些流派作家，"这些人都是在人心境平和闲暇时写诗，读了可使人精神清新舒畅，起到调理性情、静赏自然的功效。这也是中国对诗的传统看法。因此，在中国便没有作诗的职业专家。就整个文化来说，诗人对诗的贡献是次要的，重要的是使人精神有所寄托。人们认为大诗人是向大自然求真理，以出汗的态度、积极的精神写诗，而一般诗人则是享受自然，随意欣赏，写成诗句，娱己娱人。"代表这一特点的是"为中国诗定下了地道的中国诗的传统"的诗人王维，并说"他的长处短处都在这里"。很显然，先生赞赏的是以诗表现人格这一特色。不信，试看他怎样评价王维、李白、杜甫三大诗人便可了然。他说："王、李、杜三位诗人的人格和诗境，都可以从他们在安史之乱考验中的表现作为判定高下的标准。"他用三个有趣的形象比喻三位诗人在大乱中的表现：杜甫像丧家到处找娘的流浪儿，李白像不受拘管、任性闯荡的野孩子，王维像被迫受辱、隐忍苟活"息夫人"式的弱女子。然后结论说："杜甫一生的思想，是存在于儒家所提出的对社会的义务关系之中，这关系是安定社会的因素。太白却不承认这种义务关系，尽量发展个性，像不受管束的野孩子一样。王维则取中和态度，他的生活态度是不知道生活而享受生活，他的生活态度极其自然，只求在平淡闲适生活中度此一生。这是庄子的一个方面。"先生这样敬爱富于社会意识的政治诗人杜甫，是对唐诗特色的礼赞，是对民族文化传统的尊重与自豪，也表现了先生自己的出于高昂爱国激情的文学观点。

五、坚持科学态度品鉴唐诗的艺术成就

闻先生是诗人，也是学者。他有诗人的热情与想象，又能以学者冷静的头脑对文化遗产作出科学的分析与判断。

白永先生说他是"凭了诗人的天分与明敏"而研究唐诗，显然是只看到问题的一面。还是朱自清先生的话说得对："他最初在唐诗上多用力量。那时已见出他是个考据家，并已见出他的考据本领。他注重诗人的年代和诗的年代。关于唐诗的许多错误的解释与错误的批评，都由于错误的年代。他曾将唐代一部分诗人生卒年代可考者制成一幅图表，谁看了都会一目了然。"郭老也有同样的看法："他是继承了清代朴学大师们的考据方法，而益之以近人的科学的致密。为了证成一种假说，他不惜耐烦小心地翻遍群书。为了读破一种书籍，他不惜多方面做苦心彻底的准备。"这里的话虽然是针对先生后期考订古代文献的研究工作而言，但结合前面朱先生的话来看，先生研究唐诗的科学态度，前后仍然是一致的。比如《杂论》中收的《少陵先生年谱会笺》和《岑嘉州系年考证》，正是前期研究唐诗的产物。而他之肯下这番功夫，考证并不是目的而只是手段，诚如朱先生分析所说："他要使局部化了石的古代复活在现代人的心目中。因为这古代与现代究竟属于一个社会、一个国家，而历史是联贯的。我们要客观地认识古代，现代的我们要能够在心目中想象古代的生活，要能够在心目中分享古代的生活，才能认识那活的古代，也许才是那真的古代——这也才是客观地认识古代。"或者如他本人在《楚辞校补·引言》里的明白表示，他所做诠释词义、校正文字的工作，全是为了要说明时代背景与作者的意识形态。在唐诗论文特别是唐诗讲课中，这个目的是基本上达到了的。因此，无论是读论文或听讲课，对先生所提到的诗人都能有如闻其声、如见其人之感，古今的时间距离消失了，我们仿佛和诗人们生活在同一空间里。于是在我的回忆中留下了这样的印象："他讲时代背景像讲自己切身的生活经历；讲诗人活动像讲熟识朋友的趣闻轶事；分析作品又像变成了诗人的化身在讲述这篇作品的创作过程。"这是学者的科学实证精神和诗人灵敏的想象相结合产生的惊人的效果，是个人平生所仅见的。什么是科学态度？就是实事求是的态度，即一要言必有据，不能臆说妄断；二要尊重事实，不能从偏好立论。有一次在课堂上，先生曾说："唐代的两位大诗人李太白、杜工部，我不敢讲，不配讲。不能自己没有踏实研究，跟着别人瞎说！"的确，在唐诗讲课中，关于李杜讲的最少，远不及陈子昂、孟浩然、大历十才子多。而这少量有限的讲述，确乎是独到之见，精彩过人，因为它是从下过彻底功夫来的，体现了言必有据的科学态度。同时在文学评论中尊重事实这一点比较难于掌握，因为它牵涉到个人兴趣的差别问题，容易陷入主观片面。作为文学史家的闻先生，他在实事求是评价唐诗艺术成就这方面还是能够坚持科学态度的。例如，尽管李白有"专仗着灵感作诗"的长处，王维也有"替中国诗定下了地道的中国诗的传统"的贡献，可是在从诗中充分体现优良的民族文化传统这一历史事实面前，就不能不让杜甫坐上诗

圣的首席了。但在评论唐人绝句成就时，先生却说："唐代
大家为求纯诗味的保存，特别重视形式精简而音乐性强的
绝句体。就艺术言，唐诗造诣最高的作品当推王昌龄、王
之涣、李白诸人的七绝，杜甫远不能及，他的伟大处本不
在此。"把诗圣的长处、短处分别做了交代，毫无隐讳，这
也是尊重历史事实。对大历十才子的评价亦复如此。先生
一方面从社会原因解释说："这种风格的产生，是由于经过
天宝一场大乱，人人心灵都受了创伤，所以诗人对时节的
改换、人事的变迁都有特殊的敏感，写入诗中便那么一致
地寄予无穷的深慨。因此可以这样说，十才子乃是分担时
代忧患的一群诗人。""一群作风相似而又表现了这时代特
点的诗人。"所以"就诗的立场说，这批人最可敬，贡献也
最大"。他们那些写得逼真、写得伤感的诗句，读了"往往
使人们引起像怜悯幼儿的心情"。当先生用演员进入角色的
声腔念诵起几联例句，真个起到催人泪下的艺术效果。可
见先生对这些诗句的艺术很赞赏，投情也很深，才念诵得
那么动人。然而他接着严肃地提出批评："伤感是诗歌的大
敌，是人类最低劣的情绪。如果长期以此自我陶醉，则将
陷入浅薄无聊的境地。"还指出"这些叹老嗟卑的诗句，给
中晚唐留下了不少坏影响"。这样功过分明的分析，同样是
尊重事实的表现。还有一个相反的实例，就是对宋之问诗
的评价。先生在讲述时，并未放弃"人品重于诗品"的传
统标准，首先评价了宋的人品，说他"是古今文人无行的

重要代表，他曾先后投靠权门，随着政潮进退，反复无常，恬不知耻。《朝野佥载》甚至记叙他替武三思捧溺器，事实虽不一定可靠，但他人格的卑污下流却是臭名昭著的，因而成为史官疵议的对象"。然后才提到他的诗说："可是他的诗的确高明，正如明代的严嵩和阮大铖，诗风和人品是那样的不相称！"在不以人废言的原则下，介绍了宋五言古诗中的山水诗开了王右丞的先声，从他的《祭杜审言》文中见出他长于巧思熔裁的功夫，而最大的功绩当然是同沈佺期一样完成了唐代重要诗体的五言律诗。这里同样表明了先生实事求是的科学态度。先生这种以科学态度评审唐诗艺术成就的做法，也体现在他《唐诗大系》的选目中。他的原则是："把诗人的独特成就放在时代的集体中来观察，不但可以从共性中看出他所表现的时代风貌和他在其中处于什么样的地位，同时也可以更好地比较出他的创作特点和贡献，作出恰如其分的评价。"从先生每年一次增损诗选篇目的事实，不难看出他谨严的科学态度。可惜一般人只看到选本重视唐诗的艺术这一特点，却不知先生以科学态度严格评审唐诗艺术成就付出了多么长久而辛勤的劳动，以致解放后这部具有特色的唐诗选本没有得到再版应世的机会，多遗憾哪！但我相信，真理是永存的，一个寻求真理、服从真理、为真理付出生命代价的劳动者的业绩，真理也将使它永垂不朽！

六、运用艺术手法和文学语言绘写
唐代诗坛和诗人的风貌

闻先生是诗人、学者，也是画家（早年在美国学过画）。听过先生唐诗讲课的人，一定会记得他在全面讲初唐诗、盛唐诗和大历诗的时候，运用了绘画空间艺术的技法，把许多诗人的创作活动串联起来，让他们在生活、风格和题材等方面互相交织配合，形成一幅唐代诗坛盛况的热烈生动图景，使人听了仿佛是许多诗人在同时活动，在彼此交谈、互相唱和，由他们呈现出来的缤纷异彩渲染成浓厚的诗的气氛，而在设色的深浅浓淡上又能分辨出初唐、盛唐各自不同的风貌，给人以如处身于"清露晨流"或"赫日当空"的境地而又气象各别的直觉感受，不禁引起了"故国神游"的畅想。这种反映历史背景的画面设计，简直可以和《红楼梦》作者描绘豪宴或盛典等大型场面的手法相媲美，在当代文学史著作中算得是独一无二。它同唐诗研究中文学语言的运用，可说是闻先生的双绝。余冠英先生曾说："闻先生善于用文章征服人。"朱先生对这方面也发表过表示赞赏的话："那经济的字句，那完密而短小的篇幅，简直是诗。虽然只有五篇，但都是精彩逼人之作。这些不但将欣赏和考据融化得恰到好处，并创造了一种诗样的风格，读起来耐人寻味。"他指的正是《唐诗杂论》中的几篇文章。像这样迷人的文学语言，在当代的研究唐诗的著作中，也还没有第二个人。随便举几个例子来看吧：（1）他是这样讽刺唐太宗所提倡的类书式的诗："他对于诗的了解，毕竟是个实际的人的了解。他所追求的，只是文藻，是浮华，不，是一种文词上的浮肿，也就是文学上的一种皮肤病。""浮肿""皮肤病"，讽刺得多形象，多有力！（2）他是这样通过《春江花月夜》意境的分析来肯定诗人张若虚为盛唐诗开路的功绩："这里一番神秘而又亲切的，如梦境的晤谈，有的是强烈的宇宙意识，被宇宙意识升华过的纯洁的爱情，又由爱情辐射出来的同情心，这是诗中的诗，顶峰上的顶峰……向前替宫体诗赎清了百年的罪，因此，向后，也就和另一个顶峰陈子昂分工合作，清除了盛唐的路——张若虚的功绩是无从估计的。"这是用诗一样的语言来阐释诗境之美，诗境，不正是诗人优美心灵的化身吗？（3）他是这样形容诗如其人的孟浩然的风格："淡到看不见诗了，才是真正孟浩然的诗，不，说是孟浩然的诗，倒不如说诗的孟浩然，更为准确。在许多旁人，诗是人的精华，在孟浩然，诗纵非人的糟粕，也是人的剩余。"写孟浩然人品和诗品的统一，或"人就是诗"，没有比这几句话说得如此透彻而显豁的了。（4）我认为文中最动人的语言，莫过于给诗圣杜甫青少年时期画像的那篇文章，是先生对他最敬爱的诗人高度礼赞，从心潮沸涌中喷射出来的滚烫的语言，活现了风华正茂年轻的诗圣风貌。你看写他是怎样开始写诗的："子美第一次破口歌颂的，不是什么凡物。这'七龄思即壮，开口咏凤凰'的小诗人，可以说，咏的便是他自己，禽族类没有比凤凰善鸣的，诗国里也没有比杜甫更会唱的。凤凰是禽中之王，杜甫是诗中之圣，咏凤凰简直是诗人自占的预言。"再看写他是怎样在游戏中表现他那不凡的气概："最有趣的是在树顶上站直了，往下一望，离天近，离地远，一切都在脚下，呼吸也轻快，他忍不住大笑一声，那笑声里有妙不可言的胜利的庄严和愉快。便是游戏，一个人的地位也要站得超越一点，才不愧是杜甫。"特别是在李杜第一次会面之前写下的那一大段渲染气氛的文字，真是极绘声绘色之能事，多么动人心魄！他写道："写到这里，我们应当品三通画角，发三通擂鼓，然后提起笔来蘸饱了金墨，大书而特书。因为我们四千年的历史里，除了孔子见老子（假如他们是见过面的），没有比这两人的会面，更重大，更神圣，更可纪念的。我们再逼紧我们的想象，譬如说，青天里太阳和月亮走碰了头，那么，尘世上不知要焚起多少香案，不知有多少人要望天遥拜，说是皇天的祥瑞。如今李白和杜甫——诗中的双曜劈面走来了，我们看去，不比那天空的异瑞一样的神奇，一样的有重大的意义吗？"瞧！像这样热情饱满、笔力酣畅的文字，有几个人能写出？也只有像这样的文字，才适合于论述唐诗的历史成就，才配为诗圣唱赞歌。先生以富于诗趣的文学语言发表研究唐诗的成果，可说是珠联璧合。单就文学语言这一点来说，就够我们后生学一辈子。

当然，先生用近代科学方法研究唐诗，就时间来看，也和四杰处在唐诗发展初期的情况相类似，是创业开新阶段，一切刚初具规模，简略疏漏，在所难免，我们不必为这种"当时体"而向贤者求全责备。而他在唐诗研究方面的垦荒功绩，也将同四杰一样不会被历史所忘记。

在我亲炙先生教泽的过程中，受益最大、印象最深的就是先生的课堂讲演和唐诗论著。几十年来从各方面考察比较结果，我认为先生这方面的成就虽不能说绝后，至少也是空前的。到目前为止，还不见有人超过。我曾经深切惋惜，先生为什么不在唐诗研究上多用些力，而急于把研究范围扩展到先秦文献方面去。后来读了朱先生和郭老的文章，才明白先生之所以要自唐诗而上溯的原因。朱先生说他，是为了"要探求原始社会的生活……也为了探求'这民族，这文化'的源头"，是"要借这原始集体的力给后代的散漫和萎靡来个对症下药"。郭老说："他虽然在古代文献里游泳，但他不是作为鱼而游泳，而是作为鱼雷而游泳的。"因此，我就敢于设想，如果先生在探源得本之后回头再研究唐诗，那成就定然是无法估量的。可恨的是反动派罪恶的枪弹截断了先生前进的道路，把无法估量的成就，变成无法估量的损失，这使我不能不对那杀人的恶魔申申咒诅了。先烈们用鲜血换来了神州大地的春光，他们创造的文化遗产也将化作护花的春泥；为了告慰英灵、无愧后代，我们只有把先烈所未完成的革命事业双手接了过来，在他们开辟的新路上继续前进，努力创造。

祝唐诗研究这枝学术之花，吸取前辈科研成果的滋养，在新中国的雨露阳光下开得更加绚丽吧。

闻一多先生的唐代诗论

一位美国学者向人说："我们读过闻一多先生的诗，只知道他是中国一位写新诗的诗人，其他一切都不是很清楚，想要研究他，感到无从下手。"可见闻先生在国外是以诗人身份为人所知的了。

其实，闻先生的一生，如近人所分析的，可分为诗人、学者、民主战士三个时期。诗人仅是他前期进行文学创作的一个阶段，他的重要成就还在中后两期的中国古代学术研究和为民主运动殉身的壮烈事迹。而他在中期的学术研究生活，又是从 1930 年秋在青岛大学研究唐诗开始的。所以，唐诗研究可说是闻先生正式研究中国古典文学的起点，也是他学术成就中重要的组成部分；闻先生后期因为参加民主运动，研究工作相对减少。他虽然来不及写出有关唐诗研究的系统著作，但从他已经发表的零散篇章和课堂讲学的内容来看，还是能够看到他研究唐诗不同一般的学术成就。正如解放前一位白永先生所说："我们念惯了传统的旧式文学史，觉得凭了诗人的天分与明敏而分析出来的唐诗局面，显然另是一个境界。"

闻氏治学的基本特点是创新与求实，这二者又同时植根于他的炽热浓挚的爱国思想，贯穿于他的全部诗歌创作和科研工作中，当然也包括唐诗研究在内。从唐诗研究成就体现出来的创新与求实精神，可找到闻氏治学成功的原因和他对后学所起的启发示范作用。

一、文学进化的观念

文学是不断向前发展的，也是后来居上的，这是文学发展的历史规律。唐诗是中国文学发展中的一个阶段，怎样认识和评价这段历史，学术界自来是有定论的。闻先生对此提出了自己的看法。

首先，就中国文学发展的整体来看，他认为唐诗成就超越前代的原因是这样，他说："屈原以后，下迄东汉，有人说这是中国文学的暗淡时期。其实，从另一方面看，这时期的人真能实干，都在努力从事解决国计民生的实际问题，精神绝不麻木。自王莽酿成大的政治失败，以至魏晋时代，诗文大盛，而人的良心便不可问了。直到唐初才渐有起色，诗歌由写自然进为写天道，再进为写人事，这就形成了杜甫这一派。我们总括这大段时期文学发展的情况，是否可以这样说：两汉时期文人是有良心而没有文学，魏晋六朝则有文学而没有良心，盛唐时期可说是文学与良心兼备，杜甫便是代表，他的伟大也在这里。"

其次，从唐诗发展的本身来看，他对前人"诗必盛唐"的传统观点有所否定；他从诗人成分的改变说明问题。他说："天宝大乱以后，门阀势力几乎消灭殆尽，杜甫所代表的另一时代的新诗风就此开始。宋人杨亿曾讥笑杜甫是村夫子，恰好是把他的士人身份跟以前那些贵族作者形成了鲜明的对比。在和他同时而调子完全一致的元结编过一部《箧中集》，里面作品全带乡村气味，跟过去那些在月光下、梦境中写成的贵族作品风格完全两样。从这个系统发展下去，便是孟郊、韩愈、白居易、元稹等人的继起。他们的作风是以刻画清楚为主，不同于前人所标举的什么'味外之味''一字千金'那一套玄妙的文学风格，这一派在宋代还有所发展。"他以杜甫作为唐诗发展的顶峰和分野，却不认为盛唐以后的中晚唐诗是江河日下的趋势，他说："诗的发展趋势，往往是由质朴走向绮靡，这也是人性自然的流露，我们既须承认事实，又须求其平衡，唯有大作家才能达到这一境界。"既然诗的发展趋势是由质朴走向绮靡，那么指出大历诗人的艺术"着重于景物情绪的细致刻画是为词的诞生做了准备"，也无疑肯定了晚唐诗为词出现起过催生和过渡作用的历史功绩。这不但符合历史发展的规律，也适应了社会群众的需要。所以他的结论是："人们读词胜于读诗，读晚唐诗又胜于读盛唐诗。"这里十分明显地反映了闻氏的文学进化论的观点。

同时根据这个观点又向人们指出："从唐朝起，我们的诗发展到成年了，以后似乎不大肯长了。""一部诗史，诗的发展到北宋实际也就完了。南末的词已是强弩之末。就诗的本身说，连尤杨、范、陆和稍后的元遗山似乎都是多余的、重复的，以后就更不必提了。我们只觉得明清两代关于诗的那许多运动和争论，都是无谓的挣扎，每一度挣扎，无非重新证明那一遍挣扎的徒劳无益而已。"这是对唐诗的历史地位作出的科学结论。意思说，唐诗的造诣再高，它只是中国诗歌发展史上的历史成就，是可一不可再，它可以作为珍贵的文学遗产来研究欣赏，却不能拿来用作制造假古董的棋子。从这里，我们可以明确中国向前发展的方向，为新诗创作具有光辉前景找到了可信的理论根据。

二、求新务实的精神

唐诗研究是闻氏由诗人转为学者的第一个课题。根据他一贯坚持的爱国思想和博学多闻的治学方法，他与"只会咬文嚼字的正统学者不同，他把自己的诗人气质融化进去了，开创性是研究工作的特色。诗人的爱国热情引导他首先重视中国文学史上同情人民的爱国诗人，诗人磨细了的艺术感觉使他在欣赏古典诗歌时有许多新的艺术上的发现。

他首先以艺术家和诗人的笔触从"用文字画一张画"来描绘诗圣杜甫早年生活开始，进一步下了实事求是的考证功夫，先后写成《少陵先生年谱会笺》《少陵先生交游考略》，由此再发展到研究整个唐诗，相继写出《初唐四杰合谱》《岑嘉州系年考证》，以及四百零六个《全唐诗人小传》等著作，此外还根据这些材料编选了一个《唐诗大系》的选本。他在信中曾向友人饶孟侃提到他的唐诗研究规划，要进行的工作有：《全唐诗补编》《全唐诗人小传订补》《全唐诗人生卒年考附考证》《杜诗新诠》《杜甫》（传记）。有些工作后来因为研究专题不断扩大，没有预期完成，但有一件他一直没有中断，便是《唐诗大系》这个选本的不断修订，他曾告诉一个学生说《唐诗大系》的选目每年要增损一次，所以直到他被难前还是个未定稿，从后半部只有白文没有像前面的那些精审校注便可证实。有了这样的丰厚基础和长期的踏实研究，闻氏唐诗研究的创获自然要显出与众不同的面貌。

正因为他持的是历史进化论的研究观点，所以对唐诗艺术成就的品鉴，是以诗人的热情和想象加上学者冷静头脑的分析而作出科学的鉴定的。这就是研究文学的科学态度。所谓科学态度，就是一要言必有据，二要尊重事实。

朱佩弦先生说他开始研究唐诗，"那时已见出他是个考据家，并已见出他的考据本领"。熟悉占有了丰富可靠的材料，研究作家作品时就如数家珍、左右逢源。再加以他对祖国文学遗产的浑厚感情和新理论的运用，就能使"局部化了石的古代复活在现代人的心目中"。在课堂讲课，他讲时代背景，像讲自己切身的生活经历；讲诗人活动，像讲熟识朋友的趣闻轶事；分析作品，又像变成了诗人的化身在讲述这篇作品的创作过程。这正是诗人灵敏的想象和学者科学实证精神相结合的惊人效果，也实现了他所希望的以诠释词义、校正文字为手段，最后达到说明时代背景和作者意识形态的目的。

根据手头掌握的充分历史资料，他就有理由把初唐诗坛的刘、张、沈、宋分别加入到"四杰"的行列中来，打破"四杰"徽号的"先入为主的传统观点"，以具体的历史事实辨明王孟的诗究竟是谁影响谁的问题，从诗歌艺术风格的进步趋向肯定了张若虚、陈子昂、孟浩然对诗境与文字的净化为盛唐诗扫清道路的功绩，又从文学发展的创新观点反驳了王船山说子昂诗"似诵狱词，五古自此而亡"的厚诬偏颇之论，还用对比方法突出王昌龄诗歌在孟浩然清淡诗境之外别走浓密之路取得了另一种艺术成就。

最出色的是以安史之乱的时代背景作为鉴定盛唐三大诗人诗品人格的标准，用了三个有趣的形象比喻三诗人在大乱中的表现：杜甫像丧家到处找娘的流浪儿，李白像胡乱闯荡的野孩子，王维则像古代忍辱苟活的息夫人那样的软弱文人。以形象比喻作暗示，鉴定出三位诗人人品和艺术风格的甲乙，杜甫之高出两家也就不言而喻了。这些艺术评论确是独创之见，精彩过人，因为他是下过切实功夫，从言必有据说出来的。

再说尊重事实，即不从个人的偏爱立论，论断要实事求是。像杜甫这位诗圣是闻氏一向崇敬的，但在评论唐人保存纯诗味的绝句艺术成就时，他却推尊王昌龄、王之涣、李太白诸人的七绝，说"杜甫远不能及，他的伟大处本不在此"。像这样把诗圣艺术造诣的长处和短处分别作了交代，毫无隐讳，这也是尊重历史事实。对大历十才子的评价还是这样。在肯定了他们反映现实、刻画细致的主要成就的同时，也指出他们诗歌内容窄狭、体裁单调的缺点，尤其对他们的伤感通病批判更为尖锐，说"伤感是诗歌的大敌，是人类最低劣的情绪"，说他们"叹者嗟卑的诗句，给中晚唐留下不少的坏影响"。这也是功过分明的科学论断。还有对初唐诗人宋之问的评论，一方面不放弃"人品重于诗品"的传统原则，首先介绍宋的人格卑下，当时臭名昭著，是古今文人无行的重要代表，像明代的严嵩和阮大铖一样，诗品和人格极不相称，一方面也作了不以人废言的分析，说宋的诗"的确高明"，"他的五言古诗中的山水诗开了王右丞的先声。从《祭杜审言文》中可见出他长于巧思和熔裁的功夫"。而最大的功绩当然是和沈佺期一样完成了唐代的重要诗体五言律诗，甚至把他纳入到"四杰"的行列里。这里同样表现了闻氏实事求是的科学态度。

此外，还见于他对唐诗总的评价方面。在他给"诗的唐朝"说了多少条好话之后，他接着就说："唐人把整个精力用在作诗上面，影响后代知识分子除了写诗百无一能，他们也要负一定的责任。虽然他们那样做也是社会背景造成的（以诗求仕），可是国家政治却因此倒了大霉。"这种认识又何尝不是批判继承的科学态度呢！

三、知人论世的论断

闻先生讲唐诗的第一堂课，首先风趣地向同学们说："一般人爱说唐诗，我却爱讲诗唐。诗唐者，诗的唐朝也。懂得诗的唐朝，才能欣赏唐朝的诗。"真的，先生每次讲述唐代诗人的思想风格和艺术造诣时，用的不是通常见木不见林的个人评析，而是紧密联系他生活的广阔社会背景，由此看到诗人创作的活动范围和它在艺术作品中的体现，这样便可以从特定的历史环境中更清楚地看到诗人具有的时代共性和独特创造，作出较为公允切实的评价。

这是一种独辟蹊径的讲法，也合于知人论世的传统治学原则。如讲初唐四杰的历史功绩，就直接联系到唐朝最初 50 年本是一个尚质的时期，诗歌还处于"贫乏的时代"，四杰就在这时负起了唐诗开创的时代使命。他们分成两组进击，一组成为宫体诗的改造者，另一组把应制体的五言长律改为五言八句的定型五言律诗。因此也就和另外的生力军刘张沈宋挂上了钩，把后者分别加入到前者的两组中去，既肯定了他们在唐诗开创中共同的贡献，又打破了传统的"四杰"概念，把各自的特长突现了出来，而初唐诗坛的因革变化形势也就线索分明了。

再如分析孟浩然诗风清淡的原因，就指出诗人是"生活在开元全盛日"，他既没有避乱弃世的必要，只是为了一个浪漫的理想而隐居，也就没有"巢由与伊皋和江湖与魏阙"的内心矛盾。感情纠葛既少，诗自然写得清淡，"淡到看不见诗了"。说明诗人独创的清淡诗境，原来是受惠于时代之赐。这里不仅突出了孟浩然特有的诗风，也使人隐隐感觉到盛唐那种太平盛世的气象。

对贾岛的评述也是如此。一开始就展开一幅元和长庆间诗坛动态图景，这边有老孟郊的苦吟骂世，卢仝、刘叉的"插科打诨"，韩愈振起痛斥佛老的洪亮嗓音，那边在白居易扬起的改良社会的大旗下，出现元稹、张籍、王建等人唱着泣诉社会病态的乐府新腔，同时还有一群青年人在古老禅房或小县廨署里，以各自的出路或兴趣写作阴暗情调的五言律诗。贾岛的诗就出现在这样的社会环境里。他从社会根源解释说："初唐的华贵，盛唐的壮丽，以及最近十才子的秀媚，都已腻味了，而且容易引起幻灭感……正在苦闷中，贾岛来了，他们得救了，他们惊喜得像发现了两个新天地。"这又是以当时社会的普遍要求说明诗人受到鼓舞而创造了独特的诗风。

讲到大历十才子的诗，时代的影响更是显然可见。他是这样进行解释说："这种风格的产生，是由于经过一场大乱，人人心灵都受了创伤，所以诗人对时节的改换，人事的变迁，都有特殊的敏感，写入诗中便那么一致地寄以无穷的深慨。因此可以这样说，十才子乃是分担时代忧患的一群诗人，一群作风相似而又表现了这个时代特点的诗人。所以就诗的立场说，这批人最可敬，贡献也最大。"而从评析大历诗人的过程中，乱离之后令人感伤的社会衰貌也就炯然在目了。

别人说诗，是由诗见人，而闻氏说诗，是以史解诗。这个特点我想和他对"诗言志"那个"志"字的解释有关；他说志的原始意义是记，是记录和社会人群有关的生活经验总结和规律，最早的记录就是诗，后来有了散文才发展为史，所以志、诗、史在本义上原来是一个字。因此他说唐诗就偏重以史解诗。他所谓"爱讲诗唐"，也许隐含此意吧。

四、诗化语言的妙用

闻氏的论述唐诗，除了上述几个特点，还有一个独到的创格，就是诗化语言的运用。朱佩弦师论到他的《唐诗杂论》时曾说："这些不但将欣赏和考证融化得恰到好处，并且创造了一种诗样精粹的风格，读起来句句耐人寻味。"余冠英师也曾谈及"闻先生善于以文章征服人"这个特点。所谓诗化的语言，就是如最近有人指出的"是以诗人的心来领会诗，并用诗的语言将自己的见解表达出来"。它"不仅与闻氏的诗人素质有关，恐怕也是有意为之，有意倡导之"。是的，这是有意的倡导，并且提供了样板，更使闻氏的唐诗论述别开生面。

诗化语言的最大特点，是在论诗的文字中具有极其生动的形象性。如在论文《类书与诗》一文中，形容唐太宗提倡追求文藻的类书式的诗是"文词上的浮肿"，"文学上的一种皮肤病"。在《宫体诗的自赎》里，写它产生的时代环境是："那整个宫廷内外的气氛，人人眼角里是淫荡，人人心中怀着鬼胎。"把刘希夷和张若虚的诗，一个比作是"狂风暴雨后的宁静爽朗的黄昏"，另一个便是"风雨后更宁静更爽朗的月夜"。还这样分析《春江花月夜》一诗的意境："这里经过一番神秘而又亲切的，如梦境的晤谈，有的是强烈的宇宙意识，被宇宙意识升华过的纯洁的爱情，又由爱辐射出来的同情心，这是诗中的诗，顶峰上的顶峰。这写得多么清新精粹、诗意盎然，而又含蓄富有哲理性。在《贾岛》论文中叙述贾岛怎样满足当时人们感情渴望休息的需要，"让感情与思想都睡去，只感官张着眼睛往有清凉色调的地带涉猎去"。这是多么形象的社会心理描写。

在课堂上全面概述初唐、盛唐和大历诗的时候，不但使用了诗的语言，而且还运用绘画空间艺术的特技，把许多诗人的创作活动串联起来，让他们在生活、题材、风格等方面互相交织配合，形成一幅唐代诗坛盛况的热烈生动图景，使人听了仿佛是许多诗人在同时活动，在彼此交谈，在互相唱和，由他们呈现出来的缤纷异彩渲染成浓厚的诗的气氛，而在设色的深浅浓淡上又能分辨出初唐、盛唐各自不同的气象，给人以如处身于"清露晨流"或"赫日当空"的境界而又色调各异的直觉感受，不禁引起了"故国神游"的畅想。这是诗的语言结合绘画艺术讲论唐诗的一个例子。

有时他又像进入角色的演员，以适应诗歌内容的声腔念出几联诗句，就能把诗人的形象风貌直接展现在听众眼前。如他念大历十才子的诗句：

> 艰难为客惯，贫贱受恩多，
> 贫病催年齿，风尘掩姓名，
> 此去播迁明主意，白云何事欲相留，
> 谁料为儒逢世乱，独将衰冀客秦关。

等等，投情很深，听了，正如他所说："往往使人们引起像怜悯幼儿的心情。"那悲凉伤感的音调，真要催人泪下。这又是诗的语言和戏剧艺术相结合的说诗精彩表演。

原来他早年对绘画下功很深，对戏剧也有过不少的实践经验。他的论诗讲诗特技自非偶然的了。最动人的诗化语言，我以为是《杜甫》篇里写李杜第一次会面之前那一大段渲染气氛的文字，真是极尽绘声绘色之能事，多么动人心魄！他写道："写到这里，我们应当品三通画角，发三通擂鼓，然后提起笔来蘸饱了金墨，大书而特书。因为我们四千年历史里，除了孔子见老子（假如他们是见过面的），没有比这两人的会面更重大、更神圣、更可纪念的。我们再逼紧我们的想象，譬如说，青天里太阳和月亮走碰了头，尘世上不知要焚起多少香案，不知有多少人要望天遥拜，说是皇天的祥瑞。如今李白和杜甫诗中的双曜劈面走来了，我们看去，不比那天空的异瑞一样的神奇，一样的有重大的意义吗？"瞧！像这样热情饱满、笔力酣畅的诗化语言有几个人能写出？也只有像这样的文笔才适合于论述唐诗的历史成就，才配为诗圣唱赞歌。

先生用诗化语言写文学评论，以实践树立典范，在唐诗研究中也算是独树一帜的创新，值得后继者好好学习借鉴。

五、古为今用的目的

闻先生早年是以爱国激情写诗出现于诗坛的，在新诗坛起过重要的影响，因此对新诗的创作是非常关心的。他曾经表示过要创造出这样一种理想的新诗："他不要作纯粹的本地诗，但还要保持本地的色彩，他不做纯粹的外洋诗，又尽量地吸取外洋诗的长处，他要作中西艺术结婚后的宁馨儿。"既然要保持本地的色彩，就不能不借鉴于本民族的诗歌遗产，他之研究中国文学最高造诣的唐诗，目的是有意从古典诗歌发展的历史经验中探寻新诗成长的现实道路。

于是他对在唐诗发展进程中作出关键性贡献的诗人，不论他作品多少、声誉高低，都给予显著而高度的评价。对陈子昂、孟郊尤为推重，以鼓励现代新诗园地的拓荒者。如对前面提到过的"四杰"和张若虚等人，先生不但课堂上津津乐道，并且发表专题论文称道他们那"不废江河万古流"的成就。在论文中，先生对卢骆因破旧而影响了创作质量不但寄予同情，还肯定他们的"功绩并不亚于王杨"，对张若虚以一篇《春江花月夜》为宫体诗"赎清了百年的罪"这一功绩特加赞赏，这何尝不是借古喻今来鼓励新诗创业者要有敢于破旧、不惜牺牲的精神。讲到唐诗革新局面的时候，前期举的是陈子昂、张若虚、孟浩然三位盛唐初期"诗坛的清道者"。特别针对王船山否定陈子昂提出相反意见："我却认为这非古又非诗的古诗作风，正是他独到而难得的创造。"

在后期他最赞赏的是孟郊，把孟郊地位放在白居易之上，因为"白居易仅喊喊口号而已，除《新乐府》等少数篇章外，其他作品跟人生关系也不多，他的成就是'感伤诗'（如《长恨歌》《琵琶行》之类）和'闲适诗'，而不是社会诗。只有孟郊是始终走着文学与人生合一的大路……他结合自己生活实践，继承杜甫的写实精神，为写实诗歌继续向前发展开出一条新路"。说他"恶毒地咒骂世道人心", "以破口大骂为工,句多凄苦,使人读了不快,好像现代人读俄国杜斯妥耶夫斯基的小说一样,但他的快意处也在这里"。并指出他下开晚唐诗和宋诗的格调,对杜诗那种启后精神的发扬,是白居易无法相比的。

如果把这些褒美陈子昂和孟郊的话,对照他后来所倡导新诗创新的议论,意向就很鲜明了。他说:"请放心,历史上常常有人把诗写得不像诗,如阮籍、陈子昂、孟郊……而转眼间便是最真实的诗了。"先生借鉴唐诗革新史实鼓励后进诗人要勇于创新的用心,同我们今天所提倡的"古为今用"的精神又是多么难得的巧合!

还有,他在唐诗研究中"古为今用"精神的运用,还表现于常常结合现实发挥新的"胜义",用他的话来说就是"读出旧诗句中的新意境"。试举他讲授张若虚《春江花月夜》一诗为例。当他满怀深情念完"不知乘月几人归,落月摇情满江树"两句诗,接着就分析说:"这一片'摇情'的落月之光,该是诗中游子(扁舟子)怀乡情绪的升华,也是诗人同情怀抱的象征,它体现了这个流浪者在思想中经过一番萦回跌宕,终于把个人迫切的怀乡情绪转化为对天涯旅客命运的深切关注,此刻他多么愿意像落月一样用最后的余光照送那些赶路的游子及早还家。在这里,诗人把他前面涵绝的宇宙意识跟后面这强烈的社会意识紧密结合起来了。是好诗,就应该有这样高尚的思想感情,因为它能鼓舞人献出自己,成全他人。"

联系先生后来在开国的黎明前夕，慷慨为民主运动献身的壮烈事迹，不正好证明他从古诗新意境中受到最大的启发和鼓励吗？像这样应用古诗提高自己精神境界的科学实践，可算是先生对唐诗研究的一种难能可贵的创获吧。他和墨守成规的正统学者的分歧也正在这里。

我曾说过，闻先生用近代科学方法研究唐诗，有点像"四杰"处于唐诗发展初期，是创业拓荒阶段，粗率在所难免，因此被一般正统学者讥讽为"非常异议，可怪之论"，自无足怪，但仍然不失其为披荆斩棘、开辟新路的首创之作。

值得惋惜的倒是为时代环境所限，他接受马列主义文艺思想的时间较晚，大大影响了唐诗研究内容分析的科学性。如有人指出他过分强调孟浩然隐居终生的原因，是由于历史地理背景起了主导作用，又如说他推断贾岛及其同调者之少写挽救人心改良社会的作品，是和他们当时没有崇高责任的权位一事有关等，都不曾从社会的阶级矛盾和世界观方面进行分析，因而显得科学性不足。再如说他在论到唐诗的因革演变中，为了强调"四杰"等人革新的功绩，竟忽略了创新的对立面的因素中也存在着大变中的小变，同样是不符合文学史发展的实际。此外，在资料考订方面，也有人提出过若干问题加以订正。

但是，如果我们能从学术研究后出转精的规律来看，并联系当时生活艰苦、资料缺乏的历史条件，对闻先生研究中出现的某些欠精当处，就不会向贤者求全责备了。而是要在先驱者开辟的新路上，更加勤奋地锄理荒秽，把它拓展得更宽，延续得更长，恪尽后继者义不容辞的责任，这也是先生为发扬祖国文化而终生奋斗的目标。季镇淮同志说得好："他的研究气派是富于自信心和创造性的。他不甘心跟在前人后面走熟路，吃现成饭，而总要自辟蹊径，自我作古，脚踏实地一步一步走出自己的道路来，并由此逐步深入，直探本源，以求全面彻底地解决问题。但他在学术问题上，又始终是实事求是的，坚持真理，修正错误。"只有继承这种学风，指出唐诗研究中的某些不足，进一步去完成先生的未竟之业，我们才能继承闻一多的学术遗产，真正发扬他的创新与求实的治学精神。

总之，闻氏研究唐诗和其他古籍的基本精神，是坚决反对保守复古，强烈要求推陈出新，不是无条件地承受古代文化遗产，而是博学深思，大胆提出自己的见解。所以他自许是"藏在书里杀蠹的芸香"，郭老比喻他是"在水中游泳的鱼雷"，都是最生动形象的说明。可以说，他研究唐诗，是以爱国思想为核心，以祖国文化的发扬和创新为己任，为唐诗研究打开了一个新局面。

因此，他的著作不仅给人以文学史的知识，更重要的是启迪人的创造灵感，激发人的爱国热情，让人为祖国悠久的历史文化感到自豪，并加强继承发扬它的责任感。即使他的个别论点你不同意，但他那种火热的爱国热情、探索的求真态度，却为我们提供了学习的榜样。正像他时常鼓励学生的谈话："听了我的讲课，不能到此止步，要不断坚持探索的勇气和实践，大步向前，走自己的路!"

论闻一多先生选唐诗

　　《唐诗大系》是解放前开明书店出版的四卷本《闻一多全集》中的一个重要组成部分，共收诗人263人，作品19893首。这是闻先生研究唐诗的成果之一，也曾用来作为唐诗讲课的阅读参考教材，是一部具有特色的唐诗选本。

　　关于这个选本的产生，可说是闻先生对古典诗歌多年素养和长期研究相结合所凝成的结晶，绝不是一时随兴抄选编成的。闻先生早年在家读书，就爱读史书和诗集，入清华学习期间，据1919年2月10日的日记所写："枕上读《清诗别裁》毕。近决志学诗。读诗自清、明以上，溯魏汉、先秦。读《别裁》毕，读《明诗综》，次《元诗选》《宋诗钞》，次《全唐诗》，次《八代诗选》，期于十年内读毕。"又在《二月庐漫记》中提到，除了涉猎古代的史书，各种诗集、诗话、笔记之外，还念过外国有关的书籍，如《英文名家诗类论》等。可见他对中外诗歌著作很早就已广事博览。到美国学习以后，他常和友人躺在华盛顿公园的草地上读着《十八家诗钞》等中国诗。①在给朋友的信里，他告诉说，当做完一天的功课回到宿舍，拜伦、雪莱、济慈、丹尼逊、老杜、放翁在书架上，在桌上，在床上等着他，"我心里又痒着要和他们亲热了"②。他还和他的美国朋友温特教授时常交谈中国画和中国诗的问题，他给温特讲中国诗，温特给他介绍英国诗的格律。③这一切都说明闻先生对诗的素养蓄积得多么深厚，为他后来研究唐诗、编选唐诗做了很好的准备。

回到国内，他教过一段时间的外国诗，直到20世纪30年代初在青岛大学任教，才开始把研究方向转移到古典文学，而他的研究课题首先就是唐诗。在这段时期前后，先生研究唐诗的成果是十分丰富的，除了已经发表的《杜甫》《杜少陵年谱会笺》《岑嘉州系年考证》及《英译李太白诗》等著作外，还有更多尚待整理的手稿十九种。④其中《全唐诗人生卒年考》（附诗钞）可能就是后来《唐诗大系》的原始雏形。因为据先生有一次告诉我，这批选诗篇目是经他多年酝酿编辑成功的，而且还在每年不断修订，不能算作定稿。由此不难看出先生编选此书的功力之厚和用功之勤。

一部诗歌选本的编辑，就是选家个人对诗歌批评观点的体现，同时也反映着深刻的时代烙印。闻先生是现代新诗的创作者和理论建设者，他对于诗歌无疑有着自己独特的见解，正如他早年表示过的读书态度："喜敷陈奇义，不屑于浅显。"（《二月庐漫记》）他的诗论观点也必然要反映到唐诗的选本中来，成为作品取舍的指导原则。这些见解散见于他发表的有关论文和给朋友的私人通信中，下面我们将分别提到。总之，闻先生选诗所持的原则是价值论和效率论二者兼顾的，而他选诗的目的，则是为了针砭当时诗坛流行的自由浅露的通病。提倡向传统诗艺取经，以利创建现代的新型格律诗，这样经过多年的酝酿和反复修订，才编了这部独具一格的选本《唐诗大系》。

根据上述的选诗原则和旨趣，在选本《唐诗大系》里体现出这样几个特点。

一是系统性。这是按照闻先生对唐代诗人生卒年代考订的先后次序编排的，它有着较为可信的科学根据，由此系统地展现出唐诗发展的历史进程，成为一本有完整体系和具体规划的唐诗选本，对一般读者鉴赏唐诗和专家研究唐诗都有用处。正如朱佩弦师所说："他注意诗人的年代和诗的年代。关于唐诗的许多错误的解释与错误的批评，都由于错误的年代。他曾将唐代一部分诗人生卒年可考者制成一幅图表，谁看了都会一目了然。"⑤这部选本先后次序的排列可说就是那幅图表的具体化，更有助于认识理解先生所设想的"诗的唐朝"的多彩风貌，所谓"懂得了诗的唐朝，才能欣赏唐朝的诗"⑥。顺着这个次序往下念，我们从王绩和上官仪直到杜甫出现这一阶段，可以看到唐诗的思想艺术是怎样在起着时代变化，怎样在不断向上回升的现象，由六朝余习的清除，逐步恢复到汉魏风骨，终于开拓出盛唐诗的胜境，即被李白赞颂为"文质相炳焕，众星罗秋旻"⑦的光辉场景。这是由于以王绩为代表的士人派和上官仪所领导的宫廷派长期交锋，相互影响，以至融汇合流的结果。我们从选诗的前后次序，可清楚地看到唐初从写齐梁式艳情诗的余风，开始转向写宋齐式的山水诗，再升为写晋宋式的理趣（玄言）诗，最后发展创写具有汉魏风骨的社会现实诗时，王、李、高、岑等大家便先后出现，杜甫上来算是达到顶峰了。所以选他的诗数量最多。这是唐诗前期风格启下而上呈螺旋式的回升发展形势。自安史之乱后的大历年间十才子上场，直到晚唐五代，进士集团的诗人成为诗坛的主流，改变了过去在月光下、梦境中写诗的贵族诗风，清醒地着眼现实，使唐诗发展进入一个崭新的阶段。在杜甫博大诗风的影响下，诗人们根据时代特点和个人爱好分向两路发展：一是以韩孟为代表的艺术工力派，一是以元白为代表的生活写实派。前者以创新求效率，后者因教化显价值。所以书中选中晚唐诗一方面以意境奇崛工巧为胜；另一方面则以语言浅俗有致见长，随着历史前进，两派工于刻画与语言明快的特点相结合，便形成言浅意深新的词体特色。所以闻先生曾说"读词胜于读诗，读晚唐诗又胜于读盛唐诗"⑧，指的就是这种诗歌艺术发展进步的历史现象。这种编排形式不仅使人们看到唐诗纵的发展线索，也可见出它的横向联系，一群活动在同一时代的诗人，他们之间的相互影响和风格同异所在，表明时代和社会条件对于诗人的成就有着多么重要的作用。这种编排形式比前人可说是更进了一步，的确给人以"一目了然"的感觉。由此可见"大系"这个"系"字不是随便加上去的。

二是抒情性。闻先生说过："抒情诗至少从艺术上讲来是最高尚最完美韵诗体。"⑨他认为"诗是最主观的艺术"⑩，"没有感兴不能作诗。……单靠音节，不能成诗"⑪。他还认为"诗家的主人是情绪，智慧是一位不速之客，无须拒绝，也不必强留，至于喧宾夺主却是万万行不得的"⑫。就是强调作诗必须有真情，有个性。简单地说，作诗应以抒情为主，抒情才能接触诗的真正核心实质。本来诗重抒情，从古代第一部诗集《诗经》开始就已形成了这个传统，所谓"在心为志，发言为诗。情动于中，而形于言"，可见古代志与情是合一的，写诗自应以抒情为主。唐诗既然是古典诗歌发展的高峰，自然会体现出这一特点。闻先生的选本以抒情诗为中心，就不能说是没有原因的了。他从写恋歌、自然、天道、人事几个方面选取诗篇，一本抒情的原则，用以显示唐诗突出的成就。他不同于一般选家有三点：①有意标举唐代的抒情诗。②从文学史发展观点看问题，不抹杀宫体诗转变后的潜在影响，由初唐宫体诗的出宫到盛唐、中唐出现的官词，一直发展到晚唐的无题诗、游仙诗、香奁诗之类，径与词的诞生接壤。五代词人欧阳炯在《花间集叙》中曾提到这样的话："自南朝之宫体，扇北里之娼风。"就已经点明诗词的渊源继承关系。闻先生在选本中更理清了这条线索，这是其他选家所未曾留意也不屑一顾的。③所选的抒情诗以自然抒发为上品，不取宣传说教或是逞才炫博一类的篇章。故宁取杜甫的"三吏""三别"，而不收元白大组的新乐府诗，即使把白居易的《卖炭翁》和《缚戎人》两首新乐府诗入选，也是取它能即事寓情少有说教气味。关于长篇叙事作品，如杜甫的《自京赴奉先咏怀五百字》《北征》，白居易的《长恨歌》《琵琶行》等，同样是从抒情的角度选取，因为抒写的内容是关涉到时代与社会的大主题、大感情，不以叙事为能事，属于具有风骨的社会题材的力作，是时代生活的画面，诗人悲天悯人情怀的豁露。再如写自然与天道方面的作品，像韩愈、卢仝等人描写自然的《陆浑山火》《月蚀》一类冗杂险怪的长诗，和王梵志一类干瘪枯瘠的诗都一无所取。他批评苏轼不满意孟浩然诗的才短，说"东坡自己的毛病就在才太多"。（《唐诗杂论·孟浩然》）可知先生对抒情诗的重视，不论是叙事议论、写景、状物，都应该本于缘情，满心而发，肆口而成，情文相生，才是好诗。用先生自己的说法就是："诗人胸中的感触，虽到发酵的时候，也不可轻易放出，必使他热度膨胀，自己爆裂了，流火喷石，兴云致雨，如同火山一样——必须这样，才有惊心动魄的作品。"⑬选诗中的感兴之作如张若虚的"不知乘月几人归，落月摇情满江树"（《春江花月夜》）；崔融的"万里度关山，苍茫非一状"（《关山月》）；陈子昂的"溟海皆震荡，孤凤其如何"

（《感遇》之三十八）；孟浩然的"看取莲花净，方知不染心"（《题大禹寺义公禅房》）；王昌龄的"玉颜不及寒鸦色，犹带昭阳日影来"（《长信秋词》）。直抒怀抱的有杜甫的"影静千官里，心苏七校前"（《喜达行在所》之三，按：此诗原有，后删）；刘长卿的"此去播迁明主意，白云何事欲相留"（《将赴岭外留题萧寺远公院》）；耿玮的"艰难为客惯，贫贱受恩多"（《邠州留别》）；李益的"莫笑关西将家子，只将诗思入凉州"（《边思》）；杜牧的"大抵南朝皆旷达，可怜东晋最风流"（《润洲》），如此等等，都是先生赞赏的诗句，念诵起来十分传神动人，活现诗人的情韵风采。而抒写爱情的健康情歌，也不能因为它在题材或表现手法上和旧的宫体诗有某些近似就摒弃不录，这从他在《官体诗的自赎》论文中对张若虚《春江花月夜》的高度评价就做了明确表态。因此对中晚唐具有民歌风格的爱情诗也择优录入选本，这一方面固然为了体现诗向词体过渡的趋势，同时也是有意突出诗重抒情的原则。因为民歌体多以绝句为主，而先生在他的唐诗讲课中就提到绝句是唐人为了保存纯诗味的诗体，是唐诗的最高造诣，是诗中之诗。[14]那么它向纯粹抒情的词体过渡岂不是历史发展的必然吗？先生重视唐诗抒情性的特点在此就更加明显了。

　　三是艺术性。艺术性表现在选本中不仅是特点，而且是重点，也和上述的抒情诗特点紧密相关。闻先生重视诗的艺术性曾有过这样一些见解，他说："诗能感人正在一种，龙文百斛鼎，笔力可独扛之处，这种力量有时一个字可以带出……克兹所谓'不是使读者心满意足，只要他气都喘不出'，便是这个意思。"⑮他评价孟郊的诗说"孟郊并没有作过成套的'新乐府'，他如果哭，还是为他自身的穷愁而哭的次数多，然而他的态度，沉着而有锋棱，最合于一个伟大的理想的条件。"⑯他认为"诗的实力不独包括音乐的美（音节），图画的美（辞藻），并且还有建筑的美（节的匀称和句的整齐）"⑰。唐人的古近体诗的成就可不正合乎他所提的这三个条件吗？他给友人写信还主张"我想我们主张以美为艺术之核心者定不能不崇拜东方之义山，西方之济慈了"⑱。就凭这些理论观点，使先生决定了他重艺术的选诗原则，这原则就是要重视诗人在艺术方面取得的独特成就，其中包括题材、意境、技巧、语言等方面，也就是要检阅每个诗人在唐诗艺术创造总成绩中所占的分量比重，让读者看到他们既具有共同的时代特色，又有各自突出的创获，使大小诗人成为同在诗坛天幕上熠熠着艺术晶光的长明星座。这就是立足于艺术成就评选诗作，而不以荟萃名篇佳制取胜，故有不少历来传诵人口的诗篇如骆宾王的《在狱咏蝉》、贺知章的《回乡偶书》、孟浩然的《临洞庭上张丞相》、王维的《九月九日忆山东兄弟》、李白的《赠孟浩然》、杜甫的《咏怀古迹》、元稹的《遣悲怀》、郑谷的《淮上与友人别》等都在书中落选，那就完全可以理解了。计书中选诗90首以上的1人，50首和40首以上的各1人，30首以上的3人，20首以上的7人，10首以上的也才17人，其余各家选诗的数量都很少，可见裁汰的尺度相当严格。从各家选诗的数量多寡来看，当以杜甫、王维、李白三家为最多，而杜甫又是跃居第一位。但选本里评选杜诗的标准，跟一般选家特重杜诗的政治性、社会性不完全一样，他主要考虑的是杜诗在艺术上具有开启后代诗法（尤其近体律诗）多方面的造诣，而不单纯着眼于作品的思想内容。因为按照先生向来的眼光，认为没有艺术就不能叫诗。从选诗的严格要求来说，一首诗不仅要有艺术性，而且要有不同一般的独创性，如杜甫对古体诗和近体诗就有不少创格，还有他有意学习民歌的绝句，都表现了诗人多方面的艺术创造才能。对其余选诗次多的两家，采取的也是同一标准。比如王维诗比李白多出一首，此中似乎也存在着艺术较量。因为先生授课时曾讲过："王维是为中国定下了地道的中国诗的传统，影响到清代不绝。"[19]而在另一篇发表的文章里评价李白是"专仗着灵感作诗的诗人，粗率的作品是少不了的"[20]。何况后者诗的题材内容比前者确有广狭不同的差别。由此不难看出先生坚持以艺术原则取诗的态度。又比如白居易的《秦中吟》、李绅的《古风二首》、聂夷中的《伤田家》、杜荀鹤的《时事行》等，并不因为它们的现实性强而入选，而像孟郊、贾岛、李贺、杜牧、李商隐，乃至曹唐等人入选的诗，有些并谈不上什么丰富的政治内容，数量却大大超过一般诗人，取的正是他们在艺术的某些方面有自己的独创性。其他诗人尽管选诗较少，也同样是以艺术标准定取舍。当然闻先生选诗这样强调诗的艺术性，也自有他的客观原因在，他是针对当时国内俗滥作品充斥诗坛有感而发，如先生所批评的："但明彻则可，赤裸则要不得。这理由又极明显。赤裸了便无暗示之可言，而诗的文字那能丢掉暗示呢?"⑳为了挽救这一偏颇，故不嫌矫枉过正地对诗的艺术性特别加以强调。当先生开始研究唐诗的时候，便想借古人写诗的历史经验和艺术成就来唤起当代诗人们重视诗歌艺术的自觉性，并以自己选诗和试写新体格律诗的实践来宣传这一主张，无怪当时的评论家要称他是"技巧专家"或"唯美诗人"了。

四是学术性。朱佩弦师曾经指出："他最初在唐诗上多用力量。那时已见出他是个考据家，并已见出他的考据本领。"⑫郭老说："他是承继了清代朴学大师们的考据方法，而益之以近代人的科学的致密。"㉓我们只要看一下前面提到的十九项唐诗研究成果，便知道两位先生的话绝非溢美。闻先生在他所写《楚辞校补·引言》里也曾说及他给自己所定"说明背景，诠释字义，校正文字"的三项课题，表明他要用科学方法整理古籍的设想和做法。这部唐诗选本正是他初步按照这种设想试行编选的。过去学者们整理古籍大都集中力量于先秦两汉的典籍，把考证校勘方法用在诗歌专集方面的还不多见。闻先生在这个选本里就把这些古籍整理方法做了综合利用，成为本书具有学术性的一个特色。如关于诗人的时代和社会关系，可从按照经过考证的生卒年的排列次序中见出，文字的异同讹误，则根据新发现的唐写本或其他较古的善本珍本加以校订，关于诗篇作者的歧异说法，更从用韵和风格的比较或使用其他考辨方法加以判断，提出可供参考的结论，还从体制风格的同异变化的时代特点表明唐诗发展的形势与趋向；对个别诗篇的有关材料也择要征引附录，有助于对本诗深入确切的理解。此外还收入个别《全唐诗》所漏载的篇什。这一切都是为用科学方法研究唐诗做了有益的尝试。可惜的是后来由于研究范围不断扩大，课题增多，分散了精力时间，没有能把他的唐诗研究成果全部纳入选本中去，只是在书中的前一部分采用较多，使全书的校笺详略前后显得有些不平衡。但使用科学方法试对诗歌古籍做学术性整理这一开先功绩，是不会被埋没的。

唐诗，是闻先生研究古典文学的起点，他曾在"唐诗"课程讲授开始时说明他的看法："唐诗不但是中国诗歌黄金时代的产物，也是世界文学的最高成就。诗的形式和内容的变化到唐代达到了极点，唐诗的体裁不仅是一代人的风格，实包括古今中外的各种诗体。"[20]这是由他长期精心研究并通过对中外诗歌的博览比较所得出的结论，所以他特重唐诗。因此他对唐诗不仅做了那么多的课题研究，而且在综合这些研究成果的基础上试行编制出这部唐诗选本，并长期不断修订篇目，直到牺牲。谁能想象先生编选此书竟付出了如此巨大的劳动和多年锲而不舍的坚强毅力呢!

闻先生后期写过一篇题为《诗与批评》的论文,文中赞扬"批评家不单给我们以好诗,而且可以给社会以好诗"。最后向批评家提出这样的任务要求:"所以,我们需要懂得人生、懂得诗,懂得什么是效率,什么是价值的批评家为我们制造工具,编制选本,但是谁是批评家呢?我不知道。"这与其说是先生对编制选本的批评家提出的任务和设想,毋宁说是先生自己编制包括《唐诗大系》之类选本的经验总结。他最后的设问无疑是由于谦虚的缘故。我们说先生是最有他所要求批评家的足够条件的,可以肯定是一位理想的批评家(诗歌选家)。为什么?因为首先他懂得人生。从他早年写《文艺与爱国》歌颂三·一八死难烈士的文章开始,就向往着"我们若得着死难者的热情的一部分,便可以在文艺上大成功,若得着死难者的热情的全部,便可以追他们的踪迹,杀身成仁了"。到他后期为民主运动慷慨殉难的生活实践,能说他不懂得人生吗?关于对诗的认识,他说:"诗的真价值,在内的原素,不在外的原素。'言之无物''无病而呻'的诗固不应作,便是寻常琐屑的物,感冒风寒的病,也没有入诗的价值。"㉕又说:"诗家须有一种哲学,那便是他赐给人类的福音。"㉖他引培根的话说:"(诗)中有一点神圣的东西,因他以物之外象,去将就灵之欲望,不是同理智和历史一样,屈灵于外物之下,

这样，他便能抬高思想而使之入神圣。"㉗他更赞同安诺德
为诗下的定义"诗是生活的批评"，认为"诗这个东西，不
当专门似油头粉面、娇声媚态去逢迎人，她也应该有点骨
格，这骨格便是人类生活的经验，便是作者所谓'境
遇'"㉘。像这样对诗的内涵与外壳了解得如此深透的人，能
说他不懂诗吗？至于就懂得什么是诗的效率和价值这两点
来说，他虽然赞赏孔子对诗所做最好的、最合理的批评
（重视诗的社会价值），但他自己仍主张"正确的批评是应
该兼顾到效率与价值的"㉙。所以我们认为先生是最符合他
所提条件的理想批评家，在《唐诗大系》中是基本贯串着
这二者兼顾的原则。比如他为了纠正诗坛时弊把选诗标准
偏向艺术性方面，可对诗的社会价值并未完全忽视，杜甫
的诗选得特多就是明显例子。他认为在中国诗人群里，杜
甫应该属第一等，"因为他的诗博大……包罗了这么多'资
源'"。拿他同李义山和陶渊明相比，"你只念杜甫，你不会
中毒，你只念李义山就糟了，你会中毒的，所以李义山是
二等诗人了。陶渊明的诗是美的，我以为他诗的资源是类
乎珍宝一样的东西，美丽而没有用，是则陶渊明应列在杜
甫之下"㉚。结合他在"唐诗"教学说过的话来印证，他说：
"杜甫一生的思想是存在于儒家所提出的对社会的义务关系
之中，这关系是安定社会的因素。"㉛可见先生在唐诗选本中
并未完全背弃兼顾效率与价值的原则，只是在反对以理智
与宣传为诗的观点支配下，对白居易"新乐府"一类的作

品表示冷淡的态度而已。

尽管闻先生用多年心血编制的这部唐诗选本被学者们等闲视之，长期受到冷遇，但我们认为有价值的著作暂时不被理解，却不会因此而减价，相信埋藏的龙剑总有光芒射斗的一天。我想这部选本的贡献至少有三点可说：第一，它突破以评点之学注诗的旧例，而把校勘考订等科学方法用于诗歌专著的整理，为当代的文学研究开辟了一条新路，使专家学者们由此受到启发，有所借鉴。第二，它以古为今用有目的地选取唐诗作品，使新诗的作者增长见识。改变"没有进旧诗库见过世面的人决不配谈诗"的幼稚现状，通过古典诗歌最高成就的唐诗学习，提高他们的创作才能，革除自由浅露的流弊。第三，它让一般读者发现传统和一般选本以外少见的诗篇，特别是那些艺术性强、生活味浓的诗化现实的作品，使人耳目为之一新，正如白永先生多年前的评论："觉得凭了诗人的天分与明敏而分析出来的唐诗局面显然是另一个境界。"②由此认识古代诗人多方面的才能和他们未被前人发现的某些独特成就，改变人们多年来对古典诗歌习见的陈旧印象，这对于扩大人们的读诗眼界和鉴赏趣味也会有一定好处。可是过去有些人拘于成见，对这个选本冷淡漠视，足见破旧立新的工作是多么困难又多么需要！

总之，我们今天读此书时，首先应该记住闻先生是爱国诗人，他是为了祖国文化免于没落的劫运而勇于接受外国文化思想的长处，得以博闻广见，中西融贯，故能用新的美学观点和比较文学方法，去发掘祖国文学遗产中唐诗的特出成就，从新的角度去探索、分析、鉴赏，另辟蹊径，有了新的创获。他要让人们从他的选本中看到什么是有真情个性反映现实复杂生活的抒情诗，体现古典诗歌的效率和价值的能量，以祖国诗人的成就自豪，并从而培养和发现自己生活中诗的情趣。其次，要认识先生研究古典文学的最终目的是古为今用，是为了对新诗的建设和创作有益，实现他要让新诗"做中西艺术结婚后产生的宁馨儿"的理想㉝，他编制这部选本，为的是要让新诗人学习唐诗许多可贵的经验，"恢复对旧文学的信仰，因为我们不能开天辟地（事实与理论上是万不可能的），我们只能够并且应当在旧的基础上建设新的房屋"㉞。为创造富于民族风格气派和20世纪时代精神的新诗而向唐诗求取借鉴。所以这选本即使还存在那样这样的问题，但先生接受新知识，利用科学方法研究唐诗的探索实践精神，是具有启发和学习的价值的。

鲁迅先生说得好："倘要完全的书，天下可读的书怕要绝无，倘要完全的人，天下配活的人也有限。每一本书，从每个人来看，有是处也有错处，在现今的时候是难免的。"㉟我们对闻先生这个选本也不妨作如是观。它有上面提到的种种长处，同时也存在着不足之处，一是由于先生"喜欢走极端"的性格，自然形成矫枉过正的偏向，为了坚持理智和宣传的作品不能算艺术的观点，他把凡具有明显社会意义的诗，如李绅、聂夷中、杜荀鹤、罗隐、皮日休、陆龟蒙，以至韦庄的《秦妇吟》这类的作品，一概删除不录，特别是对白居易的"讽喻诗"的处理更欠公允。先生既然主张"诗是社会的产物，若不是社会有用的工具，社会不要它"[36]，那么上述诗人这类的诗岂能说对社会没有用处？而且即使就艺术水平论，白的"新乐府"就未必低于书中所选的张王乐府，何以竟厚此而薄彼？看来只能说是理论和实践自相矛盾了。二是先生被自己另一见解所牵累，如他说："我以为诗是应该自由发展的，什么形式什么内容的诗我们都要。"[37]可是检阅选本的内容并非如此，表现的具体情况似乎是对大家严而对小家宽，挤掉好些不应被删削的名篇，颇有点以猎奇取胜的味道，显出过重艺术效率的偏向，以致使效率与价值兼顾的比重失去平衡，不能不让人产生艺术技巧重于思想内容的印象，因而对它引起误解。我们从他后期极力为人们称他是"技巧专家"申辩一事来看[38]，更有理由坐实先生早年的确有过偏重诗歌艺术的理论和实践，这是时代局限造成的，可无须讳言，而且一分为二地看，也未必全是消极影响，《唐诗大系》编制带来的这个时代缺陷就不足奇怪了。只要我们记住这位选家是抗日战争之前有意大声歌咏爱国的新诗人，有他火热动人的爱国怀乡的诗篇为证，更不能忘记他的研究古典文学是为了探索新文学的前进道路，他张皇诗歌艺术编制唐诗选本也是为了廓清诗坛的流弊，借古人诗艺成就灌溉新生力量，使新诗得到健康正常的发展，用心是无可厚非的。如果我们把它作为文化遗产来对待，本着我们时代批判继承的原则以去粗取精、去伪存真，仍不难从它受到正面的教益。三是这个选本是闻先生被难后作为《全集》组成部分首次发表的，从书中校笺前后详略不同和个别作家的作品排列次序有错落等情况看，它该是一个未定稿。由于后期研究任务繁忙，生活艰苦和过早被夺去了生命，使先生没来得及利用自己的全部唐诗研究成果把本书内容更加充实丰富，使它成为具有更高学术水平的选本，这是莫大的遗憾，难补的损失。

闻先生前曾向人表示，要写一部史的诗或诗的史，但具体规划还来不及定。现在盖棺论定，我们说两者都写成功了。不是吗？先生为民主运动像三·一八烈士们一样献出了自己的生命，这岂不是一部极其壮烈伟大的"史诗"？再说先生留下这部《唐诗大系》创造性的内容，借用朱佩弦师盛赞先生治学特点的话来形容就是："他研究中国古代，可是他要使局部化了石的古代复活在现代人的心目中"，使"现代的我们要能够在心目中想象古代的生活，要能够在心目中分享古代的生活，才能认识那活的古代……"⑨这部选本在效率上就该已达到了这样的要求，可不就是一部展现唐代社会和诗坛面貌最生动的"诗的史"吗？因此，当我们在认真细读吟味这部诗选的时候，缅怀先生的治学新风和成仁浩气，从中所得到的将不止于文学知识和艺术享受吧！

———————

① 闻一多：《致梁实秋》（1922 年 9 月 19 日）。

② 闻一多：《给翟毅夫等四友人信》（1923 年 3 月 20 日）。

③ 刘垣访温特教授记录（1979 年 4 月 14 日）。

④ 据闻翱开列的有关唐诗研究手稿篇目有：《唐诗要略》《唐文学年表》《唐诗笺证》《唐诗校读法举例》《诗的唐朝》《璞堂杂记·唐诗类》《少陵先生交游考》《说杜丛钞》《唐诗人生卒年考》（附诗钞）《唐诗人进士登第年龄考》《唐初四杰合谱》《全唐诗人小传》《全唐诗人补传》《新唐书人名引得》《岑参诗校读》《全唐诗续补》《全唐诗汇补》《全唐诗辨》（残稿），《全唐诗校勘记》共 19 种。（见东北师大《古籍整理研究通讯》1984 年第 1 期）。

⑤㉒㊳朱自清：《中国学术的大损失》。

⑥⑧⑭⑲㉔㉛《闻一多论古典文学·说唐诗》。

⑦李白：《古风》第一首。

⑨⑫闻一多：《泰果尔批评》。

⑩⑪⑬⑮㉕㉖闻一多：《评本学年〈周刊〉的新诗》。

⑯闻一多：《〈烙印〉序》。

⑰闻一多：《诗的格律》。

⑱闻一多：《致梁实秋》（1922 年 11 月 26 日）。

⑳闻一多：《英译李太白诗》。

㉑闻一多：《论〈悔与回〉》。

㉖郭沫若：《〈闻一多全集〉序》。

㉗闻一多：《〈冬夜〉评论》。

㉘闻一多：《邓以蛰〈诗与历史〉题记》。

㉙㉚㊱㊲闻一多：《诗与批评》。

㉜白永：《闻一多的诗论》。

㉝闻一多：《〈女神〉的地方色彩》。

㉞㉟鲁迅：《〈思想·山水·人物〉题记》。

㊴闻一多：《给臧克家先生》。

闻一多先生的中华民族文学观

闻先生早年是诗人，而且被人称为抗日战争以前"唯一有意大声歌咏爱国的诗人"。他热爱祖国，更爱祖国的传统的历史、文化。他在清华读书时曾写过《论振兴国学》的文章，认为"文字者，文明之所寄，而国粹之所凭也，希腊之兴以文，及文之衰也，国亦随之"。这是他爱国思想最早的表露。在美国留学期间，因感到"彼之贱视吾国人者，一言难尽"，在家信中发表了他胸中的积愤："我乃有国之民，我有五千年历史与文化，我有何不若美人者？"由此更激发他对祖国历史与文化的热爱。于是在给友人梁实秋的信中恳切地表示："我国前途之危险不独政治、经济有被人征服之虑，且有文化被人征服之祸患。文化之征服甚于他方面之征服千百倍之。杜渐防微之责，舍我辈其谁堪任之！"为此他放弃学习的绘画专业，改习了文学，回国以后，写下了不少爱国热情洋溢的诗篇，如《一个观念》："你降伏了我，/你绚缦的长虹——五千多年的记忆，你不要动，/如今我只问怎样抱得紧你……/你是那样的横蛮，那样美丽！"又如《一句话》："有一句话说出就是祸，/有一句能点得着火。/别看五千年没有说破，/你猜得透火山的缄默？/说不定是突然着了魔，/突然青天里一个霹雳/爆一声：/咱们的中国！"再如《祈祷》："请告诉我谁是中国人，/启示我，如何把记忆抱紧，/请告诉我这民族的伟大，/轻轻的告诉我，不要喧哗！"这是怎样高昂和炽热的爱国情绪！因此，他在《〈女神〉的地方色彩》一文中，对该诗作者忽视地方色彩、过度欧化的偏向提出批评说："这样富于西方的激动底精神，他对于东方的恬静底美当然不大的能领略。"而正面强调："我们更应了解我们东方的文化。东方的文化是绝对的美的，是韵雅的。东方的文化而且又是人类所有的最彻底的文化！哦！我们不要被叫嚣犷野的西方人吓倒了！"这里在"东方的文化"前面加上"我们"二字，显然是指作为东方文化重要组成部分的中国文化，语气显得多么坚定顽强，充满了自信和自豪感。

下面，试根据闻先生以上的思想发展线索，结合他后来在学术研究进程中好些观点，初步探索他对我国文学演变的看法的大体轮廓，主要论述他关于中国古典文学或中华民族文学特质的卓见。

一、从重视新诗的地方色彩起步

据闻先生的老友熊佛西回忆，他放弃学画而大量写作新诗的动机是，因为他觉得，诗歌比绘画更能激发人民的爱国热情。他常对友人说："诗人主要的天职是爱，爱他的祖国，爱他的人民。"而在艺术风格上则主张学习和保存中国古典诗歌美的特质。他在《律诗底研究》一文中认为中国律诗是"最合艺术原理的抒情诗体"，律诗里"有个中国式的人格在"。从而揭示中国艺术几个大的特质，就是均齐、浑括、蕴藉、圆满。得出的结论是："而律诗则为这个原质的结晶，此其足以代表中华民族者一也。"所以他坚决主张要建设中国新型的格律诗，纠正当时新诗创作中大量存在着不整齐、不精练、不含蓄的弊病。他批评《女神》缺少地方色彩，首先便提出自己的正面主张："我总以为新诗径直是'新'的，不但新于中国固有的诗，而且新于西方固有的诗；换言之，它不要作纯粹的本地诗，但还要保存本地的色彩，他不要做纯粹的外洋诗，但又尽量地吸取外洋诗的长处；它要做中西艺术结婚后产生的宁馨儿。"这里所谓的"地方色彩"或"本地色彩"，当然是指的本民族的诗歌优良传统，为什么要重视本民族的文学优秀传统呢？从主观来说："我爱中国固因她是我的祖国，而尤因他是有他那种可敬爱的文化的国家。"从世界来说："将世界各民族的文学都归成一样的，恐怕文学要失去好多的美……真要建设一个好的世界文学，只有各国文学充分发展其地方色彩，同时又贯以一种共同的时代精神，然后并而观之，各种色料中互相差异，却又互相调和，这便正符那条艺术的金科玉臬'变异中之一律'了。"这里可以看出他不仅对文学地方色彩的重视，同时还指出保持民族文学特质对建设世界文学的重要促进作用和发展的光辉前景。

因此，为了实现这个具有世界意义的远大理想，我们必须珍重和发展华夏民族自己的民族文学，认识本民族文学的优良特质。闻先生从新诗创作中开始提出这个问题，并在自己的创作实践和学术研究中进行了长期不断的探索。

二、在唐诗研究中发现的民族文学特质

1930 年秋天，闻先生在青岛大学任教，讲授古典文学，开始专门从事古典文学的研究，当时研究的重点课题是唐诗。后来他在唐诗课堂讲授中曾向学生说明："唐诗是中国文学的特出成就，也是世界文学的最高造诣。"就在这个精美绝伦的文学品种里，他根据自己的一贯的论诗原则——价值论与效率论，探索出蕴含在其中的两种主要民族文学特质，一是以杜甫为代表的关心社稷民生的写作内容，一是以王维为代表的陶冶性情的写作效验，前者具有唤起读者社会义务感的思想价值，后者具有美化心灵的美学功能，两者共同的趋向都以铸造优美高尚人品为主，体现了古代"知人论世"的文学批评优良传统。

闻先生的理由是：杜甫吸取了六朝以来积累的多种文学创作技巧，又恢复了两汉文人关心生民哀乐的艺术良心，

"调整了文学与人生的关系，认定了诗人的责任，这种精神是空前绝后的"。他又指出"杜甫一生的思想，是存在于儒家所提出的对社会的义务关系之中，这关系是安定社会的基本因素"，说这正是以诗表现人格美的优良民族文学传统，诗人没有辜负他这个"诗圣"的称号。论到王维一派的诗人，他说："这些人都是在人心境平和的闲暇时写诗，读了可使人精神清爽舒畅，起到静赏自然、调理性情的功效，这也是中国人对诗的传统看法，故在中国便没有写诗的职业作家，就整个文化来说，诗人对诗的贡献是次要的，重要的是使人精神有所寄托。这些诗人多是享受生活与自然，随意欣赏，写成诗句，娱己娱人。"它表现了民族文学又一特质。

闻先生在分析评价两种特质时说："西洋人不大计较诗人的人格，如果他有诗，对诗有大贡献，反足以掩盖作者德行的疵病，使他获得社会的原谅。他们又有职业作家，认为一篇或一部杰出的文学创作可与科学发明相等。"而我们中国民族文学的特点却有所不同，如盛唐诗的成就，"就是因为时代变了，人们复活了追求人格美的风气，于是这时期诗人的作品都能活现其人格"。认为杜甫的伟大就在这里。至于那些以诗作为娱情遣兴一类作家，认为他们和前者相比，是长处、短处并见，但仍不失为一种可贵的文学传统。诗歌既是中国文学的主要成就，它所蕴含的两种民族文学特质，似乎也可用来说明其他文学品种的元素，因为闻先生讲唐诗时曾说，中国古代文学是以诗为中心而发展的，其他如散文、戏曲、小说等无不和它有着千丝万缕的血缘关系，所以这里提到在诗中发现的两种民族文学特质，自然也可以概括其余了。

三、上溯《三百篇》《楚辞》和古代歌谣神话探究民族文学产生的根源——原始的生命活力

为了进一步了解唐诗中发现的两大民族文学特质形成的原因，闻先生由此上溯，先由六朝上达魏晋和两汉，他探索的结论是："我们总括这大段时期文学的发展的情况，是否可以这样说，两汉时期文人有良心而没有文学（按：指他们全力参与政治活动不甚重视文学创作），魏晋六朝时期文人则是有文学而没有良心（按：指这些人以文学创作为生活的主要内容），盛唐时期可说是文学与良心兼备，杜甫便是代表。"

从两汉再往上溯，便进入先秦的《三百篇》《楚辞》和上古民谣与神话时期，直接涉及民族文学产生的根本源头了。闻先生认为文学在古代发展可分作三个阶段：第一是从上古到《三百篇》以反映原始社会集团生活为主的时期，目的是记录对集体有关的各种风俗习尚，以教育统治者和被统治者为目的。《三百篇》的风、雅、颂便是这类作品的

总集，所以《大序》说它有"经夫妇，成孝敬，厚人伦，美教化，移风俗"的社会功能，因为它体现了为集体而歌的时代精神。它也就是后世"观风知政""知人论世"的理论基础，成为社会写实文学的最早奠基石。第二是战国后期楚辞产生、个性觉醒、抒发个人情志的时期，但主题仍离不了王政国事，经过汉儒的正统化使它与《三百篇》合流，成为"风骚"并称的古代文学两大支柱，这后者表现个人存在的觉醒，由为集体而歌唱逐渐转变成个人情志的抒发，偏向个性的自由发展，给娱情遣兴的诗风开了先路。虽然经过魏晋六朝进入个性极端膨胀的第三阶段，但在现实的正统文学观念已深入人心，只要大一统的政治环境重新出现，盛唐文学与良心兼备的健康文风也就自然产生了。

闻先生在先秦古籍《三百篇》《楚辞》等作品中，发现我们民族古代的民情民俗是质朴健康的，如从《三百篇·说鱼》一文里考证出鱼在古代是象征配偶，原来在原始人的观念里，婚姻是人第一大事，而传种是唯一目的。种族繁殖既如此地被重视，而鱼是繁殖力最强的一种生物，所以在古代，把一个人比作鱼，在某一意义上，差不多恭维他是最好的人，而在年轻男女间，若称其对方为鱼，就等于说"你是我最理想的配偶"。又如在"高唐神女传说的分析"中考证"先妣"就是"高禖"，并引证《月令》《周礼·媒氏》和《三百篇》"桑柔""溱洧"等材料，证明高禖这祀典，确实是十足地代表着那种生殖机能为宗教的原始时代的风俗，这些都是和当时各族利益有关的大事。可见我们的民族文学在有关婚姻这个严肃问题上很早就有所反映，就是这样紧密结合着"保存各族的社会意义"和"繁殖各族的生物意义"。然而后来在长时期封建制度的统治熏染下形成一种"文化病"，把男女婚姻的神圣职责变成了个人享受，由原始的虔诚一变而为淫欲；惊畏一变而为玩狎，于是便出现了封建上层社会所流行的在文明进步掩盖下的虚弱症，时间愈久，民族精神便因此一蹶不振。只有在少数民族和比较健康的下层社会，还执着旧日这种生物意识，不致让全社会都变成"白脸斯文人"。闻先生理清这一线索，最后他说"因为经过十余年故纸堆中的生活，我有了把握，看清我们这民族，这文化的病症，我敢于开方了"。

朱自清先生说得对："他研究神话，如高唐神女传说和伏羲故事等，也为了探索这民族，这文化的源头。而这原始的文化是集体的力，也是集体的诗；他也许要借这原始的集体的力给后代的散漫和萎靡来个对症下药罢。"是的，这种原始的集体的强大生命活力，正是支持中华民族所以经久不衰的可贵精神素质，也是我们中华民族文学特质的真正源头。闻先生把它探寻并揭示出来，不仅对医治封建的"文明病"和振奋国民意志具有显著的疗效，而且对今后民族文学的发展也将大有裨益。

四、从西南采风和观赏彝舞看到
民族文学发展的前景

闻先生曾用比喻说自己读古书不是做藏在书中的蠹虫，而是要做杀蠹的芸香。意思是说不要做盲目复古的书虫，要能去伪存真、去粗取精、古为今用，也就是说他钻研古书不是要当考古专家，而是为了彰往察来，净化书中的封建流毒，廓清这个民族文学的病症，以便对症下药，走上创新的路。

十多年故纸堆生活，使闻先生除了看清我们民族受尽封建主义"文化症"的毒害，闻到"温柔敦厚诗教"后面的血腥味，同时也发现"中国文化并不是一个单纯的一成不变的文化"这个历史现象，它最初是存在东西夷夏两种不同的民族文化。后来两种文化交融到一种程度，分辨不出谁是主客，以后又加入了南方楚文化，到了汉代，南北文化成了一家，同样分不出主客来。往后佛教、耶教相继内传，更为我们的民族文化输入了新血液，在民族文学方面有了新的创获。这个历史事实使闻先生对民族文学发展提出两点看法：一是我们的民族文学必须由全国各族人民共同创造；二是我们的民族文学必须放弃复古，接受外来影响。

关于第一点，这是闻先生从自己读书与生活实践中体会出来的。历史知识告诉他中国文化并非单一，而是由国内各民族长期共同创造的。生活实践是他在 1938 年参加湘黔滇旅行团指导采风活动而受到启发，从那些"原始""野蛮"的民族歌谣中看出了中华民族的强旺生命活力，还潜伏得有那种"困兽犹斗"的狰狞动物本能，"保证了我们不是天阉"，这种大有可为的潜力还保存在当今少数民族之中，正好用来医好我们这些饱受封建文化毒害的"白脸斯文人"，它使闻先生成为抗战必胜的乐观主义者。到 1946 年 5 月 19 日在昆明看了圭山彝族音乐、舞蹈的演出，更加强了这一信念。他说："在这些艺术形象中，我们认识了这个民族的无限丰富的生命力。为什么要用生活的折磨来消耗它？为什么不让它使我们的文化增加更多的光辉？"因此当他在离开昆明之前，计划写一篇题为"昆明文艺青年与民主运动"的文章，底下注明发人深思的要点——"不要忘记西南少数民族……"可惜因为被害文章没有写成，但他倡导要团结少数民族共同创造中华民族文化的主张却是正确而扼杀不了的。

关于第二点，闻先生在后期争民族反独裁斗争中写的《复古的空气》和《文学的历史动向》两篇文章里阐发得最清楚。为什么要取消复古？因为"世界上多少文化都曾因接触交流而放出异彩。凡是限于天然环境，不能与旁人接触，而自己太傻、太笨、不能，因此就不愿学习旁的民族，没有不灭亡的"。这是多么严峻急迫的考验！所以他说：

"四个（古老民族）文化同时出发，三个文化都已转了手，有的转给近亲，有的转给外人，主人自己却没落了，那许是因为他们都只勇于'予'而怯于'受'。中国是勇于'予'而不太怯于'受'的，所以还是自己文化的主人，然而也只仅免于没落的劫运而已。为文化的主人打算，'取'不比'予'还重要吗？所以仅仅不怯于'受'是不够的，要真勇于'受'。"在这里，闻先生为我们指出了"文学的历史动向"："最后四个文化慢慢地都起着变化，互相吸收、融合，以至总有那么一天，四个的个别性渐渐消失，于是文化只有一个世界的文化，这是人类历史发展的必然路线，谁都不能改变，也不必改变。"这也是我们民族文学发展的方向，但这会不会影响民族文学的个性发展呢？这在前面引过闻先生早年写的《〈女神〉的地方色彩》文章里已做了回答，那就是只有世界各民族文学都呈现自己的地方色彩，然后综合融汇各种色料，互相调和，贯以共同的时代精神，才能创造出丰富多彩的世界文学。

总之，闻先生的民族文学观，可简单概括为两句话：立足本土，面向世界。立足本土，正如近人司马长风所说："他对于诗，具有'语不惊人死不休'的古风，在人生方面则怀抱中国，热爱同胞，珍视传统……紧紧抓住中国的土壤。"面向世界，用他自己的解释是"文化史上每放一次光都是受了外来的刺激，而不是死抱住自己固有的东西"，并且"强调声明，民族主义我们是要的，而且深信是我们复兴的根本。但民族主义不该是文化的关门主义"。立足本土，放眼世界的观点是既有原则又能紧跟时代进步的高瞻远瞩的真知灼见，只有这样，我们才能在本土文化深厚的基础上，融合外来的影响，循着历史发展的方向，创造自己具有鲜明地方色彩的民族文学，向建设世界文学的宽阔道路阔步前进。